OLHAR PETRIFICANTE
A História da Medusa

NATALIE
HAYNES

OLHAR PETRIFICANTE
A História da Medusa

Tradução
Marcelo Barbão

JANGADA

Título do original: *Stone Blind*.
Copyright © 2022 MANTLE.
Publicado pela primeira vez em 2022 por MANTLE, um selo da Pan Macmillan, uma divisão da Macmillan Publishers International Limited.
Copyright da edição brasileira © 2023 Editora Pensamento-Cultrix Ltda.
1ª edição 2023.

Todos os direitos reservados. Nenhuma parte desta obra pode ser reproduzida ou usada de qualquer forma ou por qualquer meio, eletrônico ou mecânico, inclusive fotocópias, gravações ou sistema de armazenamento em banco de dados, sem permissão por escrito, exceto nos casos de trechos curtos citados em resenhas críticas ou artigos de revistas.

A Editora Jangada não se responsabiliza por eventuais mudanças ocorridas nos endereços convencionais ou eletrônicos citados neste livro.

Esta é uma obra de ficção. Todos os personagens, organizações e acontecimentos retratados neste romance são produtos da imaginação do autor e usados de modo fictício.

Obs.: Este livro não pode ser exportado para Portugal, Angola e Moçambique.

Editor: Adilson Silva Ramachandra
Gerente editorial: Roseli de S. Ferraz
Preparação de originais: Ana Lúcia Gonçalves
Gerente de produção editorial: Indiara Faria Kayo
Editoração eletrônica: Join Bureau
Revisão: Vivian Miwa Matsushita

Dados Internacionais de Catalogação na Publicação (CIP)
(Câmara Brasileira do Livro, SP, Brasil)

Haynes, Natalie
 Olhar petrificante: a história de Medusa / Natalie Haynes; tradução Marcelo Barbão. – 1. ed. – São Paulo, SP: Editora Jangada, 2023.

 Título original: Stone blind.
 ISBN 978-65-5622-065-9

 1. Deusas gregas 2. Mitologia grega 3. Mulheres – Mitologia – Grécia I. Barbão, Marcelo. II. Título.

23-160348   CDD-398.20938

Índices para catálogo sistemático:
1. Mitologia grega : Mulheres: Mitos e lendas   398.20938
Tábata Alves da Silva – Bibliotecária – CRB-8/9253

Jangada é um selo editorial da Pensamento-Cultrix Ltda.
Direitos de tradução para o Brasil adquiridos com exclusividade pela
EDITORA PENSAMENTO-CULTRIX LTDA., que se reserva a
propriedade literária desta tradução.
Rua Dr. Mário Vicente, 368 – 04270-000 – São Paulo, SP – Fone: (11) 2066-9000
http://www.editorajangada.com.br
E-mail: atendimento@editorajangada.com.br
Foi feito o depósito legal.

Para meu irmão, que sempre esteve presente desde o início,
e para as irmãs que descobri pelo caminho.

Lista de personagens

Esteno, Euríale, Medusa – as Górgonas: são filhas dos deuses do mar Ceto e Fórcis. Vivem na costa norte da África.

Atena: deusa guerreira; filha de Métis – uma das primeiras deusas da mitologia – e Zeus, rei dos deuses do Olimpo.

Poseidon: deus do mar; irmão de Zeus, tio de Atena.

Anfitrite: rainha do mar; esposa de Poseidon.

Hera: rainha dos deuses do Olimpo; esposa de Zeus.

Gaia: deusa da Terra; mãe dos titãs e dos gigantes, incluindo Alcioneu, Porfírio, Efialtes, Êurito, Clítio, Mimas e Encélado.

Hefesto: deus dos ferreiros; filho de Hera (mas não de Zeus).

Hermes: deus mensageiro.

Hécate: deusa da noite e das bruxas.

Deméter: deusa da agricultura e mãe de Perséfone.

Moiras: os Destinos.

Greias (as Cinzentas) – Dino, Ênio, Pênfredo: personificações dos espíritos do mar. Possuíam apenas um olho e um único dente.

Hespérides: ninfas donas de um jardim no qual cuidavam das maçãs de ouro que pertenciam a Hera. Elas também tendiam a possuir tudo o que era preciso para uma missão.

Nereidas: cinquenta ninfas do mar que costumavam ter um humor instável.

Zeus: rei dos deuses, marido de Hera.

Mortais

Dânae: filha de Acrísio, um rei grego menor.

Díctis: amigo de Dânae; irmão de Polidecto, rei de Sérifos, uma pequena ilha grega.

Perseu: filho de Dânae e Zeus.

Cassiopeia: rainha da Etiópia, esposa de Cefeu.

Andrômeda: filha de Cassiopeia e Cefeu.

Erictônio: lendário rei de Atenas.

Iodame: uma jovem sacerdotisa de Atena.

Outros

Corônis: um corvo tagarela.

Elaia: um bosque de oliveiras em Atenas.

Herpeta: cobras.

PARTE UM

IRMÃ

Gorgonião

Estou vendo você. Consigo ver todos aqueles que os homens chamam de monstros.

E vejo os homens que os chamam assim. Eles dizem que são heróis, claro.

Eu só os vejo por um instante. Então eles desaparecem.

Mas é o suficiente. Suficiente para saber que o herói não é o gentil, corajoso ou leal. Às vezes – nem sempre, mas às vezes –, ele é monstruoso.

E o monstro? Quem é ela? Ela é o que acontece quando alguém não pode ser salvo.

Esse monstro em particular é agredido, abusado e caluniado. E mesmo assim, como a história é sempre contada, é ela que você deveria temer. Ela é o monstro.

Veremos melhor isso.

Panopeia

No ponto mais distante possível a que se pode ir sob o sol da tarde, há um lugar onde os ventos marítimos entram pela terra com giros delimitados. Você está no lugar em que a Etiópia se encontra com os oceanos: a terra mais distante com o mar mais distante. Se pudesse sobrevoar o lugar, veria como os pássaros veem esse canal (que não é um rio porque flui na direção errada, mas você pode ver que isso faz parte da mágica) se enrola como uma cobra. Você passou voando pelas Greias, embora talvez nem tenha notado, já que elas ficam em suas cavernas para evitar tropeçar nos penhascos rochosos e cair no mar. Elas sobreviveriam a uma queda assim? Claro, são imortais. Mas até um deus não quer ficar batendo entre as ondas e as rochas para toda a eternidade.

Você também passou rapidamente pela casa das Górgonas, que não vivem longe das Greias, suas irmãs. Eu as chamo de irmãs, mas elas nunca se encontraram. Estão conectadas – embora não saibam, ou há muito esqueceram – por ar e por mar. E agora, também por você.

Você terá que viajar a outros lugares também: Monte Olimpo, claro. Líbia, como ela será chamada pelos egípcios e, mais tarde, pelos gregos. Uma ilha chamada Sérifos. Talvez pareça uma jornada muito assustadora. Mas o lugar que você se encontrou significa que já está no fim da Terra, então vai precisar encontrar seu caminho de volta. Você não está longe do lar das Hespérides, mas elas não vão ajudá-lo, infelizmente, mesmo se pudesse encontrá-las (algo que não vai conseguir). Então, isso significa as Górgonas. Significa Medusa.

Métis

MÉTIS MUDOU. SE VOCÊ PUDESSE vê-la pouco antes de perceber a ameaça, teria visto uma mulher. Alta, com braços longos, cabelo escuro grosso entrelaçado na parte de trás. Seus grandes olhos estavam pintados com *kohl*. Seu olhar via tudo ao mesmo tempo muito rapidamente: mesmo quando ela estava quieta, estava alerta. E ela tinha suas defesas, qual deusa não tinha? Mas Métis estava mais bem preparada que a maioria, embora não estivesse armada com flechas, como Ártemis, ou com mal contida raiva, como Hera.

Então, quando ela sentiu – mais do que viu – que estava em perigo, se transformou em águia e voou muito alto, o suave vento sul agitando as penas de suas asas douradas. Mas, mesmo com seus olhos penetrantes, não conseguia ver o que fez seu cabelo arrepiar na ponta das tranças quando estava em forma humana. Ela fez círculos pelo ar algumas vezes, porém nada se revelou; por isso acabou voando até o alto de um cipreste, girando seu pescoço musculoso para todas as direções, por precaução. Ela ficou empoleirada ali, pensando.

Desceu dos altos galhos até o chão arenoso, suas garras marcando pequenos sulcos na terra. E de repente deixou de ter a forma de uma águia. Seu bico curvo e suas pernas emplumadas desapareceram. Enquanto um corpo musculoso se transformava em outro, somente a inteligência em seus olhos permanecia constante. Agora ela deslizava sobre as pedras, uma faixa marrom em zigue-zague ao longo de suas escamas dorsais, a barriga da cor da areia clara. Ela deslizava pelo chão tão rapidamente quanto havia voado pelo ar. E quando parou debaixo de uma figueira-da-índia, pressionou seu corpo na terra, tentando sentir a fonte do desconforto que não havia conseguido encontrar como águia. Mas, mesmo quando os ratos que viviam das sobras do templo ali perto fugiram correndo dela, não conseguiu sentir os passos da criatura da qual deveria fugir. Ficou pensando no que fazer.

Permaneceu debaixo do cacto por um bom tempo, desfrutando do calor do chão, permitindo que apenas seus olhos protegidos se movessem, nada mais. Ela sabia que estava quase invisível. Era mais rápida que quase todas as outras criaturas, e sua mordida era venenosa e devastadora. Não tinha o que temer. Mas, ainda assim, não se sentia segura. E não podia ficar assim, como uma cobra, para sempre.

Ela se desenrolou da base do cacto e foi para a sombra do cipreste. De repente, se empinou e voltou a se transformar. O zigue-zague em suas escamas se transformou em manchas, as escamas se suavizaram. Orelhas cresceram, patas com garras apareceram na ponta de pernas musculosas. A pantera era bonita, balançando o rabo para afastar as moscas. Ela caminhou devagar a princípio, sentindo cada pedra individual por baixo das almofadas em suas patas. Novamente, sentiu a onda de medo que produziu nos animais ao lado. Mais uma vez, ela não conseguiu afastar o próprio medo. Correu entre as árvores, as ervas daninhas se enroscando em seus pelos conforme aumentava sua velocidade. Isso não a deixou mais lenta. Ela poderia pegar qualquer coisa. O que poderia pegá-la? Nada. Ela se deliciava com seu poder. Quase se sentia sem peso, puro músculo perseguindo sua presa. E então foi pega.

Zeus estava em todos os lugares e em nenhum ao mesmo tempo. Ela não conseguiu escapar dessa nuvem brilhante que a envolveu.

Piscou já que seus olhos felinos não conseguiam tolerar o brilho, mudou novamente para o formato de uma cobra quando a nuvem parecia ficar mais espessa e se fechar sobre ela. Tentou deslizar por baixo da nuvem, mas não havia parte de baixo. A nuvem crescia por todos os lados, do chão e do ar. Ela tentou escapar correndo, mas, em qualquer direção que se virasse, a nuvem ficava mais impenetrável. O brilho era intolerável: mesmo com a escama que cobria seus olhos, a dor era imensa. Ela fez uma última tentativa de escapar, mudando de formatos novamente em rápida sucessão: águia, mas não conseguia voar; javali, mas não conseguia atravessar a nuvem; gafanhoto, mas não conseguia consumi-la; pantera outra vez, mas não era possível fugir. A nuvem começou a se solidificar e ela se sentiu espremida. Seus músculos começaram a latejar com a pressão e ela não teve escolha a não ser ir diminuindo de tamanho: doninha, rato, cigarra. Mas a pressão continuou aumentando. Ela tentou uma última vez: formiga. Então ouviu a voz dele cheia de ódio, dizendo que ela não conseguiria escapar. Ela já sabia o que tinha que fazer para acabar com a dor. Aguentar outra dor. Finalmente vencida, desistiu e voltou à sua forma original.

Enquanto Zeus a violava, ela pensava em ser uma águia.

A única coisa boa na incontinência sexual de Zeus, sua esposa Hera tinha pensado várias vezes, era sua extrema brevidade. Seu desejo, sua busca e sua saciedade eram tão efêmeros que ela quase conseguia se convencer da irrelevância deles. Se pelo menos isso não terminasse sempre em algum filho. Havia cada vez mais deuses e semideuses, cada um aparecendo do nada só para confirmar que Zeus praticamente nunca discriminava ninguém em suas infidelidades. Mesmo ela, uma deusa com um suprimento quase infinito de mágoa, quase não conseguia acompanhar o número de mulheres, deusas, ninfas e bebês chorões que precisava perseguir.

Ela quase nunca tinha que prestar atenção na esposa anterior dele. Preferia nem pensar em Métis, mas, quando fazia isso era com uma leve irritação. Ninguém gosta de ser a segunda, ou a terceira, e Hera não era exceção. Métis tinha sido esposa de Zeus muito antes de Hera estar interessada na ideia. Eles tinham se separado fazia tanto tempo que as pessoas haviam esquecido que tinham sido casados. Nos dias bons, Hera não pensava nisso. Nos ruins, via como uma traição. Parecia especialmente irracional que qualquer deusa pudesse reivindicar prioridade sobre ela, Hera, consorte de Zeus, apenas por ter sido a primeira. E como Hera tinha muito mais dias ruins do que bons, ela não gostava de Métis. Mas porque ela tinha que enfrentar tantas provocações, acabava ignorando essa.

Tinha sido Métis, claro, que havia aconselhado Zeus na guerra contra os titãs. Métis havia ajudado Zeus na batalha contra Cronos, o pai dele. Métis, que era tão astuta e esperta, sempre tinha um plano. Hera era tão inteligente quanto sua predecessora, não tinha dúvidas. Mas as circunstâncias a forçaram a usar seus planos contra Zeus, enquanto Métis oferecia a ele sua sabedoria como um presente. Hera bufou. Isso não havia ajudado em nada. Tinha sido substituída por Hera: quem agora pensava em Métis ligada a Zeus? Quem duvidava da superioridade da irmã e esposa dele, Hera, rainha do Monte Olimpo? Nenhum mortal ou deus ousaria.

O que a deixava ainda mais furiosa pela traição de Zeus com sua antiga esposa. Havia um rumor entre os deuses e as deusas que rodopiava como uma brisa. Ninguém ousava contar a Hera, mas ela sabia de tudo da mesma forma. Ela desprezava mais seu marido a cada nova revelação e estava determinada a se vingar. Zeus estava muito quieto nos últimos dias, sem dúvida achou que, se evitasse sua esposa, ela poderia de alguma maneira esquecer sua raiva. Quando ouviu que ele havia voltado, Hera se sentou em uma cadeira grande e confortável em seu quarto, no fundo dos corredores ecoantes do Olimpo, e ficou olhando para suas unhas. Ela ajeitou seu vestido para revelar mais do que os tornozelos e o puxou para aumentar o decote.

– Marido – ela chamou quando Zeus entrou no quarto com uma expressão levemente falsa em seu rosto majestoso.

– Sim? – ele respondeu.

– Ando preocupada com você.

– Bom, eu estava... – Zeus tinha aprendido com o tempo que era melhor parar uma sentença no meio do que mentir para sua esposa. A capacidade que ela tinha de descobrir os enganos dele era uma de suas características menos atraentes.

– Sei onde você estava – ela falou. – Todo mundo só fala nisso.

Zeus assentiu. Claro que todos estavam comentando: ninguém fofocava como os deuses do Olimpo. Ele gostaria de ter deixado todos mudos, pelo menos aqueles que havia criado. Ficou pensando se daria para fazer isso retrospectivamente.

Hera sentiu que ele não estava prestando atenção nela.

– E estava preocupada – repetiu.

– Preocupada? – Ele sabia que deveria ser uma armadilha, mas às vezes era mais fácil seguir a corrente.

– Preocupada com o seu futuro, meu amor – ela murmurou e se virou para que seu vestido se abrisse um pouco mais. Zeus tentou avaliar a situação. Sua esposa geralmente ficava furiosa e às vezes sedutora, mas ele não conseguia se lembrar de uma ocasião em que ela se mostrou as duas coisas. Ele se aproximou um pouco, pensando se era a coisa certa a fazer.

– Meu futuro? – ele perguntou, enquanto estendia o braço e mexia provocadoramente em um dos cachos do cabelo dela. Ela virou a cabeça e o encarou.

– Sim – falou. – Ouvi coisas terríveis sobre os filhos de Métis. – Ela sentiu que ele ficou rígido, antes de voltar a acariciar o cabelo dela. Estava se esforçando muito. – Foi Métis, não foi? Dessa vez?

Ela não conseguiu evitar o tom duro de sua voz e Zeus mexeu mais nos cabelos de Hera. Ela sabia que ele poderia escalpelá-la se não fosse cuidadoso.

– Só estava me perguntando se você esqueceu o que ela já falou sobre seus filhos – suspirou Hera. – Que ela daria à luz a quem iria te derrubar.

Zeus não falou nada, mas ela sabia que sua farpa havia atingido o alvo. Como ele poderia ter sido tão tolo? Quando havia derrotado seu pai – com a ajuda de Métis, ninguém menos – e seu pai havia feito o mesmo antes dele? Como ele poderia ter esquecido o que Métis havia dito quando eles ainda eram casados? Como?

– Você precisa agir rapidamente – acrescentou Hera. – Ela contou a você que iria ter uma filha que só não seria mais inteligente que o pai dela. E depois, um filho que seria o rei de todos os deuses e mortais. Você não pode correr esse risco.

Mas ela estava falando com o éter, porque seu marido já havia desaparecido.

༺༻

A segunda vez que Zeus apareceu, Métis não tentou se esconder. Ela sabia o que estava por vir e que não poderia escapar dele. O único caminho que restava era esperar que sua filha (ela sabia que era uma menina mesmo sem seus dons proféticos; conseguia sentir) sobrevivesse. Sabia que a situação aconteceria assim quando contou ao marido muito tempo antes que lhe daria uma filha e depois um filho que iria ser mais poderoso que o pai? Ela conhecia os medos de Zeus mais do que ninguém. Ele faria qualquer coisa para garantir que o filho deles nunca nascesse.

Novamente viu-se cercada por uma luz muito brilhante dentro de um raio. Novamente sentiu a pressão para se transformar em algo menor: pantera, cobra, gafanhoto. Mas, dessa vez, não sentiu dor. Apenas uma escuridão repentina e envolvente quando Zeus a agarrou com sua mão enorme. E uma estranha sensação de estar dentro de uma nuvem negra que acompanha o raio. Era uma escuridão que nunca acabaria. Ela percebeu que Zeus a tinha consumido, tinha sido engolida inteira. Agora ela e sua filha estavam dentro do rei dos deuses sem meios de escapar. E mesmo quando Métis entendeu e aceitou isso, sentiu que algo dentro dela, dentro de Zeus, estava resistindo.

Esteno

Esteno não era a irmã mais velha, porque elas não pensavam no tempo dessa maneira. Mas era a que tinha ficado menos horrorizada quando o bebê foi deixado na margem em frente à caverna. Euríale tinha ficado tão perplexa quanto horrorizada: de onde a criança tinha vindo? Que mortal ousaria se aproximar do covil das Górgonas para abandoná-lo lá? Esteno não tinha respostas para essas perguntas e, por um tempo, elas ficaram olhando para a criança e pensando no que fazer.

– Podemos comê-la? – perguntou Euríale. Esteno pensou por um momento.

– Sim – falou. – Acho que sim. Mas é bem pequeno. – A irmã assentiu desanimada. – Pode ficar com ele – falou Esteno. – Eu já... – Ela não precisou terminar. Sua irmã conseguia ver a pilha de ossos de vaca ao lado dela.

As irmãs não comiam por sentir fome. As Górgonas eram imortais, não precisavam de comida. Mas suas presas afiadas, suas asas poderosas, suas pernas fortes: tudo isso tinha sido criado para caçar. E se você caça, deve comer sua presa. Elas olharam para o bebê de novo. Estava deitado de costas na areia, a cabeça apoiada em um tufo de grama. Esteno não precisava que sua irmã falasse em voz alta: parecia uma presa muito pouco satisfatória. Não estava fugindo, nem mesmo tentava se esconder na grama mais alta.

– De onde poderia ter vindo? – Euríale perguntou de novo. Ela ergueu a cabeça grande, os olhos redondos procurando algo nas rochas acima delas. Não havia sinal de ninguém.

– Deve ter vindo da água – respondeu Esteno. – Os mortais não conseguiriam encontrar esse caminho sem assistência divina. E mesmo se conseguissem, não ousariam vir até aqui. O bebê foi trazido pelo mar.

Euríale assentiu, batendo as asas. Examinou o oceano em todas as direções. Nenhum barco poderia ter desaparecido no tempo em que as duas encontraram o bebê. Elas tinham ouvido um barulho, isso as despertou e as duas tinham saído da caverna juntas. Nenhum barco, ninguém nadando poderia ter ficado invisível tão rapidamente.

– Não sei – disse Esteno, ouvindo os pensamentos da irmã. – Mas, olha. – Ela apontou para o bebê e agora Euríale notou o círculo de areia úmida debaixo da criança e a trilha de algas que levava de volta à água.

Elas ficaram sentadas em silêncio, pensando.

– Não poderia ter sido deixado aqui por... – Euríale olhou para a irmã, não querendo se sentir estúpida.

Esteno deu de ombros, as asas foram pegas pela brisa.

– Não sei quem mais poderia ter feito isso – ela respondeu. – Deve ter sido Fórcis.

Os olhos esbugalhados de Euríale se arregalaram.

– Por que ele faria isso? – ela perguntou. – De onde ele teria tirado uma criança mortal? De um naufrágio?

As Górgonas sabiam muito pouco sobre o pai. Um velho deus que vivia nas profundezas do oceano com a mãe delas, Ceto. Eles tiveram muitos filhos além de Euríale e Esteno: Cila, uma ninfa com seis cabeças de cachorro e seis fileiras de dentes, que vivia em uma alta caverna sobre o mar de onde ela aparecia para comer os marinheiros que passavam; a orgulhosa Equidna, metade ninfa, metade cobra; as Greias – três irmãs que tinham apenas um olho e um único dente – que moravam em uma caverna à qual mesmo as Górgonas teriam medo de ir.

Esteno e sua irmã foram se aproximando aos poucos da criança. O mar sussurrava atrás delas. O bebê tinha sido deixado muito longe do alcance da maré. Esteno apontou para a trilha molhada que marcava o caminho: havia entradas iguais de ambos os lados.

Euríale assentiu.

– Foi o pai – ela disse. – Aquelas são as marcas de suas garras, com certeza.

Quando chegaram mais perto, Esteno percebeu que a criança estava dormindo em uma pilha entrelaçada de algas mortas: seu pai havia feito um tipo de cama? Tudo o que conseguia ver e tudo o que achava que sabia estavam brigando entre si em sua mente. O pensamento de Fórcis fazendo algo tão – Esteno procurou a palavra – mortal como deitar um bebê em um berço feito à mão era impossível. E mesmo assim, ali estavam as marcas das garras, de cada lado do amplo caminho criado por sua cauda de peixe. E lá estava o bebê deitado em segurança fora do alcance da água, dormindo sobre uma pilha grossa de ervas mortas. Como peles vazias de cobras deixadas na areia, ela pensou.

Foi só quando estavam bem em cima da criança, e Euríale olhava para ela como uma visitante indesejada e uma refeição pequena, que as duas irmãs entenderam que Fórcis havia trazido aquela criança para elas por um motivo.

– Ela tem... – Euríale se agachou, inclinando a cabeça para olhar melhor os ombros da criança. Conseguiam ver somente uma parte das costas através das algas, mas sua irmã estava certa. O bebê tinha asas.

Demorou um dia inteiro para as Górgonas aceitarem que tinham outra irmã, uma mortal. Demorou vários dias mais para aprender a não matá-la por acidente.

– Por que ela está chorando? – Euríale perguntou à irmã, cutucando o bebê com a mão, a garra enrolada cuidadosamente na palma para não machucá-la.

Esteno olhou para irmã, alarmada.

– Não sei – respondeu. – Quem sabe por que os mortais fazem algo? As duas tentaram pensar em mortais que poderiam agir da mesma forma, mas nenhuma das duas conseguiu pensar em alguém. Na verdade, elas não conseguiam se recordar de terem visto uma criança humana antes, mas Euríale se lembrou do ninho de corvo nas rochas ali perto. O corvo tinha filhotes, ela contou a Esteno, que assentiu como se tivesse se lembrado.

– Os filhotes faziam um terrível ruído – disse Euríale. – E a mãe os alimentou.

Sua boca larga se abriu em um sorriso. Ela voou um pouco para o interior até chegar à vila mais próxima. Voou de volta com uma ovelha roubada debaixo de cada braço.

– Leite – ela falou. – Eles dão leite aos bebês.

E então, apesar de serem deusas, elas aprenderam a alimentar a irmãzinha. Depois de um tempo, Esteno descobriu que não conseguia se lembrar como era a casa delas sem um pequeno rebanho de ovelhas de chifres encurvados correndo pelo terreno rochoso. Até mesmo Euríale – que já tinha vasculhado os céus procurando uma presa, agarrando-a com suas poderosas garras e triturando seus ossos pelo prazer do som – parecia estar desfrutando de cuidar deles. Um dia, uma águia tentou pegar uma das ovelhas e Euríale saiu voando para defendê-la. A águia foi muito mais rápida, e ela voltou de mãos vazias, algumas poucas penas caindo na areia atrás dela. Mas tampouco ousou tentar de novo.

Nos primeiros dias, Esteno se perguntou se Fórcis poderia voltar para explicar seu comportamento ou trazer uma mensagem da mãe delas, Ceto, mas ele nunca voltou. As duas Górgonas sentiram coisas diferentes em relação a isso: Euríale estava orgulhosa de que seus pais tivessem confiado nelas para cuidar da estranha criança mortal. Esteno perguntava a si mesma se o pai havia deixado a criança com elas esperando que fracassassem. Era impossível que os deuses olhassem para os mortais e não sentissem certa repulsa. Esteno amava sua nova irmã tanto quanto amava Euríale. Mas ela ainda precisava reprimir um estremecimento quando via os pés e as mãos horrivelmente pequenos da irmã, suas nojentas unhas. Mesmo que algo tenha dado errado com o nascimento dela, Medusa era uma Górgona também. E talvez pudesse melhorar com o tempo.

Porque esta criança era algo perturbador. O bebê ficava mudando: crescia e se transformava sob os olhares delas, como Proteu. Assim que se adaptavam a alguma característica inexplicável dela, já desenvolvia uma nova. Elas a levavam para todos os lados porque não sabia andar sozinha e depois, sem aviso, ela começou a engatinhar. Foram se acostumando a isso, mas logo ela parou de engatinhar e começou a caminhar. Suas asas começaram a crescer com o resto dela, e foi um alívio para as duas descobrir que, mesmo se não conseguisse voar muito bem, não estava totalmente presa à terra. Euríale confessou que as asas a faziam lembrar que eram irmãs, apesar de tudo. Elas sentiram uma breve onda de esperança quando seus dentes apareceram, mas eram pequenos e ficavam firmes dentro da boca, não eram presas de verdade. Ela podia usá-los para mastigar, mas qual era a utilidade disso?

Como Medusa não parava de mudar, suas irmãs precisaram mudar também. Esteno aprendeu a fazer pão porque só leite não era suficiente para ela. As três ficavam olhando para a massa enquanto crescia na grande pedra plana que tinham colocado sobre o fogo. Euríale tinha observado as mulheres fazendo a mesma tarefa e voltou com instruções e conselhos. Quanto mais o tempo passava, mais copiavam os humanos que viviam por perto.

Os mortais sempre temeram as Górgonas, mas o sentimento não era recíproco. Embora suas irmãs, as Greias, vivessem em uma caverna o mais distante da humanidade que pudessem, as Górgonas simplesmente viviam onde escolhessem e as pessoas que as evitassem. Nenhuma das irmãs conseguia se lembrar por que tinham decidido ficar naquele ponto em especial nas costas da Líbia, mas elas tinham escolhido ali como lar. Tinham uma praia larga e arenosa, rodeada de ambos os lados por grandes rochas desbotadas pelo sol, com tufos de grama robustos em alguns pontos. As rochas eram como grandes muralhas: uma subida difícil, mas um voo fácil para que uma Górgona alcançasse os pontos mais altos e vigiasse o mar com os pássaros dando mergulhos para pescar ou olhasse para o interior e a vívida terra vermelha ou as árvores verde-escuras. Cortando a borda mais distante da costa, havia uma cicatriz irregular na rocha, deixada por um dos terremotos de Poseidon que quase havia dividido a terra em duas partes. O terreno era mais alto do lado das Górgonas, mas não tanto. Mesmo assim, dava às duas uma sensação inexplicável de que tinham escolhido o lado certo, a parte mais alta da costa para morarem.

A Líbia era lar de muitas criaturas – gado e cavalos eram os vizinhos mais próximos, trazidos por pessoas que tinham se estabelecido perto. Euríale lembrou-se de uma época em que não havia humanos a um dia de voo da casa delas. Eles costumavam ficar mais longe, mas algo mudou. Ela perguntou a Esteno se esta se recordava do que havia acontecido, porém nunca fez sentido perguntar essas coisas a Esteno. Ela sempre pensava que o mundo continuava igual. No entanto, mesmo as Górgonas tinham mudado, Euríale disse que elas antes costumavam ser duas, agora eram três. Esteno deu de ombros e falou que talvez tivesse sido o clima: "Os humanos se preocupam com o clima, não?". Porque eles tinham animais para alimentar e plantações para cultivar. E talvez essa fosse a diferença. A terra estava mais seca, mais quente do que antes. Euríale lembrou sua irmã de uma época em que voavam por grandes extensões verdes e barulhentas: a conversa das andorinhas, o chamado dos abelharucos e o canto das cotovias. Era uma época em que elas pousavam ao lado de um lago enorme e ficavam vendo as cegonhas se banhando na água parada. Esteno assentiu incerta. Ela nunca contestava a memória da irmã, mas nem sempre se lembrava com a mesma clareza.

Aos poucos, Esteno concordava, os vizinhos tinham se aproximado da costa, mais perto do mar. Mas a praia isolada delas continuou privada porque era muito inacessível e, de qualquer maneira, os homens contavam outras histórias sobre as criaturas que acreditavam ter visto ali. Monstros das profundezas com bocas enormes, presas terríveis, asas de couro: tão rápidos, fortes e sempre temíveis. Tinham jubas como leões, ou cabelos feitos de cobras, ou pelos como javalis selvagens. As Górgonas eram tudo e nada para a maioria dos mortais, disse Esteno. Ela conseguia se lembrar menos do que Euríale, mas entendia mais.

E assim os homens evitavam o lar delas, a praia e o mar, as rochas e a caverna. A caverna que Esteno achava que elas deviam ter escolhido por causa da Medusa. Euríale sabia que tinham vivido ali antes que Medusa fosse irmã delas, mas nunca mencionou. A caverna era o lar da Medusa assim que ficou grande o suficiente para explorá-la. As Górgonas amavam o calor: Esteno e Euríale podiam ficar horas sob o sol escaldante, abrindo suas asas e permitindo que o calor passasse por elas. Mas Medusa fechava os olhos nas partes mais brilhantes do dia, e sua pele ficava muito quente. Quando ela ainda era pequena, ficava na sombra das asas esticadas das irmãs. Quando cresceu, passava longos dias explorando os cantos da caverna – seus muitos túneis e caminhos escondidos, e a forma como a cicatriz irregular visível na areia também podia ser encontrada debaixo do solo, na escuridão dentro da caverna – tão bem que, quando o sol ficava quente demais, ela dava um beijo nos rostos peludos das irmãs e se retirava para dormir no ar frio.

Esteno não tinha filhas, mas sentia-se como a mãe da Medusa e sabia que Euríale se sentia igual. E apesar de não ter escolhido as emoções que agora experimentava, tentava não se alarmar com elas. A confusão e a repulsa que Medusa havia provocado, no começo, nas duas irmãs tinham desaparecido. A ansiedade, no entanto, permanecia. Esteno nunca havia sentido um momento de medo em sua vida antes de ser responsável por uma criança. Do que deveria ter medo, uma Górgona como ela? Dos homens? Dos animais? A ideia era absurda. E ela nunca experimentou medo de outra criatura até a aparição da Medusa. Ela nunca sentiu a mínima preocupação quando Euríale estava fora caçando ou explorando: sua irmã podia se defender contra qualquer ataque, assim como ela. Mas aí estava a Medusa, que podia se machucar com qualquer coisa, inclusive uma pedra.

Todas as crianças tinham membros tão instáveis quando eram pequenas? Todas caíam sem aviso? Todas cuspiam sangue quando entravam em contato com algo duro? Esquecida como ela era, Esteno se lembrou de uma coisa e foi o pavor que sentiu quando Medusa tropeçou na grama que o rebanho de ovelhas delas pulava sem problemas. Ela estava brincando nas rochas mais altas, mostrando as asas com as quais voava até as partes que não conseguia escalar. A queda da Medusa foi repentina e breve sobre uma rocha saliente que se levantava da areia abaixo dela. Esteno não sabia dizer qual a idade de sua irmã, mas ela não chegava nem na altura do quadril de Euríale. O barulho que ela fez: Esteno e Euríale tinham se entreolhado sem palavras, cada uma sabendo o que a outra estava pensando. Foi este o momento em que a irmã delas tinha se transformado em uma verdadeira Górgona? O momento em que ela finalmente soltou o mesmo uivo mortal que Esteno poderia fazer se simplesmente abrisse sua ampla boca e gritasse?

Não foi. Não foi uma demonstração de força, mas de fragilidade. O uivo foi decepcionantemente curto, pois a garotinha precisava de mais ar para sustentá-lo. Respirar era uma fraqueza terrível. E então apareceu o sangue, escorrendo em um fluxo horrível pela perna da menina. Esteno nem sabia o que era aquilo no começo, não tinha ideia de que pelas veias de sua irmã corria aquele líquido vermelho pegajoso quando deveria estar cheia de icor, como uma criatura normal. Ela e Euríale correram até a irmã, ergueram-na do chão, protegeram-na com suas asas. Euríale lambeu gentilmente o sangue da pele de Medusa. Os uivos diminuíram e as lágrimas que escorriam por seu rosto desapareceram, tudo o que restou foram vestígios salgados até que Euríale terminou de lamber tudo. Medusa olhou para a rocha em que se havia machucado. Euríale não precisou de palavras para entender. Ela enfiou suas garras nela, olhando para a irmã enquanto esmagava a pedra.

E todo dia depois disso, enquanto ia diminuindo o vergão roxo na pele da Medusa, ela olhava para o lugar onde estava a pedra e esfregava sua cicatriz. E sorria porque não iria mais se machucar ali. Euríale tinha garantido isso.

Quando Esteno chamava suas irmãs – Euríale descia dos céus e Medusa vinha correndo da caverna –, ela sempre cumprimentava da mesma forma: somos uma, mas somos muitas. Medusa sempre respondia como se tivesse feito uma pergunta (mas ela não tinha): três não é muito. E Esteno sorria e acariciava o lindo cabelo da irmã, encaracolado em grossos cachos ao redor de seu rosto.

– Você é muitas mesmo sozinha.

– Não sei o que isso significa – dizia a garotinha. – Sou apenas eu.

E então, um dia, ela perguntou:

– Somos sempre três?

– O quê? – Esteno não entendeu.

– Alguma vez seremos mais do que três? – perguntou Medusa. Ela tinha observado as ovelhas que naquele verão tinham tido cinco cordeiros. No ano anterior, tinham sido apenas dois.

– Não, querida. Sempre seremos três – respondeu Esteno. Medusa viu uma sombra cruzar o rosto da irmã, mas não entendeu.

– Quem me deu à luz?

Esteno olhou para Euríale, que olhou para as ovelhas.

– Ceto – respondeu Esteno.

– Quem é?

Esteno deu de ombros e respondeu:

– Sua mãe. Nossa mãe também.

– Mas eu nunca a vi – falou Medusa. – Como ela pode ser minha mãe? Achei que vocês fossem minha mãe. – Ela olhava para as duas. – Se ela é a minha mãe, por que não está aqui?

Elas sempre tinham esperado que Medusa pudesse falar. Mas agora Esteno sentia que deveria ser maior o intervalo em que uma criança começasse a falar e passasse a fazer perguntas sobre tudo o que estivesse vendo ou não, dos pássaros no ar ao vento em seu cabelo. Por quê, por quê, por quê. Esteno tinha tentado falar para Medusa que não sabia por que os cormorões voavam mais perto da costa do que os outros pássaros, ou por que suas ovelhas gostavam de comer grama quando o gosto era tão ruim para Medusa, ou por que o mar era mais frio do que a areia quando o sol brilhava da mesma maneira para os dois. Esteno nunca tinha nem notado essas coisas. Mas a falta de respostas não impedia que Medusa fizesse muitas outras perguntas. Esteno olhou para sua irmã na expectativa.

– Eles estão no mar – disse Euríale.

– Quem são eles?

– Nossos pais. Você tem dois pais, uma mãe e um pai.

Medusa franziu a testa.

– Eles são peixes? – ela perguntou.

Euríale pensou na resposta.

– Não – ela respondeu. – Não são peixes.

A garotinha começou a chorar. As duas irmãs se entreolharam alarmadas. Elas tinham se acostumado às mudanças de humor dela, mas ainda parecia estranho chorar por não ter pais que eram peixes. Quanto mais perplexas elas ficavam, mais Medusa chorava.

– Você não ia querer ter pais que fossem peixes – disse Esteno, colocando o braço ao redor da criança. – Como iria diferenciar um peixe do outro? Não saberia qual era seu pai.

– Mas peixes são as únicas coisas que vivem no mar! – gemeu Medusa.

– Não são, não – disse Euríale. – Por que está falando isso? Porque os peixes são tudo o que vemos no mar, porque eles se aproximam da praia em que você vive. Mas o mar se estende muito além do que você consegue ver. É amplo, profundo e está cheio de criaturas e lugares que você nunca imaginou. Fórcis e Ceto vivem nos lugares mais profundos do oceano.

– Mas eu não poderia morar lá?

– Não – respondeu rapidamente Esteno. – Você se afogaria se tentasse. Prometa que nunca vai cruzar essas rochas conhecidas. – Ela apontou para as enormes rochas que fechavam as laterais da baía.

Medusa assentiu.

– Prometo. Vocês conseguem viver no mar?

Toda resposta levava a mais perguntas. Euríale flexionou suas asas.

– Creio que não – ela falou. – Asas molhadas ficariam muito pesadas para voar, acho.

Esteno assentiu com a cabeça, porque não tinha ideia.

– E é por isso que vivemos aqui juntas? – perguntou Medusa. – Porque não podemos viver no mar e eles não podem viver na terra?

– Isso mesmo – respondeu Euríale.

– Mesmo que não sejam peixes?

– Eles não são peixes.

– Como eles são? – perguntou Medusa. – São como vocês?

Euríale pensou por um instante.

– Não, não são como nós – ela falou. – Não são Górgonas. Fórcis é um deus do mar, ele não tem asas. Ele tem escamas. E enormes garras no lugar das pernas. Ceto é... – Euríale levantou as sobrancelhas espessas e olhou para Esteno, que não sabia o que responder. – Não sei exatamente como descrever Ceto – disse Euríale. – Nunca a vimos.

– Nunca?

– Ela vive nas profundezas do oceano, Medusa. Nenhum de seus filhos jamais a viu.

Medusa ficou sentada em silêncio, finalmente não tinha mais perguntas. E suas irmãs esperavam mais uma vez que tivessem evitado que ela sentisse o que as duas sabiam que era verdade: que ela era uma aberração cujo nascimento havia deixado os pais horrorizados. Esteno era imortal, Euríale era imortal, os pais, avós, irmãos delas eram imortais. Todos eram imortais exceto Medusa, e criaturas que não chamariam a atenção de nenhuma Górgona.

Mas agora, ali estavam elas. Euríale cuidando de seus rebanhos como uma pastora. As duas discutiam a produção de leite. Esteno pendurando peles secas de gado na frente da caverna para que Medusa pudesse se aquecer à noite, enfiando-as na rocha com sua forte garra. Tudo em suas vidas tinha mudado depois que assumiram a tarefa de criar Medusa.

E como alguém poderia ter preparado Esteno para a mudança que causou? Ela não sabia o que significava a dor que sentia; ressentia-se de senti-la. Mas em algum lugar em seu corpo havia uma estranha dor nova, que ela acabou concluindo que era medo. Medo! Em uma Górgona! A ideia era absurda, irritante. Mas era isso: ela não podia continuar fingindo para si mesma que era outra coisa. Vivia com essa dor latejante, constante e incômoda de que Medusa poderia não estar segura. Então o problema não era só ela – uma Górgona – sentir medo, mas estar sentindo por outra Górgona que deveria ser tão impenetrável quanto ela mesma já havia sido. Euríale sentia isso também, embora tivesse muita vergonha de mencionar. Esteno podia ver a mesma ansiedade em sua irmã. Não era de espantar que Fórcis tenha deixado o bebê com elas. Nenhum deus do mar iria querer se sentir tão vulnerável. Esteno sentiu um arrepio quando pensou no que tinha perdido: a doce sensação de ser dona de si mesma e de seus sentimentos, de não ter nenhuma preocupação, ou somente sentimentos leves. Tudo isso tinha desaparecido, substituído sem aviso por um pânico avassalador sempre que uma criança se escondia ou chorava.

Isso, ela sabia, era amor. E sentia mesmo sem querer.

Hera

ENTRE OS ALTOS PICOS CINZENTOS do Monte Olimpo, Hera conseguia perceber que algo estava errado. Zeus estava sempre bastante irritado, mas geralmente não era tão ruim assim. O rei dos deuses tinha incomodado todo o Olimpo por dias, ameaçado uma e outra divindade pelos menores erros. A rocha debaixo de seu pé havia estremecido com seus passos, os pinheiros mais abaixo na montanha tinham se encolhido de medo. Em geral, Zeus conseguia ser civilizado com Apolo e Ártemis. Mas havia acontecido uma discussão incrível entre os três mais cedo. E por nada, na verdade: Apolo estava tocando sua lira, o que é irritante, claro, mas não é algo novo. Zeus, às vezes, até gostava de música. Hera preferia o silêncio e não que estivesse adulando o arqueiro puro, mas normalmente ela não começava a briga.

Apolo estava tocando o instrumento tranquilamente, apenas com a irmã elogiando sua habilidade. Ele estava, pensou Hera, agindo de uma forma bastante tolerável. Então, tocou uma nota errada e Ártemis riu. Nada de mais, na opinião de Hera, e Zeus nunca se importou com nada disso. No entanto, seu marido gritou com raiva, jogou raios após raios na direção deles. Ficaram tão chocados que nem zombaram da pontaria atroz. As colunas que sustentavam suas adoráveis colunatas precisariam de reparos, e os carvalhos ao longe ficaram brevemente iluminados, depois terminaram pretos. O cheiro de folhas queimadas deixou Zeus ainda mais bravo. Ele ficou tão furioso que Hera quase adiou sua vingança em relação ao caso Métis.

Claro, ele tinha feito o que ela esperava e arrancado a deusa arrogante da face da terra. Mas Hera se ressentia por isso ter acontecido. Não era suficiente ter punido Métis, ela precisava punir Zeus – e ela tinha uma maneira de fazer isso. Bem, sorriu para si mesma enquanto olhava o reflexo em uma piscina rasa e não achou que faltasse nada, ela conhecia muitas formas de fazer isso.

Hera e Zeus combinavam em forma ideal, pelo menos em termos da capacidade de antagonizar. Havia dias em que ela acreditava que ele mal conseguia se levantar da cama sem seduzir ou violar alguém. O tempo e o esforço que ela precisava dispensar para assediar cada deusa, mulher ou ninfa que ele havia molestado? Bom, o desgaste era equivalente, ou, ao contrário, na verdade era cada vez pior. E nessa ocasião, ela tinha decidido que a punição de Zeus deveria ser correspondente a esse delito em especial. Ele tinha engravidado Métis, mesmo se a criança, deusa ou semideusa, não tivesse nascido. Hera parou para considerar a terrível possibilidade de que, em algum lugar, havia um bebê bastardo que ela não tinha conseguido encontrar e perseguir. Não. Seus grandes olhos castanhos davam a impressão enganadora de que ela era uma criatura de natureza doce. Um cervo, digamos, ou uma vaca. Mas era tão perspicaz quanto qualquer predador. Ela não perdia nada.

Então, onde estava a criança? Não saber esse paradeiro a deixava enfurecida. Mas ela não podia perguntar a Zeus e também nenhuma de suas fontes habituais de informação (ninfas tentando ganhar os favores dela, caso o pior acontecesse) tinha sido capaz de dar uma resposta. Ela iria descobrir. Mas primeiro iria puni-lo.

Hera não mencionou Hefesto a Zeus por um ou dois dias (na verdade, ela não tinha certeza de quantos tinham sido, já que todos se fundiam rapidamente para ela e os outros deuses). Mas parecia que seu filho tinha ficado adulto rápido demais. Talvez todas as mães se sentissem assim, ela pensou. E deu de ombros, pois como ela saberia a resposta sem perguntar para alguém? E quem se importaria em fazer isso? O único fato que importava era que num minuto ele era pequeno; no seguinte, já tinha crescido. Ele mancava, ela ficou irritada ao notar, um defeito que deve ter herdado do pai, porque dela não tinha sido. Mas como ela nunca revelaria quem era o pai, ninguém saberia. Hefesto era habilidoso com as mãos: isso ficou claro imediatamente.

Na verdade, ele era realmente habilidoso. Prova disso é que a raiva de Zeus por sua esposa ter tido um filho ilegítimo foi rapidamente amenizada ao descobrir como era útil ter essa nova divindade por perto. Quando Zeus finalmente notou um deus manco com tanto afeto pela rainha dos deuses que só poderia ser a mãe dele, explodiu com sua costumeira petulância. Mas Hefesto – sempre tão ansioso por agradar a todos, especialmente a Zeus – conseguiu acalmá-lo rapidamente esculpindo uma águia de bronze para seu padrasto.

Os outros deuses ficaram interessados. Apolo estava segurando sua lira, mas a mão de sua irmã segurava seu braço, pedindo silêncio. Zeus fez uma careta e agarrou a águia, parecendo pronto para atacar seu criador. Porém, quando ele a levantou, os raios do sol atingiram a ave. Hefesto tinha de alguma forma esculpido as penas de tal maneira que, quando as luzes bateram sobre elas, as asas da águia eram iguais ao marrom-escuro do pássaro favorito de Zeus, mas as pontas brilhavam feito ouro, como se Hélio estivesse iluminando o pássaro real em pleno voo. Zeus estava a ponto de falar que nunca tinha visto nada tão lindo exceto se ela estivesse nua, quando cruzou os olhos com sua esposa, que estava feliz olhando para seu filho e seu marido, e decidiu que talvez fosse melhor não falar nada.

Hefesto construiu sua própria forja, atrás dos corredores em que moravam os outros deuses. Ele ficava muito tempo lá, feliz fazendo suas coisas sozinho. Ele sabia criar qualquer coisa – de argila, bronze ou pedra – e era sempre o objeto mais lindo. Continuou como sempre foi: detestando qualquer tipo de conflito a menos que tivesse construído ele mesmo a armadura dos combatentes. E mesmo assim ele só queria ver como ela resistiria ao uso: se o projeto de sua lança poderia resistir ao escudo que ele havia feito, reforçado com várias camadas de couro. Ele satisfazia o capricho de qualquer deus que lhe pedisse. Ártemis murmurou para seu irmão que parecia impossível que alguém tão bem-disposto estivesse relacionado com Hera, e Apolo assentiu enquanto admirava a nova aljava e o arco lindo e bem equilibrado de sua irmã.

Mas o temperamento de Zeus não melhorou. Ele podia ser apaziguado com presentes, porém a melhora em seu humor era sempre transitória e, no dia seguinte, estava tão bravo quanto antes.

– O que foi? – Hera acabou perguntando quando Zeus levou seu copeiro às lágrimas pela terceira vez no mesmo dia. – Como pode ficar sempre com raiva do pobre garoto? Ele está sempre buscando e levando coisas exatamente como você quer. Está fazendo com que ele se sinta infeliz e não é nada bonito vê-lo chorar.

– Eu sei – disse Zeus. – Por que as mulheres choram de forma tão bonita e os homens não?

— Não tenho ideia – respondeu Hera. – Mas ele molhou o chão com seu choro, e se eu escorregar e cair, vou culpar você.

— Não me importa quem você vai culpar – respondeu o marido. – Não me importa o que você faz desde que faça em silêncio.

— Seus ouvidos estão doendo? – ela perguntou.

— Não – ele respondeu. – Fique quieta.

— Sua coroa de louros está muito apertada?

— Não, acho que não. Como é que algo feito de folhas pode estar muito apertado? – ele perguntou.

— Não sei, estou apenas perguntando.

— Você acha que o rei dos deuses pode ser ferido por folhas? – A raiva dele foi aumentando.

— Acho que algo o está deixando com raiva – gritou Hera. – E não é a qualidade do néctar que o garoto trouxe.

Houve uma longa pausa. O rosto barbudo de Zeus escureceu de raiva; a expressão solícita dela não mudou.

— Minha cabeça está doendo – ele falou.

— Não entendi. – Hera se inclinou para a frente, virando uma elegante orelha na direção dele.

— Disse que minha cabeça está doendo.

— Dor de cabeça? É por isso que seu humor está assim terrível? Os olhos dourados de Zeus brilharam.

— Você sempre tem dores de cabeça e seu humor também fica horrível.

— Bom, ainda bem que você sempre consegue encontrar conforto em algum lugar – ela respondeu. – Por que não pediu ajuda a um dos centauros?

— É isso que você faz?

— Eles são bons com ervas, não são?

— Acho que sim. Apolo é quem sabe – ele disse.

— Apolo até poderia ir e perguntar, se você parar de gritar com ele por qualquer coisa.

— Você poderia pedir para ele?

— Tenho certeza de que ajudaria. Talvez se eu dissesse que se arrepende de ter quebrado a lira dele?

— Não me arrependo.

— Talvez se eu fingisse que você se arrepende.

Eles se entreolharam. Zeus adorava quando ela agia assim. Era uma pena que estivesse sempre brava.

— Tudo bem – ele falou. – Finja que me arrependo.

— Sim, marido – Hera falou. E deu um gentil beijo no rosto dele antes de se afastar para explicar ao arqueiro que precisavam da ajuda dele, com ou sem a lira quebrada.

O centauro fez uma poção de origem incerta e cor repugnante. Apolo a entregou para Hera, explicando que tinha acabado de adquirir uma lira nova de Hefesto, e não tinha nenhuma intenção de perdê-la também. Ela teria que levar a poção para Zeus e sugerir que ele bebesse. Hera caminhou pelos salões altivos e iluminados até chegar a uma pequena câmara escura, que Zeus estava ocupando. Ela havia transferido a poção para uma taça de ouro, para tentar melhorar sua aparência. Enquanto servia, pensou que havia acontecido o contrário: a poção parecia pouco apetitosa e, de alguma forma, parecia pior na taça.

— Marido? – ela chamou.

Ele gemeu em resposta.

— Tenho o remédio do centauro para você. – Puxou a grossa cortina e mesmo a baixa luz fez Zeus gemer de novo. – Aqui.

Ele estava deitado em um sofá, a cabeça apoiada em almofadas e ela estendeu a taça.

Zeus a pegou e bebeu em um gole só. Sua careta mostrou que o sabor era tão desagradável quanto a aparência. Mas ele não gritou nem jogou a pesada taça em sua esposa. Simplesmente afundou de volta nas almofadas e mandou que ela fosse embora.

Hera se viu na posição perturbadora de ficar preocupada com o marido. Ela não tinha experiência nisso: era a maior ameaça ao bem-estar de Zeus, no geral.

Mas, nos dias seguintes, ele não melhorou. Os salões do Olimpo – que sempre vibravam com música, discussões e conversas – estavam silenciosos. Hermes havia encontrado, de repente, muitas mensagens para entregar. Ares estava fomentando alguma pequena guerra para sair do caminho. Afrodite estava distraída com algum amante. Ártemis estava caçando nas montanhas e Apolo tinha ido com ela. Hera vagava sozinha, ouvindo seus passos ecoando nos picos das montanhas ao redor. Ela estava ansiosa e entediada.

Verificava como andava seu semiconsciente marido na primeira parte do dia, quando o brilho intenso de Hélio o perturbava menos. Sem ninguém para conversar e com uma sensação inquietante de que deveria estar fazendo algo e não estava, não sabia como passar o tempo. Hera terminava voltando todo dia à forja para conversar com o filho. Ele sempre ficava feliz em vê-la, sempre oferecia a cadeira curva que tinha feito para ela. Ele a ouvia pelo tempo que quisesse falar. Fez pequenos modelos de pássaros e animais, que ela não precisava, mas que não recusava para não ferir seus sentimentos. E de qualquer maneira, quem mais dava presentes para ela?

Um dia, Hera chorou ao contar seus medos: que os mortais iriam parar seus sacrifícios, que Zeus nunca iria se recuperar, que os deuses do Olimpo se espalhariam pelos ventos. Hefesto não suportava vê-la sofrendo.

– Deixe-me ir com você – ele falou. – Vou falar com Zeus. Talvez eu possa ajudar.

Hera olhou para o ferreiro manco e não teve coragem de contar que o rei dos deuses não era um autômato feito de metal ou madeira. Pelo menos Hefesto queria tentar, ao contrário dos outros deuses que fugiram. Ela ainda teria recusado a oferta dele mesmo se não tivesse percebido naquele momento que não estava nem planejando vingança contra os deuses que estavam evitando o Olimpo e haviam abandonado. A que ponto as coisas tinham chegado?

Hera e Hefesto avançaram lenta e dolorosamente montanha acima da forja. Os caminhos irregulares da montanha eram difíceis para seu filho; Hera andou mais devagar para que ele pudesse acompanhá-la.

– Você precisava trazer seu machado? – ela perguntou. Hefesto corou.

– Sinto-me melhor com ele – disse. – Ou um martelo. Caso alguém precise de algo.

Hera assentiu, preferindo não deixá-lo mais embaraçado. Ela o conduziu por pórticos luminosos e enormes salões. Ele estava tão acostumado à pequena forja, ela pensou. Parecia desconfortável nesses espaços maiores. Mas no fim chegaram à câmara onde estava Zeus. Hera estendeu a mão para abrir a cortina e Hefesto segurou seu braço, em pânico.

– Você precisa perguntar se posso entrar – ele falou. – Não posso simplesmente entrar no quarto dele.

– Duvido que vá notá-lo – respondeu Hera. Dizer as palavras em voz alta fez com que se sentisse mais sozinha do que quando só as pensava.

– Marido – ela murmurou quando os dois entraram. – Marido, trouxe nosso filho para vê-lo.

Agora parecia um bom momento para corrigir a origem precisa do deus ferreiro. Zeus soltou um forte uivo.

– Ótimo! – ele falou. – Ele trouxe as ferramentas?

– Trouxe – respondeu Hefesto.

– Finalmente, um pouco de bom senso.

Zeus se inclinou para a frente e abriu um pouco os olhos.

– Se você tivesse pedido ferramentas – começou Hera. Mas vendo o estado de seu marido, ela decidiu não continuar.

– Onde dói? – perguntou Hefesto.

Zeus apontou para o centro da sua testa.

– Aqui – ele falou. – Dói como se meu cérebro estivesse em guerra com meu crânio.

– Isso parece uma agonia – comentou Hefesto. – Está piorando?

– Está – respondeu Zeus. – No começo parecia que meu maxilar queria se livrar dos meus dentes, e a dor se espalhou por toda a minha cabeça. Mas agora, ela subiu e se concentrou bem aqui, acima e entre meus olhos. Meu crânio não consegue conter o que quer que seja isso nem mais um minuto.

– Eu poderia pegar meu machado – disse o ferreiro – e acertar bem nesse ponto.

– Como isso ajudaria? – perguntou Hera.

– Poderia aliviar a pressão do que estiver lutando para sair – respondeu o filho.

– Você acha que há algo aí? – Zeus ergueu a mão lentamente, passando os dedos pelo lugar. Ele não sentia nada. Mas não queria dizer que não havia nada.

– Não sei – respondeu Hefesto. – Poderia vir um pouco mais para a luz?

– A luz piora a dor – respondeu Hera.

Mas Zeus fechou os olhos e o ferreiro, que tinha andado com tanta cautela enquanto cruzavam os corredores, abaixou-se de forma rápida e eficiente, e levantou o sofá – com o rei dos deuses e tudo – e carregou tudo para o amplo corredor. Ele se aproximou e pareceu examinar cada pelo na cabeça do deus.

– Acho que estou vendo algo – ele falou.

– Não vejo nada – respondeu sua mãe.

– O que está vendo? – Zeus perguntou, ainda com os olhos fechados.

– Não sei como descrever. É como se eu pudesse distinguir a sombra de algo andando por trás de seus olhos. Está bravo e não para de se mover – ele falou.

– É isso então – concordou Zeus. – Use seu machado, liberte essa coisa.

– Você tem absoluta certeza de que quer levar uma machadada na cabeça? – perguntou Hera. – Acho que é uma ideia maravilhosa – ela disse ao filho, antes de voltar a falar com o marido. – Mas não tenho certeza de que isso vai diminuir a sua dor de cabeça.

– Tentei todo o resto – disse Zeus. – Use o machado.

Medusa

Ela tinha imaginado sua mãe de tantas maneiras diferentes. Medusa se sentou em sua rocha favorita: lisa, protegida do sol forte por uma pequena pedra no alto, uma escalada fácil agora que suas pernas tinham crescido tanto. Ela se sentava ali todo dia, acenando para suas irmãs se estivessem olhando, para mostrar que estava segura. Não estava evitando as duas exatamente, mas às vezes sentia que queria estar sozinha, para poder pensar em suas coisas sem precisar explicar o que estava pensando, ou por quê.

De vez em quando, ela pensava em seu pai também, mas sabia mais sobre ele e, de todas as formas, era só olhar para o rebanho de Euríale para ver que as mães eram muito mais importantes para os filhotes, e os cordeiros eram tudo para suas mães. Se eles se separavam porque um dos cordeiros se perdia, a angústia era mútua. Euríale voava para ajudar o cordeiro perdido e reuni-lo ao rebanho a fim de terminar com o balido frenético.

E era nisso que Medusa pensava quando se sentava sobre as ondas, olhando para o escuro mar. Se uma ovelha podia ser tão dedicada a seus filhotes, onde estava sua mãe? Ela não sabia onde estava Medusa, ou não se importava? Será que ela veria sua filha se Medusa viesse até essa alta rocha todo dia e se sentasse lá por um tempo?

A garota Górgona olhou para o vasto oceano e acreditou que poderia ser vista. E ela podia, mas não por sua mãe.

Anfitrite

ANFITRITE, RAINHA DO MAR, NADOU entre os golfinhos nas águas rasas azul-celeste pensando em como seu marido a havia conquistado. Ele se apaixonara pela voz dela, havia dito, pois o fazia lembrar da água batendo na costa. E ela gostou dos elogios e dos presentes dele. Mas havia algo nele que a deixava desconfortável, então não sucumbiu aos seus inegáveis encantos. Se alguém tivesse perguntado por quê, ela poderia ter dito que o prazer que sentia com a atenção dele era sempre um pouco prejudicado pela sensação que tinha de que, além do charme, que estava sempre evidente, ele era capaz de uma devastadora crueldade. Tinha ouvido alguns rumores: nunca uma história completa, mas muitos ecos parciais, como se estivesse tentando ouvi-los pressionando uma concha no ouvido.

Por fim, sua inquietação tinha superado o deleite nos presentes e a atenção, e ela fugiu do deus, e do mar que era o domínio dele. Ela se escondeu, escolhendo um defensor que, acreditava, poderia mantê-la segura. Mesmo o deus dos terremotos pensaria duas vezes antes de enfrentar Atlas. O titã a protegeu da raiva de Poseidon, mas não podia evitar a contínua atenção dele. Foram enviados mensageiros, todos os dias, para implorar que ela voltasse às profundezas. Se ela nadasse, um peixe murmuraria que a amava. Se ficasse na praia, o vento arrastaria a areia formando ondas. Nunca houve uma ameaça, somente a implacável perseguição. Os golfinhos, que Poseidon sabia serem os favoritos dela, foram os próximos a virem defendê-lo.

Ele vai parar, disse Atlas. Um dia ele simplesmente vai perder o interesse e desistir. E ela sorriu porque queria que fosse verdade e porque queria que Atlas sentisse que a estava tranquilizando. Mas ela já sabia algo que o titã desconhecia, que Poseidon nunca iria desistir. Como o mar sempre vence suas batalhas? Por fricção.

E com o passar dos dias, meses e anos, Anfitrite sentiu as pontas afiadas de sua resistência se desgastando. Não seria mais fácil, perguntaram os golfinhos (sempre tão simpáticos), voltar ao mar? E no final, foi mais fácil. Mais fácil ceder do que resistir. E Poseidon tinha ficado tão contente com o retorno dela, tão satisfeito em se casar com ela que nunca mencionou o tempo que ficou esperando, nunca insinuou que tinha sido outra coisa a não ser um delicioso jogo de sedução do começo ao fim.

Esse, então, foi o padrão estabelecido para o casamento deles. Poseidon nunca mostrou sua raiva e quase todos os traços disso foram apagados. Se não fosse pelo súbito medo que ela às vezes podia sentir nas criaturas que preenchiam as águas ao seu redor, ela poderia ter acreditado que tudo era como parecia ser. E certamente, ele era muito mais cuidadoso com os sentimentos dela do que Zeus com os da esposa, Hera. Anfitrite teve que fazer um grande esforço para descobrir quem seu marido estava perseguindo e – com uma exceção de que ela agora se arrependia porque sua resposta não tinha mostrado o melhor lado dela – raramente se importava. Hera era sua inspiração nisso: quem parecia estar mais feliz? Anfitrite, nadando com seus golfinhos nas águas azuis do mar, sua pele quente acariciada pelas algas e os peixes? Ou Hera, consumida pelo ódio, perdida em um infinito ciclo de repetição de vingança infrutífera?

Então Anfitrite geralmente prestava pouca atenção ao marido a menos que ele estivesse na frente dela, dando outra linda concha contendo outra maravilhosa pérola. Mas, nessa ocasião, ela não podia evitar saber para onde estavam voltadas as atenções dele. Poseidon parecia estar vagando nas águas rasas do Mediterrâneo todos os dias, voltando ao mesmo trecho da costa. Ela quase tinha nadado duas vezes até ele, e era incomum que fosse tão descuidado. Mas ele observava a estranha garota Górgona havia meses. Pelo menos, Anfitrite assumia que ele observava a garota, não as irmãs dela. As outras duas estavam lá havia muito tempo, e Poseidon nunca ficara naquelas águas antes. Ele estava de olho na nova. As Górgonas não se encaixavam em nenhum lugar, pensou Anfitrite, exceto a pequena praia solitária que tinham escolhido para viver. Mas onde essas criaturas com asas, que também eram filhas de Fórcis e Cleto, se encaixariam? Coitadas. E mesmo assim, ali estava seu marido passando todo o tempo livre observando a garota que pertencia metade ao mar e metade ao céu.

Ela não precisava perguntar onde ele estava quando voltava à noite, mas perguntou só pelo prazer de ouvi-lo mentir. Admirando o templo de Hera, ele falou, que havia sido construído pelos moradores da cidade no alto de uma colina. A distância das Górgonas não era tão grande para que parecesse uma resposta implausível: Anfitrite tinha visto o templo também. E ela concordou, era impressionante mesmo visto do mar ao longe. Um segundo templo estava sendo planejado, contou Poseidon, e ele queria que essas pessoas o homenageassem. Não, eles não eram um povo do mar, ele admitiu. Não viviam em uma ilha, a terra era fértil, o gado era forte. Mas ele queria que dedicassem um templo mesmo assim.

Anfitrite assentiu com simpatia e emitiu alguns sons suaves que tinham chamado a atenção dele havia muito tempo: as ondas do mar quebrando suavemente sobre a areia macia. Claro que ele queria um templo. Claro que deveria persuadi-los. Claro, claro, claro.

E enquanto passava os dedos por seu cabelo úmido, salgado e concordava com seus desejos, ela se perguntava se deveria avisar as Górgonas do perigo que corria a irmã delas.

Atena

– Use o machado – repetiu Zeus. – Agora.

Hefesto deu passo para o lado, transferiu seu peso para o pé de trás e sentiu o machado em sua mão. Tudo estava bem. Ele girou a lâmina e então a deixou cair quando uma voz ensurdecedora gritou para ele parar. De repente, os corredores estavam cheios de sons: todos os deuses do Olimpo tinham voltado ao mesmo tempo. Foi o deus da guerra, ele pensou depois, que havia gritado. Mas quando olhou ao redor, viu uma parede de rostos julgando-o.

– Eu pedi que ele fizesse isso – falou Zeus. – Não o interrompam de novo.

Olhou com ódio para Ares.

– Você pediu para ele? – perguntou Apolo. – Ficou louco? Ele ficou doido? – perguntou para Hera.

Ela estava parada atrás de Zeus e respondeu encolhendo os ombros.

– Devo ter ficado – falou Zeus. – Por dar algum crédito a todos seus amigos meio cavalos e suas poções malfeitas. Quantas poções venenosas você me mandou? Eu bebi todas e a agonia na minha cabeça não diminuiu nem um pouco. Agora, aqui está um deus que realmente está tentando me ajudar e vocês decidem interferir?

– Se tivesse dito que queria alguém para arrebentar seu crânio com um machado – observou Ares –, eu poderia ter feito isso meses atrás.

– Mas não fez – falou Zeus. – Você desapareceu, todos vocês. Se esconderam em seus templos, evitando o Olimpo, me evitando. Covardes. Ele – e apontou para Hefesto, que estava ali parado, sem jeito, o machado em suas fortes mãos –, ele ficou aqui e se ofereceu para ajudar. Agora deixem que faça o que pedi.

– Muito bem – falou Apolo, virando-se para Hefesto. – Como quiser.

Novamente, Hefesto levantou o machado e deslocou o peso para trás. E dessa vez, quando fez o movimento, ninguém o impediu. Houve um clarão ofuscante e um som de metal batendo no metal. Todos os deuses fecharam os olhos e cobriram os ouvidos. Até Hefesto ficou paralisado: curvado para a frente, apoiando o peso no cabo do machado, sem forças.

E diante de todos apareceu uma deusa. Totalmente formada, com todas as suas armas, um elmo dourado brilhando sob o sol da montanha, uma lança longa e fina em sua mão direita.

– Obrigada – ela falou, mais irritada do que grata. – Pensei que ninguém viria me liberar.

Houve uma pausa.

– Não consigo fingir que estava esperando que isso acontecesse – Ártemis murmurou para Apolo.

– Nem eu – ele respondeu. – E eu conheço centauros.

Os olhos deles – como o de todos os outros deuses ao redor – estavam fixos na nova deusa, que olhava para eles sem muito entusiasmo. Sua pele era quase translúcida, de tanto que permanecera presa na escuridão. Ela tinha braços e pernas fortes e esguios (embora não fosse alta – o elmo aumentava um pouco sua altura), e mãos hábeis. Sua expressão era a de alguém sem paciência, mas tentando esconder isso. Ares mudou de um pé para o outro, inquieto com a visão da deusa guerreira. Ártemis se perguntou se ela sabia usar aquela lança. Hera não falou nada, seu rosto parecia uma máscara.

Foi Hefesto – tão acostumado a ver criações deslumbrantes – que olhou por trás da nova deusa para ver o que havia acontecido com Zeus. O rei dos deuses admirava sua nova criação e esfregava sua testa aliviado. Não havia nenhuma marca onde Hefesto havia batido.

– Filha! – ele falou, grandioso.

A nova deusa se virou e olhou para Zeus, como se o julgasse:

– É mesmo? – falou.

Medusa

Euríale gostava de humanos. Sabia que Esteno preferia evitá-los por achar a fragilidade deles estranha e desagradável. Mas, mesmo antes da chegada de Medusa, Euríale costumava voar para observá-los. Gostava da maneira como eram tão propensos à ansiedade e à pressa. Gostava das casas que faziam para dormir. Gostava dos enormes templos que conseguiam construir. Ela voltava para a costa e contava a Esteno tudo o que tinha visto, mas sabia que sua irmã só a ouvia porque era gentil.

Porém, Medusa era diferente. Pedia que repetisse várias vezes as histórias, corrigindo Euríale se mudasse algum detalhe. Ficava pedindo o tempo todo às irmãs para ver pessoas. Adorava ver crianças, assim como adorava quando suas ovelhas produziam cordeiros. E quanto mais velha, maior o seu seu amor pelos mortais.

– Eles nem têm asas – falou Esteno uma manhã quando Medusa estava pedindo para que as três fossem ver o novo templo, que havia sido construído ali perto. As Górgonas conseguiam vê-lo do alto das rochas perto da sua caverna, embora estivesse em uma colina mais alta. – Eu fico imaginando como eles conseguem fazer colunas tão altas.

– Poderíamos perguntar se formos olhar – disse Medusa. – Por favor.

– Hoje não – disse Esteno. – Há coisas que preciso fazer hoje.

– Mas...

– Outro dia – disse Euríale. As ovelhas precisavam ser ordenhadas e ela tinha a sensação de que uma delas estava doente. Tinha separado a criatura das outras, do outro lado da praia.

– Eu poderia ir sozinha – falou Medusa.

Suas irmãs se entreolharam. Ela poderia ir sozinha. Estava na idade em que os humanos faziam coisas sozinhos, percebeu Euríale. E embora fosse preciso se esforçar para se lembrar, ela não era mais um bebê.

– Há quantos verões você está aqui? – perguntou Esteno, desconfiada.

– Eu me lembro de treze – disse Medusa. – Quantos você lembra? – ela perguntou a Euríale.

– Mais três – respondeu Euríale, depois de fazer as contas. Ela pensou no rebanho de ovelhas crescendo ao longo dos anos, os primeiros cordeiros, as primeiras mortes. Lembrou-se de Medusa lá todas as vezes: engatinhando, depois de pé, caminhando com dificuldades, depois correndo. – Sim. – Assentiu para sua irmã cética. – Ela está conosco há dezesseis verões.

– Se eu fosse mortal, meus pais me deixariam ir ver o templo – falou Medusa, virando-se de uma irmã para a outra. – Por favor. Acho que estão começando a construir outro, tenho certeza de que vi como marcavam o chão. Quero ver.

Medusa não tinha medo de viajar sozinha. Ela estava sempre sozinha nas cavernas onde viviam, ou nas rochas que marcavam aquele trecho da costa. Ela nunca estava longe das irmãs e desfrutava da breve sensação de solidão que experimentava quando estava sozinha. Abriu as asas e voou a curta distância até os arredores do templo. Agora que estava perto, ficou ainda mais deslumbrada com a engenhosidade e a imponência da construção. Um friso pintado com cores vivas estava acima de vastas colunas robustas e Medusa ficou maravilhada como os mortais parados na base conseguiriam ver a história da guerra entre Deuses e Titãs – uma história que suas irmãs contaram muitas vezes – sem esticar o pescoço. Todo o edifício parecia ter sido projetado para ser admirado por alguém que podia voar. Ela se agitou para olhar mais de perto as figuras pintadas, que percorriam toda a borda do teto: azuis, vermelhas e amarelas chamando sua atenção, uma de cada vez. Ela seguiu a história, painel por painel: os titãs se levantando contra Zeus, os deuses do Olimpo se unindo para subjugá-los. Quando pousou no chão, ficou se perguntando onde estavam os mortais: ela não conseguia ver nenhum. Queria olhar dentro do templo, mas Esteno havia ensinado a ser cuidadosa para não espantar os humanos que podiam gritar e fugir se vissem uma Górgona. Talvez já a tivessem visto se aproximando do templo e se escondido. Mesmo assim, ela ficou atrás de uma coluna e empurrou uma porta de madeira, só um pouquinho para não assustar ninguém. Olhou para dentro, seus olhos já estavam acostumados com a escuridão da caverna. Viu um par de olhos brilhantes que não piscavam encarando-a e tremeu de medo antes de perceber que era uma estátua.

Ela sorriu ao empurrar a porta um pouco mais e entrou. A estátua era muito impressionante: não fora por acaso que ela se assustara. A deusa estava sentada orgulhosa em sua grande cadeira, sua pele brilhava, branca, seu elmo, lança e escudos estavam pintados de dourado. Os olhos eram notáveis. Medusa não sabia como podiam ser tão azuis. Ela nunca tinha visto nada igual e, no entanto, sabia que a semelhança era perfeita, sabia que a deusa tinha olhos exatamente assim. Ela se aproximou um pouco mais, admirou o tecido que formava o vestido da estátua, esticou a mão para tocá-lo, mas retrocedeu ao ouvir um barulho atrás de si.

– Não pare por minha causa. Devo dizer que se parece bastante com a minha sobrinha.

Medusa se virou para ver quem estava falando. Um homem alto e musculoso estava parado nas sombras da colunata ao lado da porta pela qual ela tinha acabado de passar. Ele devia estar esperando para segui-la, pensou, quando simplesmente poderia ter falado com ela do lado de fora. Tinha cabelos negros compridos, encaracolados até o pescoço. Os olhos eram verdes e frios.

– Sua sobrinha? – ela se espantou. – É essa mesma?

– Claro – ele respondeu. – Esta é Atena. Não percebe pelo elmo e a lança?

– Não sabia que ela tinha isso – disse Medusa. – Minhas irmãs nem sempre mencionam o que as pessoas usam quando contam suas histórias.

Ele riu, mas dava para perceber que era uma risada falsa. Não se parecia com a risada de Esteno, quando ela fazia algo ridículo, ou a de Euríale quando estava entretida com as travessuras de suas ovelhas. Parecia – Medusa procurou as palavras para definir algo pouco conhecido – com a risada de alguém que queria ser considerado divertido, mas não era.

– Por que você está fingindo rir? – ela perguntou.

O homem parou de rir imediatamente.

– Não estava rindo das suas irmãs – ele falou.

– Você não estava rindo – respondeu Medusa.

– Eu estava pensando como é engraçado – ele continuou como se ela não tivesse falado – que você é filha de um deus e uma deusa do mar, e mesmo assim só conhece seus parentes imortais por meio de histórias.

Medusa não sabia o que responder, já que o homem estava mentindo, mas ela não sabia o porquê. De repente, ela se pegou desejando que Euríale tivesse deixado suas ovelhas e tivesse vindo com ela. Ou que a sacerdotisa da poderosa deusa Atena estivesse presente. Ou que o homem alto não estivesse tão perto da porta.

– Como você acha que eu deveria conhecê-los? – perguntou. Ela caminhou para a lateral da estátua e o homem se moveu em silêncio na mesma direção, diminuindo a distância entre os dois.

– Acho que suas irmãs deveriam levá-la ao Monte Olimpo para conhecer sua família etérea – ele falou. – Ou talvez pudessem levá-la ao meu reino. Minhas fronteiras estão muito perto da sua praia, afinal.

– Você é meu pai? – ela perguntou. E dessa vez a risada foi real, mas também pareceu errada. Ela percebeu que era porque estava tomada pelo desprezo.

– Não, criança. Fórcis é um deus menor, comparado com o rei dele.

– Poseidon – ela falou. – Você não costuma andar com um tridente?

– Preciso de um? – ele perguntou. – Achei que suas irmãs não mencionavam o que os deuses usam ou carregam.

Ela olhou para ele, se perguntando por que não gostava das irmãs dela.

– Não sei para o que você o usa – ela disse.

– Se os titãs quiserem atacar – ele respondeu. – Você me viu no friso lá fora.

– É por isso que não está com ele, então? Porque os titãs foram derrotados.

– Exatamente. Agora eu só o carrego por costume – contou. – Mas às vezes ele atrapalha.

– Quando visita templos para olhar para sua sobrinha.

– Não é bem por isso que estou aqui.

Medusa abriu a boca para perguntar por que ele estava ali, antes de perceber que não queria saber a resposta.

– Como é ela? – perguntou em vez disso.

– Atena? Ela é… – pensou por um momento. – Ela é afiada. Os olhos são afiados, como você vê aqui. A língua geralmente é afiada.

Toda afiada. Ela se ofende rápido e é implacável quando se vinga. Zeus a mima e isso a deixa menos agradável do que poderia ser. Vai sempre chorar com ele se as coisas não saem como ela quer.

Medusa voltou a olhar para a estátua.

– Fico imaginando como ela o descreveria – disse.

– Tenho certeza de que diria que sou bonito e charmoso, e que você deveria parar de imaginar se alcançaria a porta antes de eu agarrá-la, porque já sabe que a resposta é não.

Houve um silêncio absoluto. Medusa pensou na águia que tinha tentado roubar uma ovelha e novamente desejou que Euríale estivesse ali com ela.

– Não faria nenhuma diferença, não é mesmo? – ela disse.

– Nenhuma – ele respondeu. – Estou onde o mar estiver e você não pode estar com suas irmãs o tempo todo.

– Então o que acontece agora?

– Agora você se submete a um poder maior do que o seu.

Medusa nunca percebeu isso quando estava com suas irmãs, porque sempre havia o som do mar, do vento, das gaivotas, dos cormorões e do rebanho. Mas, no espaço silencioso, ela estava consciente de ser a única cuja respiração podia ser ouvida. Isso a fazia se sentir fraca.

– E se eu não quiser? – ela perguntou.

– Você vai querer – ele deu de ombros. – Por que não iria querer? Sou um dos deuses do Olimpo. Você deveria se sentir honrada por ter sido escolhida. É um privilégio que não fez nada por merecer. Eu a vi e decidi favorecê-la. Nem pense em não querer. Pense em agradecer, suponho.

Medusa não soube dizer por que se sentiu, de repente, com menos medo, embora sua antipatia pelo deus não tivesse diminuído nem um pouco. Tinha sido, talvez, a tremenda autoestima dele, o que queria dizer que, apesar de ser muito mais forte do que ela e estar bastante disposto a usar essa disparidade, sentiu pena dele. Imagine ser um deus, ela pensou, e ainda precisar ficar falando para todo mundo como era impressionante.

– Você causa os terremotos – ela disse – que fazem a areia brilhar na praia.

– Eu bato meu tridente no leito do mar – ele concordou – e a terra treme ao meu comando.

– Por que faz isso? – ela perguntou.

Novamente, pensou ter um visto um vislumbre de fraqueza, quando Poseidon endireitou as costas, mas de alguma forma ele ficou parecendo mais baixo.

– Porque posso.

– Poderia destruir esse templo e jogá-lo no mar? – ela perguntou. Ele assentiu.

– As colunas tremeriam e o teto colapsaria – ele falou. – Embora esteja muito longe da borda do penhasco para cair no mar. As colunas poderiam rolar, acho.

– Não estou pedindo que você prove – ela disse.

– Não preciso provar nada – ele rebateu. – Os humanos estão construindo meu templo agora, dedicado a Poseidon, deus dos terremotos. Você deve ter visto o lugar quando voou para cá.

– Oh, vai ser um templo para você? – ela perguntou. – Fico pensando por que fizeram este primeiro.

– Imagino que estavam aprimorando suas habilidades – ele falou.

– Você acha? Eu teria imaginado que homenagearam os deuses mais importantes primeiro. Mas se fosse assim acho que teriam construído um para Zeus primeiro, não é mesmo?

– Não necessariamente. Nem todos acham que Zeus é o deus mais digno de homenagem.

– Oh, não?

– Não. Os navegantes sempre construíram templos para minha glória.

– Bom, sim, imagino que os navegantes fariam isso. Mas essas pessoas obviamente te valorizam, porque estão construindo seu templo agora.

– Claro.

– Imagino que simplesmente homenagearam sua sobrinha primeiro porque valorizam as habilidades dela, e talvez não viajem tanto pelo mar.

– Eles não precisam viajar para nenhum lugar – ele falou. – A terra deles é fértil, o gado é forte.

– Talvez devessem construir um templo para Deméter depois?

– Você está tentando me deixar bravo.

– Nunca imaginaria ter esse poder.

Ele olhou para ela, os olhos verdes dele brilhavam na meia-luz.

– Estou começando a me perguntar se tem. Onde aprendeu a ser tão insolente?

– Não sabia que era – ela falou. – E tenho certeza de que já sabe a resposta, uma vez que parece ter me observado. Minhas irmãs me ensinaram a ser como elas.

– Mas você não é como elas, é? Não tem a força física, não tem a imortalidade delas. Só um par de asas a diferencia de qualquer outra garota. Suas irmãs são monstros, com suas presas e suas cabeleiras serpenteantes. Você tem muito pouco em comum com elas.

– Minhas irmãs não são monstros.

Isso explicava, então, por que ele não gostava delas. Ficava assustado com a aparência das duas. Medusa queria rir, mas ainda sentia medo. Como se algo importante em Esteno ou Euríale fosse visível em seus dentes ou cabelos.

– Você não é leal? – ele perguntou. – O amor pode realmente deixá-la tão cega assim?

– Você que é cego, se não consegue ver além de um par de presas.

– Euríale possui dois pares, acredito.

– Não importa o que você acredita – ela respondeu.

– Não pode deixar de ver o que todo mundo vê – ele afirmou. – Por que acha que escolhi você e não uma de suas irmãs? Sabe que é bonita, sabe que elas não são.

– Sei que sua ideia de beleza é totalmente diferente da minha.

– Entendo. – Ele deu um passo na direção dela, que se obrigou a não recuar. – Então, qual é a sua ideia de beleza, pequena Górgona?

– Euríale cuida de cada uma de suas ovelhas como se fosse uma filha. Esteno aprendeu a cozinhar para me alimentar quando eu era pequena. Elas cuidam de mim e me protegem. Isso é beleza.

– Nenhuma delas está protegendo você agora.

– Você esperou até que eu estivesse sozinha.

– Esperei. Muito bem, se essas qualidades são tão valiosas para você, se realmente acredita que cuidar é algo bonito, quando é tão comum que nem está limitado aos humanos, qualquer animal cuida de sua cria, então prove.

– Como?

– Venha aqui – ele falou e se aproximou até agarrar sua mão. Ela queria se afastar dele, mas percebeu imediatamente que, por mais forte que fosse, ele era muito mais. Havia uma viscosidade em seu toque, um cheiro de algas marinhas que emanava de sua pele. Ele a arrastou até as colunas mais próximas do mar, e colocou uma mão em suas costas, forçando-a a olhar para o largo promontório.

– Veja – ele disse. – Lá fora, na direção do meu templo. O que está vendo?

Ela tinha certeza de que o grupo de meninas não estava lá quando entrou no templo de Atena.

– Você já sabe o que estou vendo – ela respondeu. – Vejo um grupo de meninas, conversando e rindo.

– São bonitas? – ele perguntou.

– São – foi a resposta.

– Por quê?

– Porque são jovens, felizes e estão juntas – ela disse.

Podia sentir a irritação nos dedos que pressionavam suas costas.

– São comuns – ele disse. – Olhe de novo.

E ela fez o que ele pediu, mas não conseguia ver o que Poseidon estava vendo.

– É porque você passou todos esses anos apenas com suas irmãs. Se tivesse crescido com outras garotas da sua idade...

– Se eu tivesse crescido com outras garotas da minha idade, você também me acharia comum.

– Não é verdade – ele falou. – Eu teria admirado esses cachos e essas sobrancelhas arqueadas. Teria aprovado seu nariz longo e reto, e a maneira como sua boca ampla está sempre pronta para sorrir. Eu a desejaria da mesma forma se tivesse crescido entre aquelas garotas. Você ainda teria sido extraordinária.

– Isso é uma suposição – ela falou. – Não pode saber isso, apenas acha que é o que quero ouvir. – Ela sentiu a tensão nos músculos dele quando falou isso, e sabia que estava certa. Ele estava tão seguro de seu charme. – Mas não é.

– Muito bem – ele respondeu. – Como quiser. Você é apenas uma garota comum com irmãs imortais comuns e todo mundo é igualmente lindo porque é o que você quer. Está certo?

Ele a agarrou pelo ombro e a girou para encará-lo. Ela conseguia sentir o pilar pressionando suas costas, e o cheiro de sal e raiva em seu rosto.

– Você as valoriza tanto, acha que cuidar dos fracos é tão importante. Prove isso para mim e para você mesma.

Ela via aqueles olhos verde-escuros e o odiava.

– Você não consegue provar as coisas em que acredita – ela falou. – Só pode acreditar.

– Isso obviamente não é verdade – ele disse. – Você acredita que pode voar, e eu acredito também. Poderíamos provar indo até a beira do penhasco e te empurrando.

– Voar não é uma questão de opinião – ela falou.

– Nem a beleza.

– Não concordo com você.

Ele se aproximou e rosnou perto da boca dela.

– Eu vou levar uma daquelas garotas, Medusa. Qualquer uma, você pode escolher. Vou levá-la para a parte mais profunda do oceano e vou segurá-la até que se afogue. Entende? Vou estuprá-la e ela vai morrer, porque é isso que significa ser fraca.

– Eles vão derrubar seu templo e nunca mais o adorarão.

– Os homens me adoram no mundo todo. – Ele encolheu os ombros. – Esses não importam muito.

Ela viu toda a vaidade e mesquinhez dele, e se perguntou por que os mortais adoravam um deus como esse.

– Ou... – ele disse. – Olhe para mim.

Ela não conseguia encará-lo, mas ele levantou seu queixo e segurou seu rosto para que não pudesse desviar o olhar.

– Ou eu vou te possuir. Aqui, agora, no templo. Você deixou bem claro seu desdém pela ideia. Então vamos ver quanto você ama aquelas mortais. Quanto você valoriza o cuidado dos fracos, como fazem suas irmãs.

Ela olhou para ele com desgosto.

– Se eu concordar com isso, vai deixá-las em paz?

Ele encolheu os ombros.

– Pode ser.

– Então, sim – ela falou.

– Elas nunca retribuirão seu afeto. Você entende isso?

Ela assentiu.

– Elas vão ficar com medo e fugir, chamá-la de monstro, assim como fazem com suas irmãs.

– Não importa o que pensam de mim.

– Então, por que quer protegê-las?

– Porque eu posso – ela respondeu.

Euríale

Quando Medusa voltou para a caverna à noite, estava quieta e assustada, e nenhuma das duas sabia o que fazer para mudar isso. Ela ficou dentro da caverna no dia seguinte, e não quis sair. Ela não queria ver a luz, disse. Não quis conversar, comer peixe ou nadar. Queria se sentar no escuro o mais longe do mar que pudesse.

– Saia aqui fora – pediu Esteno.

No começo, ela respondia que estava ocupada, depois que não queria. No fim, simplesmente parou de responder. Esteno e Euríale não sabiam o que fazer. Esteno estava magoada por achar que a garota estava evitando as duas, preocupada de que tivesse dito ou feito algo errado. Nenhuma delas conhecia as labirínticas cavernas tão bem para encontrá-la se não quisesse ser encontrada. Mas Euríale era menos propensa a dúvidas. Incapaz de imaginar por que sua irmã se afastava delas, comportou-se como se Medusa fosse uma ovelha machucada; manteve distância, deixava a comida em uma pequena rocha plana logo na entrada da caverna. A comida desaparecia no dia seguinte, mas ainda não havia nenhum sinal de Medusa.

No terceiro dia, Esteno estava tão estressada que Euríale concordou em ir procurá-la. Ela entrou na caverna e esperou até seus olhos se ajustarem à escuridão. Quanto mais avançava, mais escuro ficava, e ela precisou esticar as garras para seguir a parede da caverna. Sob seus pés, sentia a areia desaparecendo e começou a andar pela pedra dura. De repente, ficou com medo de se perder e se virou para olhar pelo caminho que tinha vindo. Havia uma luz fraca atrás dela, viu com alívio. Mas quando se virou para a escuridão, parecia mais negro do que nunca e precisou esperar novamente para que seus olhos se adaptassem. Estava tentando ver algo no meio daquela escuridão, tentando avaliar se estava olhando um túnel no qual Medusa poderia estar escondida, ou se era simplesmente um recesso que não levava a lugar nenhum.

– Medusa – ela chamou. Sua garota não a ignoraria agora que ela tinha entrado nas cavernas, tinha certeza. E estava certa.

– Por favor, me deixe sozinha.

– Não posso, meu amor – disse Euríale. – Esteno está tão preocupada.

– Diga a ela que não precisa.

– Digo, mas não vai adiantar. Ela precisa vê-la e conversar com você. Sabe como ela é.

– Eu sei.

– Por favor, você pode sair? – perguntou Euríale. Ela não tinha ideia quanto havia caminhado, mas seus pés agora só andavam sobre a pedra, nada de areia.

– Não posso – disse Medusa.

– Por que não?

– Tenho medo – ela respondeu.

Euríale não conseguia ver nada, pois estava bem no fundo da escuridão. Medusa estava mais adiante, depois de uma curva, e mesmo com uma tocha não conseguiria ver sua irmã porque havia uma rocha sólida separando as duas. Esteno estava do lado de fora, andando de um lado a outro, na praia. Os raios de Hélio nunca conseguiriam penetrar naquela caverna, e as águas do oceano não entrariam. Mas nesse momento – embora ninguém pudesse saber – Medusa provou que estava certa. Sua irmã era realmente bonita. Sua mandíbula se suavizou, sua testa franziu, os olhos arregalados se encheram de lágrimas.

– Medo, meu amor? Do quê?

– Do mar – disse Medusa.

– Do mar? Mas você é filha do mar. – Euríale estava confusa. Medusa sempre tinha amado o mar. Uma das lembranças mais queridas de Euríale era a de uma criança correndo para as ondas, seus pés molhados arrastando restos de algas atrás de si, um cometa aquático.

– Medo dele.

Euríale tinha avançado, esperando encontrar sua irmã pelo toque. Mas nesse momento, ela parou. Não perguntou mais nada; sabia de quem ela estava falando e o que havia sofrido.

– Venha cá – ela falou tranquila.

Um momento depois, Euríale sentiu os braços quentes de sua irmã e seu corpo trêmulo. Não conseguia ver os olhos dela cheios de lágrimas, mas sentia a umidade molhando seu peito. Acariciou os cabelos da Medusa, abriu suas asas e a envolveu, como uma concha.

– Vamos com a Esteno – disse. – Ela sente muito sua falta.

Medusa assentiu em meio aos soluços. Elas caminharam de forma lenta e tranquila para a entrada da caverna, de volta à luz. Quando chegaram, viram Esteno olhando para dentro, desesperada para saber o que estava acontecendo, mas no lugar em que havia prometido esperar. Não disse nada quando Euríale entregou Medusa em seus braços, simplesmente a abraçou, a acalmou e disse que tudo ficaria bem.

Euríale estava irreconhecível, bem diferente da criatura doce que havia sido na escuridão. Ela se afastou das irmãs, e voou pela costa. Parou na cicatriz que separava sua praia e se virou de frente para o mar.

– Você nunca mais vai tocar nela de novo, está me ouvindo? – ela gritou. Os ventos não ousaram responder, e os pássaros ficaram em silêncio. – Nunca.

E com isso, ela se ergueu no ar e caiu sobre a rocha marcada. Houve um tremor e o próprio mar sentiu medo. Ela se levantou e atingiu a pedra uma segunda vez. E o tremor foi ainda mais forte. Mais uma vez ela cravou suas poderosas garras górgonas no chão, e a rocha finalmente cedeu. Houve um forte estrondo quando a água se afastou e um terrível ruído de algo raspando, quando a rocha se dividiu em duas. O céu parecia escurecer, mas não queria desafiá-la. Ela parou triunfante quando sua porção da costa se ergueu, conquistando sua rival.

O mar tinha recuado: inundou a extensão inferior da rocha, mas só conseguiu atingir o pedestal que Euríale havia criado. A praia górgona estava elevada; o mar havia recuado ao longe; algas e peixes tinham sido deixados para trás. Ela voou de volta para suas irmãs.

– Pronto – disse. – Nunca mais vai precisar ter medo dele.

Pedra

A primeira estátua é um erro. Mas o passarinho tinha sido capturado tão perfeitamente que nem daria para perceber. Está empoleirado em um gancho, suas pequenas garras bem presas. É elegante e parece macio ao toque: suas penas felpudas no peito estão muito bem-feitas. Está sentado, os olhos alertas, o bico pronto para comer qualquer inseto que voar por perto. As asas parecem se encaixar nas longas penas da cauda, como partes de um brinquedo.

Por ser feito de pedra, não tem as cores do pássaro verdadeiro: o bico e as listras que cruzam os olhos deveriam ser pretos, as costas, em um tom marrom-avermelhado-escuro, desbotando para um laranja-claro. O peito e as asas são azul-brilhante e o pescoço é amarelo-açafrão.

Se alguém fosse pintar esses detalhes no passarinho, ficaria lindo. Mesmo como está, é difícil resistir à tentação de acariciá-lo.

PARTE DOIS

MÃE

Dânae

Dânae nunca duvidou um minuto que seu pai a amava, e por isso era tão fácil para ele prendê-la em um quarto pequeno com paredes grossas e quase sem luz. Ele não contou que havia consultado o Oráculo, nem mencionou a profecia que havia escutado: que sua filha geraria um filho que um dia tiraria a vida do pai dela. Acrísio era um homem vaidoso que sempre gostou de ter uma filha e nunca quis um filho, embora não admitisse isso: ele não teria tolerado ver seu corpo se tornar frágil enquanto o do seu filho ficava mais forte. Mas uma filha era diferente, e a passagem do tempo doía menos ao vê-la crescer até a idade adulta.

Ele havia visitado o Oráculo de boa-fé, falou para si mesmo, querendo saber que, apesar de não ter nenhum filho, teria um neto para herdar seu reino de Argos. Sua cidade era poderosa e ele orgulhava-se dela e a defendia bem: não queria morrer nem desejava que esta caísse nas mãos de seu irmão. Preferia que fosse um estranho. Mas, acima de tudo, queria que ficasse com um herdeiro. Então, cavalgou os caminhos rochosos até Delfos, fez suas oferendas ao deus e à sacerdotisa bem como perguntou o que seu futuro lhe reservava – e o que ouviu foi que o filho de sua filha iria matá-lo.

Ele partiu de Delfos sentindo-se um homem arrasado. Quando voltava lentamente pelo caminho empoeirado e cheio de pedras, ficou imaginando se teria preferido não saber. Sua filha não estava casada; ele poderia ter passado muitos anos felizes e despreocupados com ela e um neto que ainda não havia nascido. Talvez seria velho quando a criança finalmente o matasse, velho e frágil com a mente perdida, precisando ser liberada. Talvez seria um acidente: o cavalo do neto empinando, o galho de uma árvore na qual a criança havia subido se quebrava. O cavalo de Acrísio ia caminhando lentamente enquanto o rei pensava em como poderia morrer. O Oráculo tinha, aparentemente, respondido sua pergunta, mas havia levantado uma dúvida ainda maior. Ele ouviu os cascos do cavalo batendo no chão e, a cada vez, ouvia apenas "quando, quando, quando". Ao chegar à sua casa, não tinha falado quase nada nos últimos três dias. Não queria morrer, agora não, não logo, em nenhum momento. Então trancou sua filha – a única pessoa que havia amado – em uma pequena cela debaixo do palácio para que ela não pudesse ter um bebê que iria matá-lo.

Dânae ouviu essa história através de um pequeno buraco nas grossas paredes de sua cela. Sua criada trazia comida todo dia, generosamente temperada com suas próprias lágrimas: Dânae era amada por todos, até pelos homens que a colocaram na cela e levantaram as paredes. Sua criada interrogou os escravos que tinham acompanhado o pai dela até Delfos e contou tudo para a perplexa filha. Será que o rei havia ficado louco, será que o Oráculo exigiu essa cruel punição?

Aos poucos, ela foi entendendo que o medo de seu pai de morrer – que sempre o fez odiar o irmão, já que ele olhava para seu gêmeo e via um espelho envelhecendo – era a causa da infelicidade dela. E como era uma filha amável e uma mulher de bom coração, sentia empatia. Ninguém podia evitar ter medo de algo. E ter medo de morrer deve ser especialmente horrível, porque não havia como evitar isso. Ela também sabia que Acrísio – que nunca foi um homem sociável – deveria estar sozinho, sentado no palácio cercado apenas por escravos, e a única pessoa que ele tinha amado estava trancada no porão. Mesmo assim, ela descobriu que sua empatia tinha limites. Como seu pai poderia ter tanto medo da morte que se recusava a viver? E como ele poderia ter tanto medo da própria morte que iria acelerar a morte da filha?

Começou a se perguntar como poderia se libertar daquela prisão. Subornar os escravos era o ponto de partida mais óbvio. Mas então ouviu sua criada falar que o rei havia libertado os escravos que conheciam sua filha, substituído por outros para quem ela era apenas um nome. A cada dia trancada, mais ela se sentia menor e mais pálida, mais esquecida. Percebeu que era muito difícil acompanhar a passagem do tempo e, rapidamente, descobriu que não sabia havia quanto tempo estava na cela. Sua certeza sobre o que era e o que não era ia ficando cada vez menor. Certamente, quando Zeus apareceu em cima de sua cama, não ficou tão surpresa quanto esperava.

– Como você entrou aqui? – ela perguntou, ao abrir os olhos e ver aquela enorme figura dourada ao lado dela.

– Chovi pelas frestas no seu telhado – ele disse.

– Entendo – ela respondeu. – E você é...?

– Zeus – ele disse.

– Veio me libertar da minha prisão? – perguntou ela.

– Não – ele respondeu. – Mas poderia.

Em seu palácio, sozinho, Acrísio desmoronava aos poucos. De que adiantava ver, ouvir, sentir qualquer coisa se não havia com quem dividir aquilo? Os velhos escravos – aqueles que conhecia desde a juventude – tinham sido todos mandados embora; os novos o evitavam por ter um temperamento muito imprevisível. Somente agora ele entendia completamente a escolha que havia feito: ele estava vivo, mas não vivia. Diariamente, pensava em trazer sua filha de volta. Mas o medo da morte voltava a surgir e ele via o pai de seu futuro assassino no rosto de cada homem. Ele queria acreditar na virtude de sua filha, e acreditava. Mas não apostaria sua vida nisso.

Dânae ouviu falar sobre o declínio do ânimo de seu pai pela sua criada, mas não podia pensar muito nisso. Seu caso com Zeus tinha sido breve e delicioso, e a gravidez resultante não foi indesejada. Ela também sentia falta de conversar com alguém. Mas sua solidão tinha sido aliviada primeiro por Zeus e, depois, pelo bebê que ela carregava com tanto orgulho. A cela não a prendia mais: Zeus resolveu isso. Mas não podia voltar para o lado do pai, nem queria. Ele tentaria prendê-la de novo? Ou algo pior? Zeus permitiria isso? Era visível agora que ela estava esperando um bebê, o que deixaria o temeroso rei ainda mais agitado. Os escravos que tinham trabalhado no palácio antes da trágica viagem a Delfos ficaram felizes em ajudá-la, e acabou vivendo com sua criada em uma pequena casa nos arredores, onde as mulheres falavam do rei como se ele já estivesse morto.

Dânae passou vários meses felizes com essas mulheres até o dia do nascimento do seu filho. Sua criada vivia com a mãe e suas irmãs solteiras. As casadas viviam perto e sempre havia companhia. De muitas maneiras, ela preferia a vida nesta casinha agitada – sempre cheia de mulheres, crianças, comida e roupas espalhadas do lado de fora para branquear sob o sol – à vida vazia que havia conhecido no palácio. Quanto mais tempo ela passava longe de seu pai, mais ela começava a perceber que a viagem a Delfos só havia piorado a forma como ele sempre tinha sido. Sempre ficou na defensiva, sempre viu todo estranho como uma potencial ameaça em vez de um possível amigo. O lindo palácio iluminado deles sempre foi um lugar frio. Cercada por essas mulheres que entendiam sua gravidez melhor do que ela mesma, sentia apenas alegria enquanto esperava o nascimento de seu filho. Zeus não deixaria nada dar errado, ela tinha certeza.

E sua confiança foi recompensada. Todas as mulheres disseram que foi o parto mais fácil que já tinham visto: o filho dela era lindo e ativo, assim como ela. Depois de toda a confusão, quando viu aqueles olhinhos e mãozinhas, pensou que iria levá-lo para conhecer o avô dele, e que ele veria que estava louco e errado por temer esse menininho perfeito. Então se lembrou da escuridão nos olhos do pai no dia em que a prendeu, tomado pelo medo de algo que nunca iria acontecer. Ela não confiava mais nele, e não voltaria a confiar. Assim, momentos depois de se tornar a mãe de seu filho, ela deixou de ser a filha de seu pai. Mesmo assim, deveria ter adivinhado que alguém iria traí-la para o rei.

Dânae não sentiu nada durante toda a experiência de descoberta e castigo. Ficou entorpecida, como se estivesse acontecendo com um estranho e ela estivesse observando de longe. Ela devia ter falado com seu pai, devia ter implorado a ele e aos homens que a agarraram e arrastaram para fora. E em algum lugar em sua memória devem estar as palavras finais que disse a seu pai, ou as que ele falou, mas não conseguia se lembrar.

Tudo de que tinha certeza era que havia sido envolvida em uma névoa de amor e fadiga, e então ouviu gritos, empurrões, um sol brilhante, o mar aberto e depois a escuridão. E a única coisa constante durante todo esse tempo foi o peso de seu filho em seus braços, o queixo dela abaixado para proteger sua cabeça, o leve cheiro de leite azedo que ela inalava. E se perdeu para sempre nas ondas do oceano.

Atena

– Você precisa intervir se quiser salvar aquela garota de que gosta, pai – disse Atena.

A nova deusa não se sentia mais nova. Ela tinha se estabelecido com facilidade no Monte Olimpo. Não gostava de ninguém em especial e nenhum dos outros deuses gostava dela também, exceto Zeus. Atena assumiu que essa preferência era o que afastava os outros, e isso só a deixava mais irritada.

Mas o Olimpo era um ninho de alianças temporárias e rivalidades, então ela se encaixava bem. Sim, Hera a desprezava, mas Hera desprezava todo mundo exceto Hefesto. O deus ferreiro olhava para ela como se ele mesmo a tivesse esculpido de ouro e mármore, mas tinha muito medo de falar com ela. Ares se sentia ameaçada por ela, dava para ver. Poseidon – quando estava lá – ficava analisando e a descartava. Afrodite nunca a notou, não importava o que ela fizesse. Apolo e Ártemis sempre a ignoravam. Deméter era gentil, mas não demonstrava interesse; Hermes fingia interesse, mas não se dava ao trabalho de fingir gentileza.

Mas Zeus a amava. Ele sentia orgulho de sua filha inteligente e contestadora, e geralmente ficava do lado dela na disputa com outros deuses. E como Atena sempre preferia estar certa do que feliz, e preferia ganhar do que estar certa, isso funcionava bem para todo mundo. Em troca, ela tentava ajudá-lo com suas tarefas. Nessa ocasião, isso significava notar algo que Poseidon deveria ter visto primeiro. Que um dos filhos de Zeus (e uma de suas amantes) tinha sido jogado no mar aberto no que parecia – pelo menos do alto do Olimpo – um baú de madeira.

– Qual garota? – Zeus perguntou, demonstrando preguiça. Ele assumiu que Hera estava ocupada transformando uma de suas garotas favoritas em vaca, doninha ou algo assim, o que significava que podia ser tarde demais para intervir e salvá-la. Embora sempre houvesse a possibilidade de que o mundo estivesse ganhando uma nova vaca bela, então nem tudo estava perdido.

– Dânae – falou Atena.

– Qual é essa? – ele perguntou.

– Aquela que era mantida numa cela de prisão pelo pai para que não engravidasse – respondeu Atena.

Zeus franziu a testa.

– Funcionou?

– Não. Você se transformou em gotas de ouro e caiu sobre ela passando pelas frestas no telhado.

– Oh, sim! – Ele sorriu. – Foi ótima. Ela era adorável. Jovem, bonita, desesperada por companhia.

– Imagino que sim.

– O que aconteceu com ela.

– Você a engravidou.

– Maravilhoso. Terei um novo semideus andando pela Terra?
– Já tem.
– Isso é maravilhoso.
– Ele está se afogando.
– Oh. Deixe-me...
E com um pequeno redemoinho, Zeus desapareceu.

Dânae

O baú em que o pai de Dânae a tinha trancado com Perseu – outra cela de prisão, menor e mais perigosa do que a última – veio parar nas costas de Sérifos. Dânae não sabia que era uma ilha, nem que estava no meio do mar Egeu, nem que Zeus tinha pedido a Poseidon que a guiasse com o bebê, em segurança, até ali. Ela demorou para perceber que havia chegado à terra seca; a ondulação do oceano estava em seus ossos, e ela sempre iria senti-la.

Ficou quieta no baú por muitas horas, talvez dias. Sabia que embarcações viravam e afundavam, então não tinha ideia do que havia provocado ou evitado isso: ela nunca tinha subido a um barco antes. Sem saber nadar, ela não ousava se mover. Então estava deitada ali dentro quando o baú foi aberto com cuidado. Ela piscou muito por causa do sol, ainda segurando com força seu bebê. A silhueta escura de um homem se moveu, bloqueando a luz para que ela pudesse ver.

– Não queria cegá-la – falou o homem. – Não sabia que havia alguém dentro.

Dânae tentou falar que não importava – claro que ele não podia imaginar que ela estava dentro de um baú – e queria perguntar quem era ele e onde ela estava e se era seguro, mas sua garganta estava seca demais e tudo o que saiu foi um ruído.

– Espere – ele falou e enfiou a mão por baixo do baú, onde deveria ter colocado seus pertences antes de usar as duas mãos para abrir a tampa. Levantou um odre e ofereceu. Ela estava desesperada para beber, mas não queria largar seu filho.

– Aqui – ele falou. – Eu a ajudo.

Dânae se encolheu quando ele enfiou as mãos no baú e sua mão tocou o cabelo dela.

– Desculpe, se você conseguir se sentar, pode beber – ele falou. – Se você beber assim deitada, talvez se engasgue.

Foi algo tão sensível e normal de se dizer que Dânae esqueceu seu medo. Esse homem não queria matá-la. Ele passou as mãos por baixo dos ombros dela e a ajudou a se sentar. Dobrou os joelhos para proteger o bebê. O homem abriu a rolha do odre e aproximou a fim de que Dânae pudesse agarrar com uma mão. Ela agarrou e o homem se afastou. Ficou aliviada ao descobrir que estava bebendo água, não vinho, e tomou com avidez.

– Você está segura agora – disse o homem. – Quer um pouco mais de água?

– Quero, por favor – ela tentou dizer, mas ainda não conseguia emitir nenhum som, então só assentiu enquanto sentia que voltava à vida.

O homem desapareceu por alguns momentos, mas voltou com um odre de água fresca. Ela bebeu de novo, tentando terminar tudo antes que ele tirasse dela.

– Pode ficar com ele – disse o homem. – Podemos encher de novo no riacho ali, quando você estiver recuperada e puder caminhar. – Ela não soltou o odre. – Se não conseguir andar, eu vou e trago mais – ele continuou. – Não precisa se preocupar. Não vai mais sentir sede.

Ela assentiu novamente. Sua garganta ainda doía muito e ela não conseguia falar.

– Estou pensando, do jeito que está com sede, deve estar com fome também – ele falou. – Já chegou o momento em que não sente mais sede, enjoo do mar ou medo. Então vou sugerir uma coisa: Eu te dou minha mão para ajudá-la a sair do seu barquinho. – O homem sorriu para ela, que tentou sorrir também, mas seus lábios estavam duros e ela desistiu. – Pode esperar naquelas rochas enquanto faço uma fogueira e cozinho uns peixes que pesquei hoje. Ou podemos ir até a minha casa, é logo ali, no cume, dá para ver o teto daqui, e você pode comer pão com seu peixe, se quiser. Também tenho roupas limpas, porque a que você está usando deve arranhar sua pele agora. A água salgada dá coceira quando seca, não é mesmo?

Ela assentiu.

– E quando você recuperar sua voz, pode me dizer seu nome e o nome desse jovem e belo herói – ele falou. – Sou Díctis, pescador e descobridor de mulheres que foram trazidas para a costa de Sérifos.

Algumas horas depois, satisfeita com peixe assado e pão fresco, Dânae conseguiu falar seu nome e o de seu filho. Díctis deu um quarto para ela dormir, com uma cama apropriada e uma pequena janela. Encontrou uma cesta rasa e um cobertor, assim o bebê poderia dormir confortável ao lado dela. Quando acordava de noite – o que era frequente – pulava da cama para ouvir a respiração de seu filho, e olhava pela janela para ver se as estrelas ainda estavam ali e que a escuridão da noite não era total. Ela faria isso toda noite pelo resto de sua vida.

Demorou vários dias até ela conseguir contar sua história ao pescador. Ele saía silenciosamente antes que ela acordasse e voltava depois da metade do dia, trazendo sua pesca. Só quando ela tinha começado a se recuperar notou a aparência do homem que a havia libertado de sua segunda prisão: atarracado, o cabelo descolorido pelo sol e pelo sal, olhos verdes brilhando em seu rosto cor de couro, o nariz torto fruto de um machucado antigo. Em sua antiga vida argiva, ela o teria descrito como gentil e paternal, mas sua perspectiva nesses assuntos havia mudado. Ele vivia naquela casa espaçosa sozinho. Cozinhava seu peixe e fazia seu pão todo dia e bebia o vinho bem aguado. Era uma vida tão simples que Dânae quase se engasgou com uma espinha de peixe quando – depois de ouvir a história da decadência de seu pai na paranoia e na crueldade – ele contou que também havia visto a insanidade cair sobre um rei.

– Não há nada a ser feito quando isso os atinge – contou Díctis. – Qualquer tentativa de argumentar com eles só piora a situação. Porque estão convencidos de que você é a ameaça.

– Não tive nenhuma chance de argumentar com ele, de toda maneira – ela falou, pensando novamente no brilho furioso nos olhos do pai e no medo por trás deles. – Foi tudo tão rápido.

– É natural que um homem tema por sua vida, imagino – respondeu Díctis. – Mas trair sua própria filha? E ter tanto medo de uma criança que nunca poderia fazer mal a ele? É difícil imaginar o que poderia fazer um homem se comportar dessa forma. Os deuses devem tê-lo enlouquecido.

Dânae se perguntou se deveria contar ao seu salvador que sabia, de uma fonte incontestável que os deuses não tiveram nada a ver com a loucura do pai, mas decidiu que já tinha contado o suficiente por enquanto e mudou de assunto.

– O que aconteceu com seu rei? – perguntou.

Díctis pegou a concha e serviu mais vinho aos dois.

– Ele acreditava que seu irmão mais jovem queria tomar seu lugar.

– E ele queria?

– Não.

– Ele ouviu uma profecia como meu pai?

– Não – Díctis se inclinou sobre a mesa e olhou fixamente para sua caneca. – Não, ele não precisava de uma para alimentar suas suspeitas. Estava sempre bravo com o irmão, mesmo quando eram meninos.

– Por quê? – Ela tentava ler a expressão dele, ou pelo menos o que ele estava vendo na caneca de vinho.

– Quem sabe? Irmãos nem sempre se dão bem, não é?

Quando ele virou sua caneca, ela viu que mostrava Prometeu roubando o fogo dos deuses.

– Não, acho que não – ela falou. – Então o que o irmão do rei fez?

– O que está vendo. – Díctis sorriu enquanto gesticulava para a sala onde os dois estavam sentados, simples mas confortável, com tudo o que ele precisava em seu lugar.

– Você é o irmão do rei? – ela perguntou.

– Sou – ele falou, inclinando a cabeça em uma pequena reverência.

– Mas você é pescador.

– Você, mais que todos, Dânae, sabe por quê. No palácio eu deixava meu irmão preocupado e corria perigo. Gosto do mar, gosto da minha própria companhia. Sou mais feliz vivendo desse jeito. É muito mais seguro do que uma caixa de madeira. – Ela estremeceu. – Ah, me desculpe – ele falou. – Mas sua história me trouxe lembranças dolorosas.

– Quando você o viu pela última vez? – ela perguntou.

– Há anos – ele falou. – Vivo uma vida tranquila aqui. E você e seu garoto são bem-vindos para ficar o tempo que quiserem. Se preferir ficar na cidade, eu os levo e encontro um lugar seguro para você.

– Obrigada – ela falou. – Vamos ficar aqui por enquanto. Você é muito gentil.

– Pescadores têm uma regra de que, se você encontra um náufrago, precisa oferecer um lugar seguro – ele disse. – Se não oferecesse isso a você, os peixes se afastariam do meu barco e eu morreria de fome.

Ela viu que ele falava meio na brincadeira e meio sério. E sabia agora que Zeus a havia protegido, afinal.

Atena

— Quero uma coisa — ela falou para Zeus. — Todo o resto tem um.

— Que tipo de coisa, querida? — perguntou o pai.

— Você tem raios — ela falou.

Ele estufou o peito.

— Tenho — ele respondeu. — Você não pode ter raios. Eles são indivisíveis por natureza. As pessoas me chamam Zeus, o deus dos raios.

— Não quero raios — ela falou. — Quero algo meu. Como Apolo tem uma lira e um arco. Ele tem duas coisas. Eu não tenho nenhuma. Ártemis tem um arco e uma lança.

— Você tem uma lança e um elmo — falou Zeus.

— Ares tem uma lança e um elmo! — ela gritou. — Quero algo só meu!

— Hefesto tem algo? — ele perguntou.

— Ele tem toda uma forja — ela disse. — E tudo dentro daquilo.

Zeus assentiu lentamente. Ele sabia que era verdade.

— Afrodite tem algo?

— Afrodite tem tudo o que quiser — Atena levantou a voz. — Sempre que quiser.

Zeus assentiu novamente. Assim era Afrodite.

— Que tipo de coisa você gostaria de ter? — ele perguntou. — Deméter tem algo?

– Ela tem uma filha – falou Atena. – Ou está com ela ou está reclamando de não estar com ela. O tempo todo. Então ela não precisa de mais nada. E se quisesse, poderia ter sempre alguns feixes de milho ou algo assim. Não tem nada a ver com ela, de qualquer forma. Tem a ver comigo.

– Você poderia ter um tear – falou Zeus, mexendo na barba. – Você é boa tecendo.

– Não posso carregá-lo comigo, posso?

– Acho que Hefesto também não consegue carregar a forja com ele – disse o pai.

– Já disse que não tem nada a ver com outras pessoas! Tem a ver com o que eu quero!

– Bom, querida, você é habilidosa, guerreira e sábia. Você tem sua lança e seu elmo, então esse lado bélico já está garantido. Sua habilidade com a tecelagem é menos portátil, então vamos deixar isso de lado. Sobra então a sabedoria. Como poderia expressar isso?

– Não sei – ela respondeu.

– Um animal? Gostaria de um animal?

– Que tipo de animal?

– Bom, a águia é minha, claro. Então, nada de águia. Você poderia ficar com a... – Ele pensou por um momento. – Que tal uma coruja?

Eles ficaram em silêncio por um tempo.

– A coruja será só minha? – ela perguntou. – Ninguém mais terá uma coruja?

– A coruja será seu símbolo para sempre, minha querida, somente seu.

– Então, sim – ela falou. – Vou ficar com a coruja.

Dânae

Dânae varria o chão, senão ele se enchia da areia que o vento trazia de fora. Seu cabelo estava amarrado em um nó frouxo porque mesmo depois de todos aqueles anos, ela não conseguia tolerar nada que a restringisse. Preferia deixar portas e janelas abertas, mesmo que enchesse a casa de areia. Díctis nunca reclamava, nem questionava. Então, toda manhã ela varria. Sorria ao imaginar como um estranho veria aquela cena: a filha de um rei fazendo tarefas domésticas para o irmão de um rei, enquanto seu filho – nada menos que o filho do rei dos deuses – ajudava o velho com seus peixes. Mas nenhum estranho estava olhando para sua vida, exceto os outros pescadores e suas famílias que viviam perto da costa, para quem aquilo parecia perfeitamente normal. De qualquer maneira, eles nunca faziam perguntas, então não tinham ideia de quem era o pai de quem. Tendo crescido em um palácio que estava sempre cheio de fofocas (até seu pai ficar louco) fez com que Dânae demorasse para se acostumar à falta de curiosidade daqui.

Ela olhava para a porta enquanto varria, menos ansiosa agora que seu filho já acompanhava Díctis havia mais de um ano. Ele pediu e implorou, e ela não conseguiu impedir quando ficou mais velho, não quando todos sabiam que o velho queria a companhia dele (apesar de nunca ter se metido na discussão, sempre dizendo a Perseu que deveria esperar até Dânae achar que já tinha idade suficiente).

No começo, ela tinha dito "não" com tanta veemência que seu filho – que não era propenso a discussões – chorava de raiva e mágoa, e saía correndo de casa. Ele nunca gritava, se lembrava, mas nem ela. Ela se culpava por deixá-lo chateado e também por não ter previsto isso. Seu filho não tinha lembrança de nenhum homem, além de Díctis e os outros pescadores. Claro que iria querer segui-los ao mar. Perseu não se lembrava da terrível viagem a Sérifos, a certeza da morte, de afundar e se afogar, de ser comido por uma baleia ou algum outro monstro das profundezas. Ele era apenas um bebê, não tinha aprendido a sentir medo. Dânae entraria no barco de Díctis se a vida do filho dependesse disso, mas somente nesse caso, em nenhum outro. Às vezes, quando ela corria para se encontrar com os homens com suas pescas, a areia seca se movia sob seus pés e ela experimentava a mesma sensação terrível que a acometera havia tanto tempo quando estava deitada na caixa levada pelas ondas, orando desesperada para que seu amante a salvasse.

Porém, não podia manter o filho longe do mar por tempo indefinido, nem queria que ele sentisse medo como ela. Então, engoliu sua preocupação, ou tentou, e disse sim. Na primeira vez, ela ficou observando da casa como eles se afastavam, olhando as duas silhuetas, tentando entender como ou quando Perseu tinha ficado tão alto quanto seu avô adotivo. Ela se sentou na entrada da casa durante todo o dia, muito depois de perder o barco de vista, muito depois que todos os barcos estivessem distantes. Ela não conseguia se concentrar em nada, não bebia ou comia, não sentiu nem sede nem fome. Simplesmente se sentou descansando a mão em um tufo de grama, girando as folhas até elas se soltarem. Quando ela viu o barco de Díctis voltando, quase não conseguia acreditar que eram eles. Mesmo quando forçava a vista sob o sol forte tentando ver duas figuras amarrando o barco e guardando as redes, ainda não conseguia acreditar. Quando os dois pontos começaram a subir a colina na direção dela, se permitiu sentir a esperança de que seu garoto estivesse seguro. Mas realmente só sentiu isso quando conseguiu ver a forma de caminhar diferente e como ele estava tentando não sair correndo para contar tudo para ela. Díctis caminhava tão rápido quanto um homem com metade de sua idade, mas nem ele conseguia acompanhar a animação do garoto. Mesmo assim, enquanto sentia o alívio tomar conta de seu corpo, sentiu algo mais – orgulho – por Perseu não abandonar o velho. O sol brilhava em sua pele coberta de sal e ela se perguntou como alguém que o visse não podia imaginar que era o filho de Zeus. Seu filho lindo e forte, carregando o peixe que tinha pescado no oceano que ele não temia. Sem querer, ela se lembrou de seu pai, sentado sozinho em seus salões tomados por ecos. Ela se perguntou se ele ainda estava vivo. Tinha se convencido de que seria morto por Perseu, claro, mas não seria o primeiro rei a ser enganado por um oráculo. E sua antes devota filha percebeu que não queria saber se ele estava vivo ou morto. Olhava para sua infância como se fosse um livro de histórias. Sua verdadeira casa, sentia, deve ter sido sempre aqui.

Agora – muitos meses depois do primeiro dia em que Perseu saiu para pescar –, enquanto ela varria a areia do chão, ainda se pegava olhando para a água, de olho no barco até perdê-lo de vista. Mas seu medo havia diminuído e fazia isso mais por hábito do que por ansiedade. Seu menino ia para o mar, sem medo. A mãe também não tinha medo, até o dia em que os homens chegaram.

Atena

Ninguém se lembrava de quem havia começado a guerra, mas certamente foi um dos gigantes. Atena tinha ouvido que foi Porfírio, tentando estuprar Hera. Mas outra pessoa havia dito que tinha sido Eurimedonte. E também afirmavam outra coisa, que o ataque contra Hera aconteceu durante a guerra, então não poderia ter sido a causa dela. Nesse caso, a guerra tinha começado depois de Alcioneu ter roubado o gado que pertencia a Hélio, o deus-sol. Olhando a expressão de eterna presunção de Hélio, pensou Atena, ninguém imaginaria que ele tivesse coragem de começar uma guerra. E quem se importava tanto com umas vacas a ponto de começar uma guerra? Ela acariciou as asas de sua coruja com inveja.

Quem quer que fosse o culpado, um dos filhos de Gaia – que todos os deuses sabiam que era orgulhosa e arrogante – tinha se comportado de uma forma tão vil que nem sua mãe poderia salvá-lo, embora tivesse tentado. Os gigantes estavam determinados a ofender Zeus, pensou Atena. Arremessar rochas contra o Olimpo era uma coisa, mas colocar fogo em carvalhos e enviá-los voando pelo céu era um erro. Zeus adorava carvalhos.

Os deuses do Olimpo desceriam para Flegra a fim de lutar, algo que deixava Atena satisfeita. Os gigantes eram uma ameaça séria: enormes, agressivos e com o imenso poder da mãe ao lado deles. Todos sabiam que gigantes eram imunes a ataques dos deuses e não podiam ser mortos. Mas os deuses consultaram um oráculo e descobriram que havia uma exceção que podiam explorar. Se um mortal lutasse ao lado dos deuses, os gigantes se tornavam vulneráveis. Então, a única coisa que os deuses precisavam era de um mortal disposto a lutar contra gigantes: um que fosse leal ou tolo, o melhor seria os dois.

Hera sugeriu um dos filhos de Zeus antes que qualquer pessoa tivesse tempo de abrir a boca. Zeus pareceu um pouco incomodado (Hera tinha tentado matar esse filho desde que era bebê, o que nem todos consideravam uma luta justa). Mas precisavam de alguém e Zeus não podia proteger todos eles. Ele mandou Atena para convocá-lo.

Ela apareceu brilhante entre os altos pinheiros que cresciam na frente do palácio do homem, mas mesmo se ele estivesse olhando direto para as árvores, não teria visto a aparição da deusa. Ela não estava lá e de repente surgiu, e parecia ter sempre estado ali. Ela o encontrou treinando em seu pátio, sua pele coberta de óleo e de um pó vermelho para protegê-lo do sol. Parou por um momento para admirar os bíceps dele.

– Zeus precisa de você – ela falou. O homem caiu no chão e Atena tentou não rir.

– Você é...? – O homem agarrou a própria garganta como se alguém estivesse tentando sufocá-lo.

Atena franziu a testa, tentando entender as palavras.

– Eu sou...? Uma deusa? Sim, Atena. Prazer em conhecê-lo. Poderia vir ajudar na luta contra os gigantes?

O homem assentiu, mas não conseguia falar.

– É provável que você morra – disse Atena. Era melhor ser honesta, pensou. – Mas precisamos de um mortal e escolhemos você, então será uma morte nobre.

A expressão do homem perdeu um pouco do entusiasmo.

– E rápida – ela acrescentou. – Se você for pisado por um gigante ou um deus, o que seria sem querer de nossa parte, mas no calor da batalha um de nós poderia pisar no lugar errado e você estaria ali... Bom, seria. De todas as formas, seria indolor. Provavelmente, muito doloroso antes de se tornar indolor, mas não por muito tempo.

O homem olhou para ela, de cima a baixo, confuso.

– Sim – ela falou. – Na verdade, sou muito maior do que pareço. Mas não quis assustá-lo, então decidi aparecer em tamanho mortal. Posso mudar minha aparência como quiser, sabe. Todos podemos. Fico imaginando como Zeus apareceu para sua mãe. Bom, provavelmente não teremos tempo para isso, certo? Porque há uma guerra e precisamos da sua ajuda, e ela não vai começar enquanto não formos para lá.

– Onde? – perguntou o homem. Atena quase gritou de alegria.

– Ouçam isso! – ela falou. – Você consegue falar. Achei que fosse mudo por algum motivo. Mas você consegue falar bastante bem se for apenas uma palavra por vez. Muito bom. Vamos lutar contra gigantes em Flegra. Vou levá-lo. Está pronto? Acho que está, não? Não tem como se preparar para lutar contra gigantes. Se tiver alguma arma que você queira levar, pode pegá-las, acho. Rápido, por favor.

O homem correu até um grande baú de madeira no canto de seu pátio, agarrou uma lança e uma espada, um arco e flechas. Ele segurou tudo com a confiança que traz a prática, e Atena pensou que talvez Hera não estivesse errada quando sugeriu que usassem esse mortal.

– Maravilha – ela falou. – Vamos. Se você morrer, vou propor que consiga uma constelação. Prometo.

Gaia

Enquanto Atena estava recrutando o mortal, Gaia estava conspirando contra os deuses. Ela também tinha ouvido o oráculo sobre o papel decisivo que algum humano desempenharia no conflito que estava se aproximando. Riu da ideia de que poderia temer um homem, já que ele e seus companheiros mortais dependiam dela para suas vidas e lares. Mas decidiu que sua prole poderia precisar de ajuda, só para estarem mais seguros. Ela sabia que em algum lugar em sua extensão verde havia a erva de que precisava. Só não conseguia se lembrar onde. Estava nas montanhas? Crescia debaixo das árvores? Perto do mar? Entre as plantações? Se ela conseguisse se lembrar. Os deuses não estavam acostumados a fazer as coisas às pressas. Ela precisava de algum tempo para procurar: quase podia sentir o cheiro – uma fragrância que a fazia pensar que devia crescer no fundo da floresta entre as sementes e as pinhas caídas. Mas dava flor? De que cor era? Ela começou sua busca, ciente de que as vidas de seus filhos dependiam dela.

Mas ela nem tinha começado antes de mergulhar na escuridão. Olhou para cima, piscando: será que Hélio havia viajado pelo céu mais rapidamente hoje? Nem um sinal do sol. Olhou para o outro lado: onde estava Selena? Havia plantas que só floresciam sob a luz da lua.

Era isso que ela estava procurando? Mas não havia lua, então não conseguia encontrar. Irritada, ela se virou novamente para procurar Eos. Se Hélio estava ausente e Selena havia desaparecido, devia ser quase madrugada. Seus raios rosa deviam estar prestes a iluminar o céu. O que daria a Gaia tempo suficiente para encontrar essa planta preciosa. Porém, o céu não ficou mais claro e não ficou vermelho. Gaia não tinha muita ideia da passagem do tempo – menos ainda que os outros deuses, talvez –, mas sabia que o céu tinha ficado negro por tempo demais – e sabia o que tinha acontecido.

Zeus a estava atacando. Ela amaldiçoou o nome dele. O sol, a lua e o amanhecer estavam todos escondidos. Quando houvesse luz o suficiente para ver, ele já teria roubado a planta. Ela chorou lágrimas abundantes. Seus filhos estavam prestes a lutar sem ajuda contra todos os deuses do Olimpo. E agora eles não podiam nem contar com a proteção dela.

Gigantomaquia

Foi o mortal que deu o primeiro golpe. Ele e Atena tinham chegado à península de Flegra; ela só tinha uma noção de onde a batalha aconteceria. Estava parada em uma ampla planície de altitude, uma curva escura de árvores caindo à esquerda e muitos arbustos nas encostas à direita. Bem à sua frente havia um declive suave que ela não conseguia ver, porque entre ela e as árvores distantes, os gigantes tinham armado sua linha de batalha. Esses filhos de Gaia eram enormes, tão grandes quanto os deuses do Olimpo, quase iguais – e espalhados pela planície eles intimidavam todos, exceto os deuses contra quem tinham vindo lutar. Troncos enormes, braços fortes, coxas protuberantes. Mas então – Atena olhou de novo, ela tinha ouvido seu pai chamá-los de "pés de cobra", porém não sabia o que queria dizer – cada coxa se tornou uma espiral musculosa coberta de escamas. Os gigantes tinham a cabeça e o corpo de homens, mas deslizavam pelo chão. Atena ficou chocada e fascinada pela monstruosidade deles. Ela havia nascido para lutar essa guerra, esta e todas as outras que viessem depois. Conseguia sentir a emoção crescendo dentro de si. Os gigantes tiravam sua força da terra, de sua mãe: ela sabia disso e sentia que estava fazendo o mesmo. O solo fértil aos seus pés estavam cheios de poder, de vida. E tudo isso era para ela. Levantou a cabeça; o sol brilhou em seu elmo. Ela se virou, procurando a coruja que estava sempre em seu ombro, ou em um galho próximo. Ela não queria que se assustasse com o que iria acontecer. Mas se lembrou de que tinha deixado sua coruja no Olimpo, dizendo que devia ficar lá, fora de perigo. O pensamento de vê-la ferida a deixou quase tonta de raiva. Se um desses gigantes-cobras simplesmente pensasse em sua coruja, ela iria...

Mas não terminou seu pensamento, porque os gigantes começaram a avançar na direção dela. Tinha se posicionado o mais perto de Zeus que conseguiu, embora Hera – sua carruagem puxada por quatro cavalos alados – estivesse entre os dois. Atena se virou a fim de olhar para eles – os deuses do Olimpo e as outras divindades que os acompanhavam – alinhados para esmagar essa rebelião insolente. Todos estavam prontos para lutar. Apolo e Ártemis com arcos erguidos e flechas prontas, a mãe deles, Leto, ao lado com uma tocha ardente; Ares em uma carruagem, brandindo uma lança. Até Deméter tinha um bastão de madeira feito de um grosso tronco de árvore e nem se poderia chamá-la de guerreira. Reia estava cavalgando um enorme leão, Nix tinha trazido um barril de cobras. Eles tinham se espalhado por toda a planície: nenhum gigante escaparia deles. Quando os cavalos de Hera avançaram, Atena pôde ver seu pai, sua expressão concentrada de raiva. Pequenas faíscas de relâmpago estavam brilhando nas mãos de Zeus enquanto ele se preparava.

Porém, apesar de todas as suas proezas, todas as suas armas, o mortal foi o primeiro a reivindicar uma morte. Atena quase tinha se esquecido dele enquanto se deleitava com a força de seus companheiros e a iminente morte de todos os seus inimigos. Ela tinha trazido o homem ali e o colocara longe dos leões e das rodas das carruagens para que não fosse esmagado por engano. E como uma mosca, ele tinha quase desaparecido da visão dela, quando de repente atingiu uma criatura muito maior do que ele. Antes que um único raio o tivesse atingido, o gigante Alcioneu estava caído ao seu lado, rugindo de dor. Os olhos dele estavam voltados para os deuses do Olimpo, sendo que nenhum estava perto o suficiente para tê-lo machucado, exceto o Arqueiro e sua irmã, e nenhum dos dois havia disparado uma flecha. Alcioneu foi atingido mais duas vezes antes de cair, contorcendo-se no chão. Só que agora ele viu quem o tinha atingido e seu rosto mostrava toda a sua fúria. E choque. Sua boca estava aberta enquanto tentava respirar, mas não conseguia: as flechas tinham perfurado seu pulmão. O mortal olhou para Atena, querendo sua aprovação. Ela balançou a cabeça e deixou sua voz atravessar a distância entre eles.

– Não – ela respondeu. – Olhe. – E enquanto observavam, Alcioneu arrancou as flechas de suas costelas e começou a reviver. Tinha começado a se sentar. – Viu? – ela falou. – Ele tira sua força de Gaia: todos eles. Vê as rochas ali? – Apontou para um lugar escarpado na lateral do campo de batalha. O mortal assentiu. – Arraste-o para as rochas – ela disse. – Separe-o da terra.

Dessa forma, o homem correu para cumprir a ordem dela. Atena ficou olhando surpresa: ele era incrivelmente forte para um humano e, embora realmente não se importasse se o homem ou o gigante morressem (já que o homem morreria logo e o gigante morreria hoje), ela estava torcendo para o mortal enquanto ele arrastava Alcioneu para as rochas. As forças do gigante, tomadas emprestadas de sua mãe, desapareceram: as feridas foram fatais, agora que ele não tinha ajuda de Gaia. Um a menos, pensou Atena.

Ela ouviu um barulho ensurdecedor do outro lado do campo de batalha, e o céu se dividiu em dois. Zeus havia lançado um raio contra Porfírio. O gigante tinha atacado Hera, arranhando-a quando a deusa tentava afastar sua carruagem. Zeus nunca deixaria isso acontecer: ele era bruto com sua esposa de vez em quando, mas nenhuma outra criatura poderia fazer isso e continuar viva. Um segundo gigante a menos.

Um grito angustiado cresceu nas proximidades. Apolo mostrando sua precisão perfeita. O Arqueiro tinha acertado Efialtes, primeiro em seu olho esquerdo, depois no direito. Duplamente cego, o sangue escorrendo de suas órbitas enegrecidas, Efialtes caiu de joelhos. Nem mesmo Gaia poderia salvar esse, pensou Atena. Ela poderia devolver a força dele se quisesse, mas ainda estaria cego. Além de Apolo, Atena viu Dionísio espancar Éurito até a morte, seus golpes caindo rápido demais para que o gigante pudesse desviar ou fugir. Seu cérebro se espalhou pelo solo fértil. À direita de Atena, estava Hécate, que lançou suas tochas contra Clítio e o queimou. Suas sobrancelhas estavam franzidas de dor e medo, mas ela não hesitou, empunhando sua espada para separar a cabeça do corpo em chamas. Até o deus ferreiro manco tinha encontrado uma forma de lutar, notou Atena. Hefesto lançava enormes pedaços de ferro fundido em Mimas, que gritava enquanto queimava.

Três, quatro, cinco, seis.

Atena sorria enquanto observava a carnificina à sua frente: deuses dominando, como devia ser, e metade dos gigantes mortos quando a luta mal havia começado. Ela não podia esperar mais ou tudo estaria terminado. Já tinha escolhido sua vítima: Encélado, um gigante de pescoço grosso que estava na frente dela. Ele estava afastando seu cabelo embaraçado da testa, tentando separá-lo da barba para poder ver melhor. Mas nada o ajudaria contra o que estava vindo.

Atena gostava muito de sua lança para atirá-la contra um desses gigantes imundos: e se ele a sujasse com seu sangue, dobrasse ou quebrasse com a queda de sua carcaça? Ela sabia que Hefesto faria outra, tão boa quanto esta, mas não queria correr o risco. Ainda não, não se não precisasse. Em vez disso, pegou uma enorme pedra triangular e a atirou contra Encélado. Ele não conseguiu escapar da trajetória e foi esmagado no chão. Atena se perguntou se ele poderia tentar usar o poder de sua mãe para ajudá-lo, mas era tarde demais para isso. Aproximando-se, viu que tinha sido destruído por seu arremesso: seu corpo estava enterrado debaixo da rocha. Sete.

Ela sentiu uma onda de alegria por ter matado pela primeira vez nessa que era a mais poderosa das guerras. Porém, nesse momento, também sentiu outra coisa. Uma sensação estranha, como se formigas estivessem rastejando por toda a sua pele. Um não era suficiente, ela precisava de mais. Não poderia deixar este campo de batalha tendo feito o mesmo que Apolo ou Dionísio. A guerra deveria ser a especialidade dela, não a deles. Ao seu redor, ela ouvia o estrondo de trovões e o choque de metais. Mas o caos só a deixava mais focada, seus sentidos estavam sintonizados com o ruído e a velocidade. Observou Poseidon perseguir um gigante da planície direto para o mar. Atena revirou os olhos. Que tipo de idiota tentaria fugir de Poseidon correndo para o mar? Os gigantes tinham força e tamanho, é verdade, mas não eram oponentes admiráveis. Aquele tolo poderia muito bem se ajoelhar e oferecer sua garganta para o tridente. Ela desviou o olhar, ainda procurando uma segunda conquista. Já sabia como terminaria a luta de Poseidon. Oito.

Atena tinha se aproximado de Ártemis enquanto acompanhava a batalha de seu tio no mar. Mas um uivo ensurdecedor chamou sua atenção para o interior. A deusa caçadora tinha acabado de acertar outro gigante, suas rápidas flechas o jogaram no chão, suas pernas de cobras deslizavam e se contorciam debaixo dele. Talvez Gaia o estivesse revivendo, mas Ártemis trouxe seus cães de caça para a batalha. Atena pensou em sua coruja, mas não se arrependeu de tê-la deixado no Olimpo. Não queria ver as belas asas de seu pássaro manchadas. Mesmo assim, admirava a forma como os cães se lançavam sobre a criatura caída. Os dentes atacaram a garganta dele, e seriam nove.

Atena não conseguia encontrar Hermes em lugar nenhum da planície, mas sabia que ele estava ali. Usando o elmo de Hades, que havia pedido emprestado (ou mais provavelmente roubado), o deus mensageiro era invisível, até para os olhos aguçados dela. Também era invisível para o gigante que se debatia e berrava contra o que parecia ser uma brisa. Porém, não era o vento que perfurava sua pele várias vezes, cortando-a de todas as direções. Gritando, o gigante tentou agarrar o lugar em que achou que o deus deveria estar, mas Hermes era rápido demais. E o gigante ia ficando mais lento com o sangue jorrando de várias feridas: antebraço, ombro, pescoço, coxa, barriga. Esse foi o décimo.

Ao lado direito dela, estava... Atena mal podia acreditar em seus olhos. As Moiras, os três poderosos Destinos, que passavam seus dias tecendo os fios das vidas mortais e cortando-os quando era chegada o momento da morte. Ela era muito melhor tecendo do que as três, pensou Atena, mas ninguém mencionava isso porque as pessoas viviam e morriam de acordo com o comprimento do fio que as Moiras teciam. No entanto, nenhum mortal morreria hoje, porque os Destinos tinham se afastado de seu fuso, sua lã e sua faca afiada. Estavam ali no campo de batalha, usando clavas de bronze para espancar mais dois gigantes até a morte. Onde os Destinos guardavam aquelas belas armas nos dias normais? Atena ficou imaginando. Elas as escondiam debaixo da lã, por precaução? Pela primeira vez, sentiu um respeito pelas irmãs, mesmo relutante, e isso aumentou a conta para onze, doze.

Enquanto os deuses perseguiam seus inimigos, Zeus estava acima deles despejando raios sobre Flegra, um após o outro, sem pausa. Os campos ficariam iluminados por dias depois da derrota dos gigantes: as árvores ficaram escuras para onde se olhasse. E com tantos duelos acontecendo em toda direção, havia, até onde Atena podia ver, somente mais um gigante para ela. Não podia imaginar como os outros deuses o tinham ignorado porque, para ela, aquele parecia brilhar parado no meio da planície, iluminado por todos os lados pelos raios. Atena olhou para ele e sentiu algo que nunca havia sentido antes, e que raramente voltaria a sentir. Sentiu uma fome voraz por aquele gigante.

A enorme criatura estava girando sua clava, mudando o peso de uma perna para outra, procurando um deus para atacar. Mas parecia não se mover em nenhuma direção: ou estava distraído pela carnificina de seus irmãos ou cegado pelos raios que explodiam ao seu redor. Assim, sabendo que ele era dela e somente dela, Atena se moveu tão rapidamente pelo campo de batalha que mesmo os outros deuses não a viram chegar. Esse último gigante não cairia em nenhuma outra mão. Ela arremessou sua lança durante a corrida, desaparecida toda a preocupação de perdê-la. Sua pontaria foi certeira e sua ponta elegante perfurou a garganta do gigante: ele cambaleou para trás com o impulso. Segurou o local da dor, mas não havia muito mais o que fazer. A força do arremesso fez com que a lança penetrasse seu pescoço e, quando ele caiu, a lança se cravou na vertical na terra. Atena estava ao lado dele, um momento depois. Os choques ensurdecedores de metal e raios de luz diminuíram, e finalmente, nesse momento, sentiu que ela e o gigante moribundo eram as duas únicas pessoas em Flegra. O sangue escuro jorrava de sua garganta e borbulhava vermelho entre seus lábios. Atena ficou espantada com a feiura, mas não conseguia parar de olhar. Era para isso que tinha sido criada, lembrou-se. Isso era o que significava lutar uma guerra. Porém, não explicava os impulsos conflitantes que cresciam por trás de seu rosto calmo: desviar o olhar da morte que ela havia causado, inclinar-se e lamber o sangue quente dos lábios dele. Ficou observando como os olhos do gigante primeiro perdiam a raiva e depois o medo. A boca dele se movia como se quisesse contar algo e ela se abaixou e tentou entender as palavras. Mas tudo o que ouviu foi o último suspiro deixando seus pulmões, o último glóbulo vermelho estourar, deixando uma fina mancha de sangue na forma de um círculo perfeito no lábio superior do gigante.

Ela levantou a vista ao seu redor e viu que estava tudo terminado. Não sabia se tinha demorado muito tempo ou nenhum. Mas quando viu, o mortal tinha atirado contra todos os gigantes, menos este, o dela, como a profecia havia exigido. Todo gigante deveria sofrer um ferimento do homem se os deuses quisessem vencer. Atena observou como estava ocupado andando por todo o local e se perguntou como havia acertado Encélado, esmagado debaixo da enorme rocha. Talvez um pedaço das pernas de cobra tenha ficado para fora. Ela sabia que o homem logo estaria aqui, espoliando sua matança. E sentiu uma onda de raiva protetora. Seu gigante tinha sido morto por suas mãos, e apenas por elas. Não precisava da ajuda de nenhum deus ou mortal, não importava o que dissesse o oráculo. Ela não queria danificar o corpo. Em vez disso, sacou uma faca afiada do cinto. Zeus sempre disse que a pele dos gigantes era como couro. E ela sempre quis um peitoral como o do pai.

Ela mesma esfolou o gigante, como um sapateiro preparando a pele de um bezerro. Dessa forma, manteria sua presa ao lado dela para sempre, próxima ao peito. Seu corpo nu estava no chão, sem que Gaia o revivesse, ainda sem conseguir entender a escala de sua perda. Todos seus filhos tinham sido mortos em uma única batalha.

Era como Atena sempre soube: mães não fazem nada para proteger seus filhos. Sua mãe não garantiu sua segurança, apesar de todas as tolas promessas. Ela havia fracassado. Mas Atena não.

Dânae

O DIA EM QUE POLIDECTO chegou estava sendo igual a qualquer outro, até que o barulho de muitos pés levou Dânae para fora da casa. Perseu e Díctis ainda não tinham voltado do mar, mas chegariam logo – ela ergueu os olhos automaticamente – se Zeus quisesse. Conseguia ver um grupo de homens se aproximando da vila vindo das colinas: eles não vinham do mar, mas do interior. Ela conseguia ouvir o barulho de metal, mas não estava com medo. Eles não estavam usando elmos, por isso não planejavam lutar. Tinham espadas curtas para autodefesa, ela concluiu, como os homens de seus pais usariam quando viajavam. Sentiu uma onda de pânico de que seu pai tivesse descoberto que ela e seu filho haviam sobrevivido à tentativa de assassinato. Tentou respirar normalmente e esconder o medo. Conseguia ver o céu, Perseu estava seguro, Zeus não deixaria o pai dela matá-lo. Então, quando os homens se aproximaram, viu que as túnicas deles não eram iguais às que os homens usavam quando ela era criança.

As mulheres que viviam nas casas próximas também saíram para ver o motivo do barulho. Os pescadores nunca faziam essa cacofonia: esse era o som de gente da cidade invadindo um espaço que não era deles. Olhavam para os homens se aproximando com suspeita, mas não hostilidade. Os homens pararam na primeira casa e fizeram uma pergunta. Um movimento de cabeça foi a única resposta. Então, eles continuaram andando, cada vez mais perto. Dânae ficou olhando para o mar, como tinha feito quando Perseu havia começado a pescar. Onde estavam os homens? Será que voltariam logo para casa?

Quando o grupo se aproximava de sua casa, ela começou a ver os barquinhos chegando à praia. Os homens pararam e se dividiram, como os guardas faziam quando seu pai recebia visitantes em seu palácio. Foi por isso que eles pareciam tão conhecidos, ela percebeu, por que a faziam lembrar sua antiga vida. Eram guarda-costas do homem que estava no centro. Agora, eles tinham ficado de lado, para que ela pudesse vê-lo: cabelo grisalho, linhas ao redor da boca denunciando toda uma vida inteira de desaprovação. Era baixo, corpo largo com pernas fracas e, embora nunca o tivesse visto antes, havia algo familiar em sua expressão.

– Então você é a esposa dele? – perguntou o homem, olhando seu corpo de cima a baixo como se tentasse adivinhar o valor dela.

– Não – ela respondeu. – Não sou esposa de ninguém. Quem é você, senhor?

Havia irritação entre os homens como se quisessem zombar de sua ignorância, mas não tinham certeza se seriam punidos se rissem.

– Díctis vive em outro lugar? – perguntou o homem. Sua voz era um pouco estridente e ela se perguntou se ele sempre soava como se estivesse se queixando.

– Não, senhor – ela disse, olhando direto para ele. – Esta é a casa dele. Mas não sou a esposa de Díctis. Ele não é casado.

– Ouvi dizer que ele tinha se casado. E você está, como admitiu, na casa dele.

De repente, Dânae sabia quem era ele, assim como conseguia ver dois homens em sua visão periférica, subindo a colina vindos do mar. Díctis e seu filho logo estariam com ela.

– Ele vai chegar logo, senhor. Tenho certeza de que vai preferir conversar pessoalmente com seu irmão.

As sobrancelhas do homem se ergueram bruscamente.

– Talvez diga a ele para conseguir uma criada que seja mais educada com estranhos – ele falou.

Dânae olhou para ele, procurando ecos da testa, do nariz e do queixo de Díctis no rosto do rei, e se perguntando como os mesmos traços poderiam ser tão tranquilizadores em um homem e tão desagradáveis em outro. Agora ela via a silhueta dos dois homens correndo até ela. Díctis tinha visto o grupo de guardas do lado de fora de sua casa e Perseu saíra correndo.

– Não quis ser rude – ela falou. Ele bufou e abriu a boca para responder, então um dos guardas notou os dois pescadores voltando e murmurou algo para o rei.

O rosto de Díctis estava preocupado quando finalmente apareceu. Perseu correu direto para Dânae e se posicionou na frente dela. Ela lembrou-se de repente da primeira vez que notou que não conseguia mais ver por cima da cabeça e dos ombros dele. O filho tinha crescido tanto e ficado tão forte, por estar no mar todos os dias.

– Irmão – falou Díctis. – Que surpresa. O que o traz tão longe de seu palácio?

– Ouvi dizer que você tem uma família agora – falou o rei. – Esposa e filho, foi o que ouvi. E vejo que é verdade. Você realmente achou que poderia se casar sem pedir permissão do seu rei?

– Dânae não é minha esposa.

– Não sei se é algo de que deva se orgulhar – gritou Polidecto.

– Ela é minha filha adotiva. – Díctis continuou falando como se não tivesse ouvido a interrupção. – Você precisava trazer toda essa comitiva para descobrir? Poderia ter mandado um mensageiro.

– Poderia mesmo?

Dânae entendeu por que Díctis tinha escolhido o mar em vez de ter que lidar com o irmão. Ela teria ficado tentada a fazer o mesmo, e tinha tanto medo do mar quanto do rio Estige.

– Sim, irmão. – Díctis parecia exausto. – Embora esteja feliz pela sua visita. Entre, por favor.

Polidecto acenou para seus homens, apontando para a modesta casa na frente dele.

– Vocês terão que esperar aqui fora – ele disse.

Dânae se afastou, a mão no braço de Perseu, assim Díctis poderia levar o irmão para dentro da casa, mas ele sorriu e balançou a cabeça. Era a casa dela também. Então ela e o filho deram as costas para os homens e entraram. Dânae podia sentir a tensão pulsando em Perseu, ele estava com raiva e com medo desse homem, ela sabia. Tinha crescido na companhia de pescadores, e uma demonstração de força como essa era alarmante.

Ela serviu vinho em uma tigela e colocou uma jarra de água ao lado. Tinham duas canecas boas, que ela colocou na mesa quando os homens se sentaram de cada lado. Ela recuou, acenando para Perseu fazer o mesmo. Os homens se serviram do vinho e ela ficou olhando para o rei. Ele se parecia tanto com Díctis em um momento, mas depois não se parecia mais. Era mais velho, ela sabia, mas não dava para ver: os anos no mar eram difíceis de esconder. E – apesar de saber que devia ser sua imaginação – continuou vendo traços de seu pai no rosto desse estranho. Não tanto sua aparência. Polidecto não se parecia em nada com o pai dela. Mas havia algo na expressão irritada de sua boca, como se o mundo existisse apenas para desapontá-lo. Quando o rei terminou de se servir da bebida, olhou para ela que corou, envergonhada por ter sido pega encarando-o.

– Sua filha adotada? – disse Polidecto. – De quem você a adotou?

Dânae sentiu seu corpo se enrijecer com esse homem falando sobre ela como se não estivesse ali. Díctis bebeu um gole de vinho antes de responder.

— Seu pai estava muito mal — ele contou. — Ela e o menino precisavam de um lar, que eu forneci com prazer.

— O menino não é seu?

— Ele é o neto que gostaria de ter tido — disse Díctis e Dânae sentiu seu filho relaxar ao lado dela e tentou fazer o mesmo.

— Ah! — A risada do rei tinha a intenção de ser indelicada. — Para isso acontecer, irmão, você teria que desejar uma mulher.

Eles ficaram em silêncio. Díctis inclinou a caneca, olhando a luz cintilar na superfície do vinho.

— Sim, irmão — falou. — Eu teria. Mas os Destinos me trouxeram uma filha e um neto no lugar.

— Você é uma desgraça — disse o rei. — Ter uma mulher como essa em sua casa e não desfrutar dela. — Balançou a cabeça desgostoso.

— Não desfruto de ninguém a não ser que ofereçam livremente — disse Díctis.

— Você sempre foi fraco.

— Sempre pareci assim para você, claro.

— Onde está o pai do menino? — Polidecto se virou para Dânae. — Ele está vivo?

Foi uma pergunta surpreendentemente difícil de responder, já que Dânae não queria blasfemar, mas não estava segura da verdade. Os deuses não estavam vivos, estavam? Estavam algo mais do que vivos, ou talvez algo diferente.

— Não. — Ela falou baixo, esperando que isso fizesse o rei pensar que era um assunto doloroso e parar de insistir.

— Entendo — ele falou. — Então você vive aqui com meu irmão como uma jovem viúva, dando a aparência de respeito que ele exige.

— Não, senhor — ela falou. — Seu irmão já era muito respeitado antes da minha chegada.

— E será depois que você partir, sem dúvida.

– Ela não vai embora. – Perseu não conseguia mais ficar em silêncio. – Vamos ficar aqui para sempre.

– Qual é o seu nome? – O rei se virou para o filho dela com todo o desdém que podia demonstrar.

– Perseu – respondeu o garoto. – E qual é o seu?

O rei o ignorou e olhou de novo para Díctis.

– E você ainda sai no seu barco todo dia? Vive dos peixes que pesca?

Díctis deu de ombros e Dânae adorou isso. Era um pequeno gesto que transmitia sentimentos grandes demais para ser expresso em palavras. Claro que ele saía no barco todo dia: Díctis pertencia ao mar. E claro que ele vivia do que pescava: ele e seus companheiros pescadores sempre fizeram isso. Se um deles tinha uma onda de azar, os outros dividiam a pesca com a família do homem. Não importava o que o rei falasse para que essa vida parecesse patética, não era. Estava – Dânae sabia – cheia de uma dignidade que não encontraria no maior dos palácios. Os homens de Polidecto viviam todos nervosos ao redor dele: essa era a vida invejável? A companhia silenciosa que Díctis oferecia era o maior presente que qualquer mortal poderia ter dado a ela. E agora – Dânae sabia antes mesmo que as palavras fossem faladas – isso iria acabar.

– Isso não é vida para uma mulher como ela – disse o rei. – Ela vai embora comigo.

Díctis não falou nada, mas balançou a cabeça lentamente, e Dânae viu seu mundo desmoronando.

– Estou feliz aqui, senhor – ela falou. Mas as palavras morreram no ar.

– Você será feliz casada com o rei – ele respondeu. Ficou claro para todos que não era uma pergunta.

Perseu olhou para sua mãe e para Díctis, tentando entender como essas duas pessoas poderosas ficaram, de repente, incapacitadas. Díctis podia encontrar uma saída de uma tempestade repentina, podia pescar qualquer peixe que o oceano escolhesse oferecer, podia evitar todos os monstros das profundezas. Mas ficou ali, sem falar nada. Sua mãe podia curar qualquer ferida, consertar qualquer coisa quebrada. Mas ela simplesmente ficou em silêncio enquanto suas vidas eram despedaçadas.

– Ela não pode se casar com você – Perseu falou. – Temos que ficar aqui. Eu ajudo Díctis a pescar.

– Quantos anos você tem? – perguntou o rei. Dânae rezou para o pai de seu filho.

– Dezesseis – disse o menino, tentando não parecer mais um garoto, enquanto Dânae tentava que ele voltasse a ser criança. Era culpa dela, sabia. Nunca tinha ensinado como os homens eram cruéis, nunca quis que ele precisasse saber. E ali estava Perseu, certo de que sua resposta faria aquele homem poderoso reconsiderar.

– Dezesseis. – O rei assentiu. – Já tem idade.

– Já tenho idade para quê? – respondeu Perseu.

– Você quer que sua mãe fique aqui com você e com ele? – Dânae quase podia sentir a maldade na voz do rei, algo que seu filho não conseguiria ouvir.

– Sim, quero – respondeu Perseu.

– Muito bem. – Polidecto virou sua cadeira para olhar o menino bem de frente. – Então ela ficará aqui enquanto você vai pegar algo que eu quero. Você consegue navegar, isso sabemos. E deve ser forte por carregar todos esses peixes colina acima todos os dias.

– Sou. – Perseu se endireitou um pouco, incapaz de ver a armadilha.

– Bom, então você pode me trazer algo que seria impossível para um jovem comum. – O rei sorriu. – A cabeça de uma Górgona.

– Irmão – falou Díctis. – Por favor.

– Claro que posso – disse Perseu. – Ela fica aqui até minha volta?

– Bom, não quero te dar um motivo para se atrasar – disse Polidecto. – Então digamos, um mês, certo? Não, dois meses, porque sua mãe ficará triste com a ideia de que você vai precisar se apressar. É tempo mais do que suficiente para que viaje ao lar das Górgonas e volte.

O rei se levantou e deu um passo em direção à porta.

– Volto em dois meses – ele falou para Dânae. – Você estará pronta para me acompanhar.

E tendo destruído o lar deles, foi embora.

Gorgonião

Você provavelmente está sentindo pena dele agora, não? Pobre Perseu, o herói relutante. Defensor da honra da mãe. Tolinho presunçoso: se ele tivesse simplesmente ficado de boca fechada enquanto Polidecto estava todo altivo tentando intimidá-lo. Tudo o que tinha a fazer era se comportar como todos os outros súditos do rei. Dizer, sim, senhor; não, senhor, sempre que falasse com ele, e tudo já teria acabado agora. Dânae teria ido para o palácio, e daí? Que mal teria acontecido, exatamente? Polidecto não é um monstro, é apenas um homenzinho pomposo, com um rancor irracional contra o irmão. A Grécia está literalmente cheia de homens assim. Dânae só teria que fazer algumas críticas a Díctis enquanto circulava pelo palácio por alguns dias, podendo ter outras pessoas varrendo o chão para variar e comendo algo que não tivesse guelras. Seria tão ruim? Comida sem escamas. A maioria das pessoas ficaria aliviada.

Polidecto teria perdido interesse nela em poucas semanas, provavelmente dias. Ele só a queria porque estava com seu irmão: ele é o rei. Pode ter quem quiser como esposa. A esposa de segunda mão de um morto (é o que acredita que Dânae seja) e criada de um irmão odiado dificilmente é o troféu que ele está procurando. Talvez se ele soubesse da conexão com Zeus, isso poderia ser persuasivo? Talvez achasse intimidante. (Você realmente quer ocupar o lugar do rei dos deuses na cama de uma mulher? Mesmo se o rei dos deuses tivesse aparecido a ela como uma chuva dourada?) Normalmente é difícil saber o que pensam os homens, não?

De qualquer forma, nem pense em sentir pena daquele pirralho. Ele não está salvando a mãe de algum tormento terrível. Está salvando-a do leve inconveniente de viajar um ou dois dias a cavalo, de ouvir alguns comentários sarcásticos sobre ex-amantes até que o rei – que nem está interessado nela, apenas sente rancor – perca a paciência e a mande embora. Provavelmente até emprestaria um cavalo para sua viagem de volta.

A ideia de que Perseu é um herói é algo que critico desde então – nem sei dizer há quanto tempo. Desde que ouvi seu nome. Ele é arrogante e mimado. Não dá para culpar Dânae por isso: ela sofreu muitos traumas no começo da vida dele. Sempre deixou que ele fizesse o que quisesse. Díctis poderia ter disciplinado melhor o garoto, imagino. Mas é difícil com um garoto que não é seu filho. E ele estava tão feliz de ter uma criança em casa, algo que nunca tinha esperado. Claro que o mimou: ele seguia o exemplo de Dânae.

E nada disso teria importado se Perseu tivesse ficado em sua pequena vila, pescando pelo resto da vida, sem incomodar ninguém. Bom, os peixes não iam gostar muito dele, imagino. Mas ninguém pensa nos peixes.

Menos ainda Perseu, que – logo verão – não tem interesse no bem-estar de nenhuma criatura se isso impedir seu desejo de fazer o que quiser. Ele é um bandidinho perverso e quanto mais cedo entenderem isso e pararem de pensar nele como um jovem herói, melhor poderão entender o que realmente aconteceu.

Atena

ATENA ADORAVA SEU NOVO PEITORAL, amava da mesma forma que amava sua coruja. Ela adorava a forma como brilhava ao sol, não conseguia parar de girá-lo nas mãos e observá-lo refletindo na luz. Não era brilhante e resplandecente como o metal, nem era opaco como a pele de um animal, que só fica brilhante depois de muito uso e desgaste. Tinha um lindo brilho suave de mármore de Paros resplandecendo na luz do entardecer. Hefesto a tinha transformado em uma peça de armadura perfeita, embora tivesse mantido uma expressão curiosa enquanto fazia isso. Atena ficou imaginando o que o incomodava – ele fazia armaduras o tempo todo –, mas não perguntou porque não estava muito preocupada desde que ele fizesse o que ela queria. E se ele não queria saber onde Atena havia encontrado aquela pele, ela não sabia muito bem por que perguntou. Porém, quaisquer que fossem suas reservas, elas não interferiram no trabalho. Ao contrário, na verdade: ele havia terminado mais rápido do que ela tinha imaginado. As presilhas eram fortes e se encaixavam muito bem.

Ela estava usando a armadura agora, enquanto pensava na guerra. Tinha revivido as cenas muitas vezes, mas nunca era demais fazer isso de novo. Ela se deleitava novamente com o barulho, a poeira e o sangue, além do cheiro de queimado de cada raio que Zeus disparava. Foi a primeira vez que ela sentiu que realmente entendia qualquer um dos outros deuses, quando pensou como eles lutavam e matavam. A frieza de Apolo e Ártemis fizeram mais sentido para ela quando se lembrava deles com arcos e flechas em suas mãos. A desonestidade de Hermes não era contra ela, estava em sua natureza: era por isso que sempre lutava usando truques e enganos. O pai dela, despejando sua raiva quase indiscriminadamente. Poseidon encurralando seu oponente no mar, onde era mais forte. Aí sentiu um pequeno aborrecimento dentro de si, quando teve esse último pensamento. Não conseguiu identificar o que era. O mar, tinha algo a ver com o mar? Ela permitiu que o mar ocupasse sua mente, lançou suas redes. Não, não era isso. Poseidon, então? Sim, o aborrecimento aumentou um pouco. Algo a ver com seu tio. Mas não era algo que tinha acontecido durante a guerra dos gigantes, era? Eles quase não tinham se notado, lutando em setores diferentes da batalha. Ele não tinha dito ou feito nada para ela. Mas o zumbido de aborrecimento se intensificava. Sim, era algo que tinha feito em outro lugar, para outra pessoa. Mas também tinha sido feito para ela. Ele tinha machucado alguém, de alguma forma. E então, de repente, ela se lembrou.

Ele tinha possuído alguma garota – mortal, ninfa, ela não tinha certeza. Mas ele havia feito isso no templo dela. Dela. Onde sua estátua podia ver tudo. Sentiu uma raiva envolvente. Como tinha ousado? Como tinha ousado quando seu templo estava sendo construído ao lado? Ele podia estuprar ou seduzir quem quisesse ali, Atena não iria interferir. Mas profanar o templo dela, e nem considerar que o insulto merecia um pedido de desculpas?

Ela teria que encontrar uma forma de se vingar depois. Ele estava – como sempre – em seu reino no oceano: não poderia fazer nada contra ele ali. Haveria uma oportunidade de humilhá-lo mais tarde, ela tinha certeza. Mas, enquanto isso, sentia muita raiva e precisava gastá-la.

A garota. A garota serviria.

Medusa

Aconteceu uma noite, então Medusa nunca poderia ter certeza se ela havia sonhado ou se tinha sido real, ou se havia alguma diferença entre as duas coisas.

Ela sabia que tinha sido Atena que havia aparecido para ela, a raiva consumindo seu adorável rosto, o elmo inclinado para trás, sua lança na mão.

Ela conseguia ver o movimento dos lábios da deusa, mas não conseguia ouvir as palavras, então depois sentiu que, se tivesse sido capaz de entendê-las, poderia ter se salvado.

Estava errada.

Sentiu uma dor lancinante em todas as partes do crânio, como se alguém tivesse enrolado sua cabeça em um pano e torcido muitas vezes.

Seus olhos estavam queimando e pareciam pulsar contra suas pálpebras, por isso achou que ia ficar cega.

Sentiu que seu couro cabeludo estava se rasgando.

Depois, quando olhou para o lugar em que sua cabeça havia se deitado, havia um halo perfeito de seu cabelo caído.

Ela esticou a mão para tocar sua cabeça e descobriu que não podia.

Gritou até perder a voz.

Não adiantou nada.

Pedra

Essa estátua nunca tinha sido vista, porque está no fundo do oceano. Talvez seja melhor assim, porque nunca teria ficado de pé: é muito estreita na base, pesada no alto.

É um cormorão, mergulhando para pescar, e está a ponto de capturar um peixe. Seu bico está aberto, pronto para agarrar o peixe no meio das ondas. Parece impossível que o bico não se feche em um piscar de olhos, que o cormorão não se levante da água com a barriga cheia. Que as gotas de água não caiam de suas asas úmidas e brilhantes. Mas é impossível, porque é apenas um pássaro de pedra.

Mas parece tão real. Todo o seu ser está focado em seu objetivo: asas dobradas para trás ao longo de seu corpo quando entra na água, os pés dobrados por baixo dele, apontando para o céu. O pássaro sabe que o peixe tem a vantagem assim que afunda, então faz todo o possível para ser mais rápido, aumentar suas chances. Além disso, há todo um cardume de peixes. O cormorão só precisa ter sorte uma vez.

Se alguém tivesse pintado essa estátua, ela seria negra, mas não um negro de verdade: há um tom de verde debaixo do escuro das penas que só é revelado sob a forte luz do sol. O artista teria capturado isso? Um verde que é quase negro, um negro que quase não é verde? O pássaro tem olhos escuros vidrados, uma membrana corre no centro. É representado por um sulco pequeno na pedra.

PARTE TRÊS

CEGA

Cassiopeia

A rainha da Etiópia tinha todos os motivos para se admirar quando olhava no espelho que seu marido havia feito para ela. Quando eles se casaram, ele tinha ficado tão deslumbrado com a beleza dela que a admirava o dia todo e exigia que as tochas fossem acesas para continuar a olhar para ela a noite toda. Cassiopeia contou para sua mãe que ele fazia isso; a mãe fez um sinal para afastar os maus espíritos. Nenhum homem poderia manter tal intensidade de desejo, ela falou. Cassiopeia deveria ficar grávida antes que o prazer embasbacado dele terminasse.

  Cassiopeia era muito jovem naquele momento, ela se lembrava, e propensa a temer que sua mãe estivesse certa. Ela queria ter um filho de Cefeu antes que ele se cansasse dela. Ao mesmo tempo, também queria continuar com a vida que tinham. Não queria ver seu corpo se inchar. Não estava pronta para o que as mulheres sussurravam quando acreditavam que a nova rainha não conseguia ouvir. Seu marido, por sua vez, não parecia preocupado quando ela não engravidou; acariciando sua barriga lisa, ele a adorava do jeito que era.

  Contrário ao medo da mãe de Cassiopeia, Cefeu nunca se cansava de olhar para o rosto da esposa. Um dia, ele decidiu que ela também merecia esse prazer. Ela perguntou o que isso queria dizer, ele sorriu de uma forma que tentava ser enigmática, mas fez com que parecesse uma criança lutando para manter um segredo. A mãe de Cassiopeia repetia seu conselho, mas – dentro dos confins de seu lar – dizia a suas escravas que o rei era uma criança e era por isso que o casal não sentia a necessidade de ter um herdeiro.

Por um ou dois dias, houve muito ruído e escravos ficavam correndo com panos para remover a poeira, então Cefeu pegou sua esposa pelas mãos e pediu que fechasse os olhos. Ele a conduziu com cuidado – como se estivesse carregando um objeto precioso – da cama até um quarto que parecia meio vazio. Ela o seguiu, mantendo os olhos fechados mesmo quando ele falou que havia dois degraus, mesmo quando ele parou para ter certeza de que não ia bater de costas na parede. Finalmente, Cefeu parou e disse que ela podia olhar. Cassiopeia abriu os olhos e viu a palma da mão dele, posicionada um pouco na frente dela para impedir que fosse cegada pelo brilho das tochas. E quando as pupilas de Cassiopeia se contraíram, ele tirou sua mão para que ela pudesse ver uma piscina rasa e larga cheia até a borda. Agora ela podia olhar para seu reflexo pelo tempo que quisesse. Ela nunca se cansava.

Sua beleza era o que lhe dava mais orgulho, mais do que todo o ouro e joias que Cefeu tinha dado a ela quando se tornou sua rainha. Essas coisas estavam intimamente conectadas, claro: ela não teria sido escolhida como rainha se não fosse linda – e poucas rainhas tinham joias como as dela. Mas nenhuma das gemas dava tanto prazer como seu longo e elegante pescoço, seus ombros perfeitamente equilibrados, sua pele lisa de ébano. E nada disso a satisfazia tanto quanto a franca inteligência que iluminava os olhos. Sua boca era sempre rápida para sorrir porque estava feliz com o que via, e isso dava a ela uma expressão que era, ao mesmo tempo, desafiadora e divertida. Os visitantes do palácio de Cefeu raramente conseguiam se lembrar de algo do edifício, dos móveis, da comida ou do vinho. Eles quase não se lembravam do que tinham conversado com o rei, embora sempre gostassem de conversar com ele porque era uma pessoa boa, muito interessada em seus convidados e suas histórias. Mas tudo isso era apagado de suas mentes pela visão magnífica de sua esposa.

Bem quando seus súditos estavam começando a murmurar que um rei feliz era melhor do que o contrário, mas que o reino precisava mesmo assim de um herdeiro, Cassiopeia percebeu que estava grávida. O casamento já era um sucesso em sua mente, mas agora até mesmo sua mãe parou de reclamar. A parteira garantiu que seria um menino, porém, sentada em sua piscina uma noite, iluminada pelas tochas bruxuleantes, ela disse aos deuses que queria uma filha. Queria ver outra iteração de sua beleza crescendo, porque nada poderia impedir que sua aparência decaísse, ela sabia.

E quando Andrômeda nasceu – as parteiras ficaram tensas depois do nascimento, caso suas alegres previsões de um filho fossem punidas –, Cassiopeia olhou para seu rostinho e viu exatamente o que tinha esperado ver: uma miniatura perfeita dela mesma. Ela não se ressentiu da beleza da filha (embora nenhum vendedor de unguentos e cremes jamais tenha deixado o palácio sem que ela experimentasse seus produtos). Em vez disso, apreciava o encanto da filha. Todo visitante sempre dizia que Andrômeda se parecia com ela, então desviavam o olhar da criança para poderem se concentrar nela. Cefeu nunca parava de dizer que sua beleza era sem igual em toda a Etiópia. Então, em vez de se ressentir de sua filha, Cassiopeia olhava para ela como se visse seu glorioso reflexo na piscina. Outra forma de olhar para si mesma e achar que não faltava nada.

E mesmo se – quando Andrômeda foi crescendo – mais jovens ficassem cada vez mais olhando para ela, ainda assim não podiam esconder a admiração que sentiam pela mãe. Cassiopeia pensou em sua própria mãe – ainda bonita mesmo agora – e sentiu alívio, mesmo quando dava uma segunda olhada na água para verificar que seu queixo estava perfeito como sempre. Sua perfeição parecia – como sempre foi – ser conseguida sem esforços, divinamente.

Andrômeda amava os pais e tinha orgulho de ser filha deles. Ela nunca admitiria que achava a obsessão da mãe pela beleza – a própria e a da filha – como um peso. Se isso significava que a mãe passava mais tempo dentro de casa, evitando a luz forte do sol, apenas a tornava igual a qualquer outra mulher de *status* na Etiópia. E Andrômeda era realista. Suas amigas estavam sempre dizendo que todo homem olhava para a mãe da garota para ver como ela ficaria. Nenhum homem olhava para Cassiopeia – mesmo agora que sua filha estavam em idade de se casar – sem perder o fôlego por um momento. Todo o futuro de Andrômeda era mais brilhante por causa disso: suas amigas nunca perdiam a oportunidade de mencionar isso. Portanto, ela não sabia explicar como terminou noiva de seu tio Fineu quando poderia ter ficado com qualquer príncipe etíope que quisesse.

Por que os outros pretendentes não vieram bater nas portas de seu pai? Ela tentou não ficar magoada ou brava. Mas a única coisa importante que alguém falava no palácio era sussurrada em salas escuras para as quais ela não era convidada. Sempre que discutia esses assuntos com amigas de sua idade, ou com as escravas que fingiam ignorância, ia ficando cada vez mais magoada. Quando não aguentou mais, esperou até não ter mais convidados no palácio e encurralou seus pais enquanto estavam comendo.

– Papai. – Ela sabia que deveria pelo menos fingir que seu pai tomava as decisões. – Preciso fazer uma pergunta.

– Sim, minha querida.

O pai estava recostado no sofá, com uma gorda almofada sob o cotovelo. Sua mãe estava sentada ao lado dele, no ponto em que as tochas estavam mais bem posicionadas para projetar sombras de seu elegante perfil no chão.

– Por que tenho que me casar com o tio Fineu?

O escravo que estava colocando os pratos na mesa no meio deles congelou – só por um instante – antes de continuar sua tarefa, os olhos fixos na comida.

– Andrômeda! – gritou sua mãe. – Isso é pergunta que se faça a um rei? Por que você deve se casar com o irmão do rei? Quem mais deveria fazer isso? Você vê alguma garota de outra família melhor do que nós?

– Não acho que isso aconteceria, mãe. – Andrômeda sabia que sua mãe tendia a começar qualquer discussão com um tom bem alto, assim ela não levantou a voz. – Acho que papai é amado e respeitado por todos os etíopes muito mais do que o irmão dele será.

Ela sentiu um prazer secreto em ver os olhos da mãe piscarem com ansiedade, não tendo previsto esse ataque. E agora seu pai estava se arrumando, parecendo de repente tão gordo quanto o sofá em que estava descansando.

– Claro que é verdade – ele respondeu. – Mas eu e sua mãe sempre acreditamos que nunca é demais ser cuidadoso. Se algo acontecesse comigo... – Ele parou para fazer o sinal para afastar qualquer cruel espírito que pudesse estar ouvindo. – Serei sucedido por Fineu. Então, você e sua mãe estariam melhores se você se casasse com ele. Não podemos permitir que haja um segundo ramo da família real.

Cassiopeia assentiu.

– Fineu poderia se casar com alguma pirralha e ter cinco filhos. Seu pai está cuidando de nossos interesses. Você faria bem em se lembrar disso.

– Dificilmente vou conseguir esquecer – respondeu Andrômeda. – Simplesmente não entendo por que tenho que desistir de toda esperança de felicidade.

— Não está exagerando, minha querida? – perguntou o pai. – Você gosta muito do seu tio, desde que era pequena.

— Como tio, sim – ela falou. – Como marido, eu preferia alguém mais próximo da minha idade, e menos da de vocês.

— Bom, infelizmente nem sempre conseguimos o que queremos – gritou Cassiopeia.

— Você consegue – respondeu a filha.

— O que você disse?

Andrômeda sabia que a briga estava perdida, mas não queria deixar seus pais fingirem que não estavam ignorando seus desejos.

— Eu falei: "Você consegue". Porque consegue, o papai nunca discorda de você sobre nada. Ele faz tudo para deixá-la feliz. Eu também. – Ela moveu o braço. – Assim como todo mundo. Todo mundo quer que você tenha o que quiser porque, senão, transformaria nossas vidas em um inferno. Todos concordamos com isso. Até agora. Porque eu não quero me casar com um homem tão velho quanto o meu pai – que até se parece com meu pai – para que você não precise se preocupar em ser expulsa do palácio quando ficar velha. Se está tão preocupada em relação à pessoa com quem Fineu vai se casar, case-se você com ele.

Ela pulou do sofá, e quando seu peso o jogou para trás, seus pés de madeira rangeram contra o chão de pedra.

— Quero pretendentes – ela falou. – Quero que homens venham aqui e disputem minha mão.

Ela sabia que soava infantil e, ao mesmo tempo, não ligava. Ela mal tinha saído da infância e seu tio era velho. Nenhuma das explicações de seus pais para o noivado mudaria isso.

Cassiopeia sabia que sua autoridade estava diminuindo: sua filha nunca tinha ousado falar com ela daquela maneira. Ela conversaria com seu marido sobre Fineu amanhã, apressaria o casamento antes que Andrômeda pudesse persuadi-lo a reconsiderar. Ela não veria seu *status* diminuir mais do que já tinha. Não queria deixar nada ao acaso: e se Cefeu morresse antes dela? E se ele morresse logo? Ela nunca seria uma daquelas velhas sentadas à beira de um caminho de terra, pedindo esmolas para os viajantes. Nunca. Além disso, agora sabia que não podia confiar que Andrômeda colocasse as necessidades da mãe em primeiro lugar.

Então, apesar do que as pessoas pensaram e falaram, foi a ansiedade, mais do que a arrogância, que a fez dizer as palavras que arruinaram sua vida.

Atena

ATENA DECIDIU DEIXAR O OLIMPO por um tempo. Tinha ficado cansada daquela quieta perfeição. Não era de admirar que os outros deuses iam e vinham – Poseidon para o mar, Ártemis para o Monte Citerão – para evitar a monotonia do lar. Ela andava pelos arredores às vezes, meio desejando que pudesse encontrar alguém para conversar, meio tentando evitá-los porque não podia pensar em nada que alguém pudesse dizer que achasse interessante. Às vezes, ela parava perto da forja e Hefesto interrompia suas marteladas para dar um presente a ela. Eram estatuetas, esculpidas em mármore ou argila, madeira ou bronze. Ele as pintava com cores brilhantes, dando vida a seus rostinhos. Atena as pegava, normalmente, e as admirava por um tempo enquanto caminhava. Depois, perdia o interesse e deixava as estatuetas onde estivesse.

Hefesto nunca perguntou o que ela fazia com seus presentes, e ela nunca pensou em perguntar por que ele continuava dando essas estatuetas se nunca ficava com elas. Atena teria ficado surpresa se soubesse que o deus ferreiro a observava quando saía da forja e tomava nota de quanto tempo ela demorava para perder o interesse em cada presente, bem como que ele decidia o que fazer da próxima vez dependendo de quais ela largava imediatamente e quais segurava por mais tempo.

Demorou várias tentativas para fazer uma que ela terminou levando até os salões do Olimpo. Ele nunca teve problemas com os olhos ou o ângulo incrédulo da cabeça, mas encontrava dificuldade para fazer as penas da cauda tão delicadas que parecessem reais. No final, ele achou uma maneira de esculpir as linhas mais finas no mármore, assim a pedra sólida parecia capaz de flutuar ao vento. Pintou o pássaro em um padrão manchado de creme sobre marrom, os olhos eram discos amarelos ao redor de enormes pupilas negras. Seu bico curto era dourado e suas pernas curtas e fortes terminavam em pés abertos e garras negras afiadas. Ele captou as características da coruja de Atena, a cabeça virada para o lado.

Quando Hefesto mostrou para ela o pássaro modelo, ela pareceu ficar furiosa por um momento, como se alguém estivesse pregando uma peça cruel nela. Então, pegou das mãos dele, que ficou preocupado se havia feito a estatueta errada novamente e se ela a jogaria no chão ou a esmagaria nas paredes da forja como já tinha feito uma ou duas vezes antes com outras estatuetas de que não tinha gostado.

Mas, quando a deusa a pegou em suas mãos, sua expressão se suavizou. Ficou olhando em silêncio quando ela revirou o modelo e examinou suas asas dobradas. Ela a ergueu para olhar mais de perto seus pés flexionados e, então, abaixou-se novamente para examinar as belas linhas de sobrancelhas que ele havia criado. Coçou a cabeça, arrulhou como se a estátua pudesse ouvi-la. Ele não falou nada. O modelo era tão realista que sua contraparte viva ficou irritada e bicou seus dedos até ela acariciá-la. Atena riu ao ver o ciúme do pássaro.

Ela ficou com essa estátua.

Euríale

Esteno e Euríale nunca dormiam realmente, só tentavam fazer isso para que Medusa não se sentisse abandonada quando estivesse cansada. Então, na noite em que foi amaldiçoada e seus gritos perfuraram a escuridão, elas estavam acordadas e correram para dentro da caverna a fim de tentar salvar a garota do que a estivesse machucando. Porém, não havia ninguém ali, nem homem, nem animal. Euríale viu um escorpião fugindo da luz de sua tocha e pisou nele para ter certeza.

A luz bruxuleante caiu sobre Medusa, que estava com o rosto enterrado nas dobras de seus braços. Suas mãos, no entanto, estavam perdidas em uma massa agitada de cobras. Esteno havia desistido de esperar que Medusa tivesse cabelos de cobras como ela e Euríale, mas finalmente ali estava. Mas o que tinha causado a mudança nela estava claramente causando uma terrível dor. Esteno correu até a irmã e colocou o braço ao redor dos ombros de Medusa.

– Querida, o que aconteceu?

Mas Medusa não conseguia responder, e Esteno a abraçou. Euríale recuou, porque Esteno havia derrubado sua tocha e ela não queria que ficassem na escuridão. Demorou um momento para ver que algo tinha mudado, que agora havia duas cabeças cobertas por cobras juntas. Ela sempre havia amado os cachos pretos de Medusa, claro.

Ela era bonita, o cabelo principalmente. Mas agora, com cobras se contorcendo ao redor dela em vez do cabelo caindo inerte, Medusa parecia... Euríale tentou traduzir os pensamentos em palavras. Ela parecia correta. Parecia com suas irmãs, como uma Górgona, como uma criatura imortal.

Esteno abraçou Medusa e acariciou seus ombros.

– Não chore, querida. Eu sei, seu lindo cabelo. Você adorava tanto. Não chore.

Euríale não queria assustar as novas cobras com o fogo (as dela estavam acostumadas agora) então ainda estava distante. Mas Esteno olhou para cima e acenou para ela, que então enfiou a base de sua tocha na areia e se aproximou lentamente de Medusa. Ela não precisava se preocupar: as cobras não cresciam ou faziam barulho. As cobras dela – e as de Esteno e de Medusa – se emaranhavam e se separavam, como se todas saíssem de uma mesma cabeça. Mas Medusa ainda tremia e chorava. Até Euríale conseguia ver que, apesar de ela mesma preferir as cobras, Medusa não tinha a mesma opinião.

E de onde elas tinham vindo? A irmã era mortal, as duas sabiam. E a única forma de saber que era uma Górgona, olhando para ela – a menos que você já soubesse –, era se notasse as asas. Em todos os outros aspectos ela sempre pareceu uma garota humana normal. As cobras tinham acabado de brotar totalmente formadas de sua cabeça? Euríale não conseguia imaginar como seria não tê-las. Mas também não conseguia imaginar como era sentir dor. Incapaz de oferecer outra coisa, pegou o braço da irmã e o segurou contra o peito.

Aos poucos, os soluços de Medusa foram diminuindo.

– As cobras simplesmente apareceram? – perguntou Esteno.

– Não – falou Medusa. – Ela as criou.

– Quem?

– Não estou segura – ela respondeu. – Uma deusa. Ela estava aqui, na caverna. Estava brava comigo. Poderia ter sido... – Sua voz morreu.

— Sabemos quem foi — disse Euríale. — Vingativa e cruel, sempre culpando as mulheres pelo que os homens fazem com elas. Ela sempre foi assim. Você sabe quem foi.

— Sim — concordou Esteno. Ela sabia. Medusa também, só não tinha coragem de falar. — Você vai se acostumar com as cobras, querida — falou, apertando os ombros de Medusa mais uma vez. — Você nunca se importou com as nossas. Sei que vai sentir falta do seu cabelo por um tempo, mas vai ficar tudo bem, eu prometo.

— Eu sei. — Medusa ainda estava com a cabeça enterrada na dobra do braço, mas seus ombros estavam mais relaxados.

— Elas machucam? — perguntou Euríale. As cobras estremeceram, como se entendessem a possível ameaça.

— Não — respondeu Medusa. — Doeram no começo, bastante. Ou pode ter sido meu cabelo sendo arrancado que doeu muito. Não dá para saber: tudo aconteceu ao mesmo tempo. Mas não, elas não machucam agora.

— Pronto — disse Esteno. — Então está melhorando, apesar de não estar bom.

— São meus olhos que doem — disse a irmã. — Não consigo abri-los.

Greias

Perseu tinha deixado sua mãe e Díctis para trás mostrando muita confiança. Díctis oferecera seu barco para o garoto, mas Perseu teve que recusar. Não poderia privar o velho de seu sustento: e se ele nunca voltasse? Não havia outros barcos sobressalentes entre os pescadores, que tinham a tendência de usar todos os materiais que possuíam para reparar os barcos que amavam. Além disso, mesmo se Perseu tivesse um suprimento de madeira disponível, não teria tempo para construir um barco. Ele tinha menos de dois meses para fazer o impossível.

Como ninguém sabia onde encontrar a cabeça de uma Górgona, sua mãe sugeriu que pedisse conselhos ao pai. Perseu não sabia exatamente como fazer isso e sua mãe não tinha como aconselhá-lo. Dânae tinha atraído a atenção de Zeus enquanto estava trancada em um porão, mas ele nunca havia aparecido para Perseu. No final, o rapaz decidiu que deveria ir para o interior e tentar encontrar um bosque sagrado ou um templo. Talvez então pudesse fazer uma oferenda a Zeus e receber ajuda.

Ele atravessou a ilha, evitando os caminhos conhecidos que o levariam ao palácio do rei, e perguntou a todos que encontrou se conheciam um lugar consagrado ao rei dos deuses. Alguns não sabiam a resposta, um ou dois falaram para continuar andando que acabaria chegando ao lugar que procurava. Mas depois de vários dias de viagem lenta e por caminhos poeirentos, não se sentia próximo ao pai ou a uma resposta para os seus problemas. Na verdade, ele se sentia mais distante. Não sabia onde viviam as Górgonas, mas certamente não era em Sérifos: por que Polidecto pediria algo que estivesse perto de casa? Então se afastar do mar tinha sido uma escolha errada. Ele xingou a si próprio por ter perdido tempo sem descobrir nada.

Tinha subido sem parar por dias, mas agora o terreno estava descendo. Ele se perguntou se isso significava que estava voltando para o mar. Será que tinha cruzado toda a ilha? Estava desesperado. As árvores tinham diminuído à medida que a terra crescia, mas agora elas pareciam estar aumentando de tamanho de novo, e a vegetação rasteira por baixo delas estava ficando mais espessa também. O caminho foi ficando mais difícil e ele não viu nenhum outro viajante o dia todo. Até os pássaros pararam de cantar, como se soubessem que ele estava indo pelo caminho errado e não quisessem ficar olhando. Terminou em uma pequena clareira. Grandes árvores o cercavam, mas uma havia perdido um enorme galho, que estava ao lado da estrada, e era uma tentação parar e descansar.

Ele se sentou e destampou seu odre. O vinho tinha acabado havia muito tempo, mas ele havia enchido seu recipiente em um riacho antes e a água estava fresca e deliciosa. Olhou para o chão, chutando pinhas para longe. O galho estava ali havia muito tempo, percebeu. Não havia cheiro de queimado, mas tinha sido arrancado da árvore por um raio: a ponta do galho ainda estava enegrecida. Curioso, ele se aproximou para olhar os danos e viu galhos menores cobertos por pinhas queimadas: enegrecidas por fora, mas ainda cor de terracota por dentro. Ele se abaixou para pegar um e ver se a fuligem saía.

– Você acha que as pinhas podem dizer onde vivem as Górgonas? – perguntou uma voz. Perseu deu um pulo. Ele não tinha ouvido passos. Quando estava caminhando, só ouvia uma coisa: o som de seus próprios pés quebrando galhos e sementes. No entanto, ele levantou a cabeça e viu não apenas um, mas dois viajantes. Exceto que ele sabia, de alguma forma, que não eram viajantes. Depois se perguntou o que o fez pensar aquilo, mas não tinha certeza. Era algo na postura deles ou por não estarem carregando nada, ele não sabia. Tinha aprendido a analisar viajantes levando em conta se estavam bem ou mal preparados para o que fossem encontrar. Esses dois pareciam estar preparados até demais. Suas roupas estavam imaculadas e seus rostos, serenos, sem mostrar qualquer sinal de fatiga: eles não tinham dormido sobre as folhas na noite passada.

– Não – ele falou, olhando para os dois. Assumiu que tinham sido enviados por Polidecto para segui-lo e provocá-lo por seu fracasso inicial. Ele não queria dar essa satisfação aos servos do rei – eram irmãos? Eles se pareciam muito e ao mesmo tempo eram diferentes, ele não conseguia entender direito – a satisfação de vê-lo desesperado. Claro que não queria que o rei descobrisse que estava fazendo tudo errado.

– Não, claro que não – disse a mulher. Um pássaro voou de um galho para outro atrás dela. Perseu piscou porque teria jurado que era uma coruja, mas sabia perfeitamente que elas não voavam a essa hora. – Claro que não viemos de parte de Polidecto.

Perseu tinha certeza de que não havia falado nada sobre o rei. Mas tampouco havia mencionado algo sobre Górgonas e a mulher sabia. Se aquelas pessoas não tinham sido mandadas pelo rei, como sabiam o que ele estava procurando? Um pensamento cruzou sua mente e ele corou: será que todos em Sérifos sabiam o que ele estava fazendo? Será que o rei e sua corte contaram a todos para ficarem de olho no jovem estúpido aventureiro que estava fazendo papel de bobo? Um segundo pensamento se uniu ao primeiro: será que os viajantes com quem tinha falado antes o mandaram para o lado errado de propósito? Ele sentiu os olhos queimando com lágrimas de raiva.

– Bom, não chore – disse a mulher, o desprezo crescendo a cada palavra. Perseu – acostumado aos tons carinhosos de sua mãe – corou ainda mais.

– Estamos aqui para ajudar, filho – disse o homem. Ele usava uma capa fina que não poderia mantê-lo aquecido à noite e um chapéu de palha de abas largas. Sua túnica era curta e simples, e ele apoiava a mão levemente sobre um cajado. Suas botas eram de couro, amarradas na frente, as línguas curvadas e as laterais soltas no alto. Ele parecia um viajante totalmente normal e, ao mesmo tempo, muito diferente. Sua irmã, se fosse isso, usava uma túnica mais comprida, a capa decorada com cobras bordadas. Seu cabelo estava preso em um coque na parte de trás da cabeça: uma faixa simples ao redor da testa afastava as mechas soltas de seus olhos. Perseu olhou novamente para a capa. As cobras eram tão reais, ele pensou que havia visto uma se mover. Mas deve ter sido apenas a forma como a luz caía entre as árvores.

– Que tipo de ajuda? – ele perguntou. – Sabe onde estão as Górgonas?

A mulher bufou.

– Claro que sabemos – ela falou. – É esse o seu plano? Ir lá e perguntar se pode ficar com uma das cabeças delas? É isso mesmo?

Perseu se sentiu menor e mais fraco com tudo o que ela falou. Deveria ter pensado nisso sozinho. O homem olhou para a irmã e ela deu de ombros.

– Podemos ajudá-lo a se preparar para o encontro – disse o homem. – Você precisa de orientação, não?

Perseu queria dizer sim, mas temia outra dose de desprezo da mulher.

Ela murmurou algo sobre Zeus, mas ele não ouviu o resto. O homem se aproximou dele.

– Ela tem razão – ele falou. – Você vai morrer se for assim despreparado. E isso não vai ajudar sua mãe nem vai deixar seu pai satisfeito.

– Meu pai não sabe o que estou fazendo – respondeu Perseu. – Estava tentando encontrá-lo, mas...

O homem esticou a mão e segurou o braço da irmã.

– Ele sabe – falou. – Por que outra razão estaríamos aqui?

– Nem as Greias poderiam ajudar alguém tão estúpido – disse a mulher. – Acho que ele está fazendo isso de propósito.

Perseu começou a perguntar quem eram as Greias e, por falar nisso, com quem ele estava conversando, mas o homem o silenciou com o olhar.

– Seu pai nos mandou – disse a mulher, lenta e clara. – Embora provavelmente não tenha percebido o que estava pedindo, porque não sabia que você tem dificuldade com coisas tão básicas.

– Eu não tenho dificuldade com coisas básicas! – Perseu não conseguiu mais conter a humilhação. – Não sei quem são vocês. Não sei onde estou. Não sei o que é uma Górgona. Não sei como encontrar uma. Não quero que minha mãe se case com o rei. Preciso de ajuda. Não acho que isso me transforme em alguém estúpido.

– Ah, não? – ela respondeu. – Tudo bem, então, se você não se importa de não ser nada além de uma ausência de conhecimento ou capacidade. Vejo que isso talvez não fosse algo desconcertante para você. Simplesmente pensamos... – Ela gesticulou para seu irmão, e ele assentiu, sem jeito. – Pensamos que você tinha alguma ideia do que estava tentando fazer. Mas você estava apenas – o que você estava fazendo mesmo? Simplesmente subindo uma colina e depois descendo do outro lado? Esperando que uma Górgona aparecesse? Isso costuma funcionar?

– Eu estava tentando encontrar um bosque sagrado! – gritou Perseu. – Onde meu pai poderia estar, para pedir ajuda.

— Entendo — ela falou. Perseu estava começando a achar o interesse dela mais penoso do que seu desprezo. — E como você planejava reconhecer o bosque...?

— Não sei!

— Talvez uma árvore atingida por um raio? — ela sugeriu.

Ele olhou para ela.

— Raios são algo que Zeus usa com frequência — ela disse.

O homem não falou nada.

— Raios caem do céu — ela acrescentou. — É algo muito brilhante. Você pode ter visto algumas vezes.

— Sei o que é um raio.

— Ótimo, é um começo — ela falou. — Então você sabe que está sentado em um galho que Zeus separou dessa árvore com um raio.

Perseu sentiu seu rosto ficar vermelho de novo. Claro que ele tinha notado que a árvore tinha sido atingida pelo raio. Ele havia notado quando viu o galho. Ele havia olhado para as pinhas carbonizadas.

— Não percebi que era um bosque sagrado — ele falou. — Mas agora que você mencionou, dá para ver que deve ser.

— Bom — ela falou ao irmão. — Ele provavelmente vai morrer antes de chegarmos perto das Górgonas. Mas prometemos que íamos ajudá-lo.

— Prometemos — disse o homem. — Sou Hermes, a propósito. Já que você parece estar com dificuldades. Ela é Atena.

Perseu abriu a boca e voltou a fechá-la.

— Que sorte que já sabemos quem você é — falou Atena.

— Desculpe — ele disse. — Não estou acostumado a ser abordado por deuses me dizendo que podem me ajudar.

— Deuses o ajudam desde o dia que você nasceu — respondeu Hermes.

— Você deveria prestar mais atenção — falou Atena.

— Vou prestar a partir de agora. Vocês disseram que temos que ir ver alguém?

– As Greias – disse Hermes. – Não se preocupe, sabemos o caminho.

– E elas vão me ajudar? – perguntou Perseu.

Os deuses se entreolharam.

– Vai depender de como pedir – disse Hermes.

Ele estava parado em uma larga saliência, a meio caminho da parede da falésia. Perseu não tinha ideia de como viajara do bosque sagrado até aquele lugar rochoso, onde um mar bravio batia contra a pedra cinza sob seus pés. Virando-se para olhar para cima, precisou se agarrar à rocha ao lado dele para se firmar. Provavelmente conseguiria escalar, se fosse preciso, mas era um longo caminho até o chão se perdesse o equilíbrio. Não podia ter chegado ali sem ajuda divina, ele sabia: mesmo seu ano no mar não havia ensinado como atracar um barco contra um penhasco íngreme. Não é de admirar que os deuses tivessem rido dele. Olhou para todos os lados e percebeu que estava sozinho.

Sentiu uma súbita pontada de medo e se agachou antes que suas pernas perdessem a força. Era assim que Díctis tinha ensinado a lidar com o enjoo quando não aguentava mais em suas primeiras viagens. Ele respirou pela boca, observando o horizonte até que se estabilizasse. Aos poucos, sentiu-se capaz de ficar de pé novamente. Decidiu que era mais provável encontrar as Greias acima do que abaixo, e seguiu a saliência até a lateral do penhasco.

Era um processo lento, pontuado com ocasionais ataques de terror quando o vento aumentava e ameaçava jogá-lo no oceano. Novamente, ele se agachava, encolhia o corpo para ser um alvo menor e se encostava na montanha. Atravessou uma parte engatinhando quando não viu outra maneira de continuar. E enquanto subia tentava acreditar que estava a caminho da primeira parte de sua aventura, e não que era um brinquedo dos deuses que estavam observando de um ponto privilegiado e desfrutando de tudo.

Ele rastejou um pouco pelo parapeito, desejando saber o que estava procurando. As Greias viviam no alto da colina? Por que os deuses o abandonaram naquele lugar? Ou ele foi para o lado errado e elas estavam bem depois da curva na rocha de onde ele começara sua escalada? E se escurecesse enquanto ele estava empoleirado ali? O pânico ameaçou dominá-lo e Perseu quis voltar a Sérifos, com sua mãe e Díctis cuidando dele. Ele se xingou pela forma como tentou mostrar ao rei que já era homem, quando ainda se sentia uma criança.

Enquanto avançava lentamente pela rocha, pensou ter ouvido algo por cima do som do vento e das distantes ondas quebrando abaixo dele. Parou e tentou acalmar sua respiração irregular: ele não conseguia ouvir nada agora. Porém, quando passou por outra esquina irregular, terminou na entrada de uma caverna. Ele se abaixou e escutou novamente. Talvez conseguisse ouvir alguma voz. Não, duas vozes. Estava com medo e se aferrou à ideia de que as pessoas pareciam velhas. Talvez fossem lentas e isso poderia lhe dar uma vantagem. Parando, tentou calcular o que mais tinha a seu favor. Tinha sido trazido àquele lugar pelos deuses, então podia imaginar que não quisessem que morresse. Depois, pensou no que havia contra ele. Tinha a espada curta que Díctis lhe emprestara, mas não sabia realmente como usá-la. Tinha certeza de que as Greias o superavam em número. E elas tinham o que ele queria. Mas não foi Hermes quem afirmara que isso dependia de como ele pedisse? Então, talvez essas coisas não importassem.

Pisou na entrada da caverna e ouviu as vozes ficarem em silêncio. Elas já o tinham visto. Então, deram um súbito grito.

— Por que você ficou quieta? O que está acontecendo?

— Psiu, acho que consigo ver...

— Não me mande ficar quieta. Só porque você tem o olho não te dá o direito de mandar as pessoas calarem a boca. Dá?

– Não, não dá. De jeito nenhum.

– Deixe-me ver!

Houve um som de briga e depois um grito de raiva.

– Me devolva!

– Não, você não estava usando direito. Do contrário, veria que um homem veio nos visitar e teria dito.

– Quero ver.

– Você pode ver mais tarde.

Perseu olhava para a escuridão. Aos poucos, viu que estava errado: eram três figuras, não duas. Ele podia ver apenas suas silhuetas, curvadas e encapuzadas. Elas tinham lenços na cabeça e apenas uma parecia estar olhando para ele. Seu rosto estava contorcido e ela parecia mais velha do que a rocha em que vivia, mais velha que o mar.

– Quem é você? – ela exigiu saber. E as outras duas mulheres – se é que eram mulheres – voltaram-se para encará-lo.

– Sou Perseu – ele falou. Mas sua voz soava fraca e ele sentiu desprezo por si mesmo. Claro que a resposta foi uma cacofonia de risadas cruéis.

– Você é Perseu – disse a que estava no centro.

– Deixe-me ver – gritou a da direita. – Como ele é?

A que estava à esquerda não falou nada.

– Ele parece jovem – disse a do meio.

– Podemos comê-lo? – perguntou a da direita.

Perseu estava segurando sua espada, mas conseguia sentir suas mãos tremendo.

– Não, não tão jovem – disse a do meio. – Talvez se o fervêssemos, mas acho que não.

A da esquerda de repente deu um golpe certeiro na do meio. Houve um uivo de dor e uma forte movimentação de capas, então, de repente, a do meio ficou em silêncio.

— Por que não se aproxima? — perguntou a da esquerda. Perseu ficou gelado e tentou se convencer de que era o suor da escalada que estava deixando suas costas pegajosas e seu cabelo úmido. Ele deu uns pequenos passos para mais perto dos corpos. — É isso — ela continuou. — Agora consigo vê-lo.

— Ênio está com o olho? — perguntou a que estava à direita. — Você deu para ela quando era minha vez?

A do meio mandou que ficasse quieta.

— Eu não dei. Ela pegou. Você ouviu quando ela fez isso.

— Mas era minha vez — repetiu a que estava à direita.

— Fique quieta, Pênfredo — disse a que estava à esquerda. — Você pode ficar com ele mais tarde.

— Você sempre fala isso — ela lamentou. — Quero ver agora. Dino sempre permite isso. Não é justo.

— Ela roubou de mim — disse a do meio, e Perseu presumiu que era Dino. — Ainda era minha vez e teria sido a sua depois, se ela não tivesse roubado.

Perseu não sabia o que falar. Eram essas estranhas velhas, que não concordavam em nada, que deviam ajudá-lo? Os deuses tinham pregado uma peça cruel.

— Bom, você não estava dizendo o que estava acontecendo — disse Ênio. — Eu precisei ver. Você não merece ter o olho se não sabe usá-lo bem. Não, Pênfredo, não podemos comê-lo. É quase um homem. O que você quer?

— Os deuses me disseram que vocês podem me ajudar — disse Perseu.

— Ajudá-lo com quê? — perguntou Pênfredo, o humor ainda pior depois da confirmação de que o convidado não era comestível.

— Quais deuses? — perguntou Dino.

— Os de quem gostamos ou os de quem não gostamos? — perguntou Ênio.

– Hermes – falou Perseu. – E Atena.

– Oh, entendo – disse Dino. Ela se virou para Pênfredo. – Bom, você gosta dela, não?

Pênfredo deu de ombros.

– Ela não é a pior, acho.

– Não gosto de Hermes – falou Ênio. – Mas claro que você nunca se lembra disso.

– Por que não gosta dele? – perguntou Dino.

– Porque é um mentiroso e um ladrão – respondeu Pênfredo. – Você também não deveria gostar dele.

Perseu olhava de uma para outra, sem saber a qual deveria se dirigir.

– Eles me mandaram para pedir sua ajuda – ele falou na direção delas. – Com minha missão.

Dino jogou para trás sua velha cabeça e riu. As duas outras mulheres também riram. Perseu ficou pensando se zombar dele era a única coisa em que as três concordavam.

– Com sua missão? – perguntou Ênio. – Que tipo de missão seria?

Perseu endireitou os ombros.

– Procuro a cabeça de uma Górgona – ele respondeu.

Todas as risadas morreram.

– A cabeça de uma Górgona? – disse Dino. – O que fez os deuses pensarem que ajudaríamos com isso?

– Preciso levá-la para Polidecto – disse Perseu, caso elas pensassem que ele era apenas ganancioso. – Ou vai exigir que minha mãe se case com ele.

– E por que nos importaríamos com os planos conjugais de sua mãe? – perguntou Ênio.

– Ela quer ficar com Díctis – disse Perseu, mas podia sentir que sua voz ia perdendo força.

– Não importa o que ela quer se não nos importamos com ela – disse Pênfredo. – Os mortais são todos iguais – falou para as irmãs. – Acham que todos se importam com seus problemas.

– Então não querem me ajudar? – perguntou Perseu.

Foi Ênio quem respondeu.

– Por que faríamos isso? O que ganharíamos com isso?

– O que querem? Eu poderia conseguir para vocês. – Perseu não tinha ideia como conseguiria algo para essas velhas, menos ainda porque não sabia como poderia sair do penhasco ou voltar com o que elas pedissem.

– O que queremos? – perguntou Dino. – Essa é uma boa pergunta. O que queremos?

As três irmãs conversaram baixinho entre si por um momento e Perseu esperou, com a esperança de que poderiam querer algo que estivesse ali perto da caverna.

– Outro olho – falou Pênfredo.

– Mais dois olhos – corrigiu Dino.

– Cada uma – disse Ênio.

– Como é?

– Queremos mais olhos – repetiu Ênio. – Só temos um para as três.

– Não estou entendendo – falou Perseu. – Como assim, um para as três?

– Não é difícil – falou Pênfredo. – Só temos um olho e precisamos ficar compartilhando. Algumas podem usá-lo menos que as outras.

– Como vocês compartilham? – ele perguntou olhando para a escuridão. Tinha assumido que suas órbitas estavam enrugadas porque eram velhas, mas agora que sabia que estava olhando para o espaço vazio, conseguia perceber. – Uma de vocês conta para as outras o que está vendo? É isso?

– Não – gritou Pênfredo, quando ela e Dino atacaram Ênio juntas. Houve uma luta abafada e foi Dino quem deu um passo à frente e piscou um único olho na direção dele.

– Está vendo? – disse Pênfredo. – Nunca é a minha vez.

– Você usou ontem – gritou Ênio. – Nunca se lembra de sua vez, então sempre cria confusão por nada.

– Não usei o olho hoje – respondeu Pênfredo. – Você e Dino roubaram minha vez.

Dino revirou o olho comum. E Perseu notou que tudo aquilo era literal. Elas se revezavam usando um globo ocular entre as três. Ele estremeceu com o pensamento e esperou que Dino não tivesse notado.

– Vocês sempre tiveram apenas um olho? – perguntou Perseu. Ele não tinha ideia de onde poderia encontrar mais olhos para que aquelas velhas usassem.

– Claro que sim! – disse Ênio. – Você acha que tínhamos mais olhos e os perdemos por aí? Esquecemos deles? – Ela se virou para os rostos cegos de suas irmãs. – Isso é uma perda de tempo. Ele não vai nos ajudar. Não pode. É um tolo.

– Não sou tolo – falou Perseu, sentindo que já havia sido menosprezado o suficiente para um dia. – Simplesmente não entendi no começo. Nunca havia conhecido alguém como vocês e estava tentando aprender mais antes de cumprir suas exigências.

Houve outra pausa, mas dessa vez – até Perseu conseguia ver – era diferente. Não havia zombaria nem crueldade nesse silêncio, e sim algo mais: um pingo de esperança.

– Sempre só tivemos um olho – disse Dino.

– E um dente – acrescentou Pênfredo.

– É por isso que não sabíamos se poderíamos comê-lo – completou Ênio. – Temos que nos revezar para comer e ver. E ninguém consegue ver o que está comendo.

– Vocês não podem ficar com o olho e o dente ao mesmo tempo? – perguntou Perseu.

– Quem iria devolvê-los se ficasse com tudo? – questionou Dino.

Pela primeira vez desde que tinha entrado na caverna, Perseu sentiu algo mais do que medo e nojo. Ter tão pouco, viver de forma tão lamentável a ponto de que compartilhar um único dente e um único olho parecia ser tudo. E assim que sentiu pena, ele soube o que devia fazer.

— Posso ver o olho, por favor? — ele perguntou. — E o dente?

— Claro que não! — gritou Dino. — Claro que não pode. Por que daríamos a você o olho ou o dente? Você poderia levá-los e nunca nos devolver. Os mortais são todos iguais: gananciosos, desonestos e cruéis. Todos sabem. Como ousa pedir isso?

Mas Perseu notou que as outras duas não tinham ficado tão furiosas. Sem o olho, elas tinham menos a perder.

— Seria muito mais fácil para mim encontrar mais olhos para vocês se visse como é este — ele falou. — Ou não saberei exatamente o que estou procurando. E tenho certeza de que foi por isso que os deuses me mandaram aqui hoje: para que eu possa ajudá-las.

— Não — falou Dino.

— E o dente? — perguntou Pênfredo. — Ajudaria ver o dente?

— Sim, claro — falou Perseu.

— Entregue a ele, Ênio — disse a irmã.

— Não quero — falou Ênio. — Quero comer algo primeiro. O dente não é igual ao olho. Você precisa comer com ele ou não há motivo para tê-lo. Só fica pensando nele até a próxima refeição.

— Comemos antes da chegada do rapaz — disse Pênfredo. — Não estou com fome. Entregue logo o dente para ele.

— Não — falou Ênio.

— Podemos tomar de você se não o entregar — falou Dino. — Não vou dar o olho, então você terá que entregar o dente.

— Vocês não podem pegá-lo. Sou mais forte que vocês duas.

— Você não é mais forte do que nós duas ao mesmo tempo — disse Pênfredo. — Não se a segurarmos e o rapaz pegar o dente.

Perseu amava sua mãe com o que acreditava ser uma devoção determinada, mas esperava do fundo da sua alma que essa não fosse a única maneira de encontrar a cabeça de uma Górgona.

— Muito bem – disse Ênio e enfiou a mão na boca. Ela tirou um dente grande e ficou com ele na mão. Dino o entregou para Perseu. E com todo o corpo rígido para esconder seu horror Perseu deu um passo à frente e tirou o dente daqueles dedos que pareciam de couro. Ele deu um passo para trás, segurando-o contra a luz fraca.

— Ah, estou vendo – ele disse.

— Deve ser belo – murmurou Ênio.

— Quero dizer, acho que sei onde posso encontrar outros desses – disse Perseu. – Vocês gostariam de um cada uma? Ou mais de um?

A mudança no humor das irmãs era evidente. Era um silêncio cheio de esperança.

— Mais de um? – finalmente perguntou Dino.

— Cada uma? – completou Pênfredo.

— Algumas pessoas possuem mais de um dente – disse Perseu. – Facilita a mastigação, acho.

— Deve ser – disse Ênio.

— Mais de um – falou Pênfredo. – Cada uma. E também os olhos.

As outras duas assentiram.

— Isso mesmo – falou Dino. – Dois olhos cada uma e quantos dentes você puder encontrar.

— Sinto confiança de que vou encontrar dentes para vocês, senhoras – disse Perseu. – Mas não sei se consigo encontrar os olhos.

— Se não encontrar – disse Ênio, calma. – Dino vai matá-lo e eu vou pegar o dente de volta e roer a carne de seus ossos.

— Por favor – disse Perseu. – Quero encontrar mais olhos e farei isso, se puder. Mas sem o original não saberia exatamente que tamanho estou procurando. Não adianta trazer olhos que não cabem em vocês, não é?

— Dê o olho para ele – disse Pênfredo.

— Não – falou Dino. – Você pode entregar a ele quando for a sua vez.

– Nunca é a minha vez. E se entregar a ele, não vamos precisar de turnos.

– Ela está certa – disse Ênio. – Não teríamos mais o que compartilhar.

Elas ficaram em silêncio.

– Muito bem – disse Dino. – Mas se ele voltar com olhos que forem pequenos demais e escaparem das órbitas, ainda será minha vez. Concordam?

– Sim – disse Ênio.

– Sim – falou Pênfredo.

Perseu conseguiu não sentir ânsia quando ouviu o som meio gelatinoso de um olho sendo tirado de sua órbita. Dino entregou a ele. Não era a textura viscosa que parecia mais repugnante, ele se lembraria anos depois, mas o calor.

– Só tenho mais uma pergunta, e depois vou encontrar o que precisam – disse Perseu. – Sei que poderiam me contar quando eu voltar, mas estou preocupado de que, com toda a felicidade de terem novos olhos e dentes, eu poderia me esquecer de perguntar.

– O que é? – perguntou Dino.

– Preciso que me ajudem com minha outra missão – ele falou. – A busca da cabeça de uma Górgona.

– Para salvar sua mãe – falou Ênio. – Da morte.

– Era da morte? – perguntou Pênfredo.

– Casamento – falou Perseu.

Pênfredo deu de ombros.

– Você vai precisar daquilo que as ninfas possuem – falou Dino.

– As Górgonas são nossas irmãs! – gritou Ênio. – Não conte isso para ele.

– Quando as vimos pela última vez? – perguntou Dino. – Quando foi a última vez que elas se ofereceram para encontrar um novo dente ou olho? Para cada uma!

– Ela tem razão – falou Pênfredo. – As Hespérides podem ajudá-lo – falou.

– E isso é tudo o que podem me dizer? – perguntou Perseu.

– Elas têm o que você precisa – respondeu Ênio. – Agora traga nossos olhos e nossos dentes.

Mas Perseu já havia jogado os dois no mar abaixo da caverna, e quando elas perceberam que ele nunca voltaria, já tinha sido levado para longe pelos deuses. Os uivos de angústia das irmãs se perderam em meio ao som das ondas e do vento.

Gorgonião

Você não está. Você não está simpatizando com ele, está? Por quê? Ninguém pediu para que ele tocasse no olho ou no dente. Ele pediu para vê-los. Enganou as Greias para que os entregassem. Você viu aquilo, não? Imagino que achou que foi algo inteligente. O esperto Perseu usando sua inteligência para derrotar as velhas nojentas? Seus próprios olhos não são tudo isso, você sabe. Oh, mas pelo menos estão seguros dentro da sua cabeça. Bom, sorte sua. Seria tão terrível ser simpático com alguém que não é tão afortunado quanto você? Seria? Não. Então, talvez quando você tiver terminado de parabenizar Perseu por seus truques rápidos, poderia tirar um minuto para pensar como as Greias viveram depois que ele foi embora.

Cegas e famintas.

Atena

Atena sabia que tinha algo errado com Hefesto, mas não sabia o que era. Por que ele estava parado na frente de sua forja com um sorriso estranho no rosto? O pedido dela não era incomum. Ela queria uma lança e um escudo novos.

– Por que está sorrindo?

– Desculpe – falou Hefesto. Ele desviou o olhar.

– Não disse que você precisa se desculpar – ela falou. – Perguntei por que estava sorrindo.

– Estou feliz em vê-la – ele respondeu.

Atena ficou pensando nisso.

– Sei. E vai fazer a lança?

– Claro, seria uma honra – ele respondeu.

– Ótimo – ela disse, assumindo que ele havia terminado.

Mas enquanto falava, ele abriu a boca novamente e disse:

– Estive falando com seu tio.

– Qual?

– Poseidon.

– Por quê?

– Ele estava me dando alguns conselhos – disse Hefesto. – Você pode se sentar, se quiser – então apontou para o tronco largo de uma árvore que havia muito tinha sido destruída por Zeus. Hefesto havia esculpido um assento – um padrão delicado de folhas gravadas no encosto –, embora Atena nunca tivesse visto outra pessoa ali exceto ele mesmo, que nunca se sentava no tronco.

– Por quê? – ela perguntou.

– Para testar – ele falou. – Gostaria de saber se achou confortável.

Ela assentiu e caminhou até a árvore, que não tinha nenhum traço de seu eu enegrecido. Ela se sentou na curva gentil e se inclinou para trás.

– É muito confortável – disse.

– Eu fiz para você – ele respondeu. Atena estava ficando cansada de perguntar por que ele dizia e fazia coisas tão estranhas, então decidiu ignorar isso. Nunca havia pedido uma cadeira. – Gostaria de saber o que Poseidon me aconselhou a fazer?

Atena pensou por um momento.

– Na verdade, não – ela falou.

Hefesto mancou na direção dela.

– Eu gostaria de contar – ele falou.

– Não sei por que você me perguntou o que eu gostaria se não ia ouvir a resposta.

– Desculpe. – O ferreiro deu mais um passo. – Perguntei como uma forma de introduzir o assunto. Porque não queria simplesmente contar o que ele disse.

– Ele mandou você fazer uma cadeira de madeira? – ela perguntou. – Talvez não tenha sido o melhor conselho.

Hefesto agora estava na frente dela e olhava com carinho para sua obra.

– Tem espaço para nós dois – ele falou. – Olhe. – Ele se girou desajeitadamente sobre seu tornozelo bom e se sentou ao lado dela. Atena estava começando a desejar que tivesse pedido a outro ferreiro, até um mortal, que fizesse as armas. Hefesto não se comportava assim normalmente e Atena não estava gostando. Ela se afastou dele.

– Não fuja – ele falou. – Por favor.

– Não estou fugindo. Estou me movendo porque você está sentado tão perto que seu quadril está tocando o meu e não gostei disso.

– Desculpe – ele disse. – Posso contar o que Poseidon disse?

– Vai demorar muito? – ela perguntou.

– Não.

– Poderia me contar enquanto faz minha nova lança?

– Não. Preciso contar aqui – ele disse. – Seu tio disse que eu deveria pedi-la em casamento.

Ela olhou para o deus ferreiro, a cabeça ligeiramente inclinada como se estivesse tentando ver que loucura havia entrado por seus ouvidos.

– Ele estava enganado – ela falou.

– Não estava. – Hefesto segurou a mão dela. Atena sabia que poderia derrubá-lo com facilidade, mas seus braços e mãos eram como o ferro com o qual ele trabalhava. Ela se perguntou se seria mais eficiente pisar no pé bom ou no ruim.

– Não gosto de ser tocada – ela disse.

– Eu sei – respondeu Hefesto. – É uma das milhares de coisas que amo em você.

– Mas você está me tocando, quando sabe que não gosto.

– Porque quero que você goste do meu toque.

– Não gosto. De ninguém.

– Não se importa quando sua coruja pousa em seu ombro – ele disse. – Você estende o braço para ela, para que pouse mais facilmente.

– É uma coruja.

– Acho que você poderia me amar assim.

– Não poderia.

Ele puxou a mão dela.

– Eu já pedi a Zeus. Ele aprova a união.

— Não importa se ele aprova ou não, porque não haverá união.

— Eu quero você. — Hefesto se inclinou para ela, puxando-a para mais perto. Atena conseguia sentir o cheiro de metal quente na pele dele.

— Não quero você — ela falou. — Me larga. — Ela se contorceu para tentar liberar sua mão, e sentiu o corpo dele ficar tenso. Puxou mais forte e, de repente, ele a soltou. Atena pulou e se distanciou dele, observando para ter certeza se a seguiria ou a agarraria. Mas todo o corpo de Hefesto estava mole. Viu uma satisfação detestável no rosto dele e seguiu seu olhar, até sua túnica.

Sentiu o calor do sêmen dele antes de ver e puxou a capa, arrancando um pedaço do fino tecido. Limpou a coxa, depois jogou o tecido no chão, com nojo. Ela queria gritar que o odiava e que nunca se casaria com ele, nunca se casaria com ninguém, bem como que iria direto para Zeus e contaria o que Hefesto havia feito com ela. Mas, quando abriu a boca para dizer tudo isso, sabia que era apenas meia-verdade. Ela o odiava e nunca se casaria com ele, mas não ia contar a Zeus o que havia acontecido, porque estava muito envergonhada. Sabia que estava sendo ridícula porque não havia feito nada para se envergonhar. Mesmo assim, olhando para o corpo caído de Hefesto — os olhos fechados, despreocupado —, conseguia ver que ele não sentia vergonha do que havia feito. Porém, apesar disso, tinha sido um ato vergonhoso, e nojo e desprezo eram a resposta apropriada. Se Hefesto não sentia essas coisas, então ela devia sentir. Elas tinham que ir para algum lugar.

Dessa forma, ela fugiu da forja, do Olimpo, odiando Hefesto, Poseidon, Zeus e ela mesma.

Medusa

Elas enfaixaram os olhos de Medusa com panos úmidos, com a esperança de que a dor diminuísse, como tinha acontecido com as dores de cabeça. Mas não melhorou. Ao contrário, a sensação de queimação ficava mais forte a cada dia. A massa escura de cobras girava em torno da cabeça dela, cada uma de alguma forma tomando cuidado para não soltar as faixas. Ela confiava no tato para andar pela caverna e já a conhecia tão intimamente que demorou pouco tempo para se mover sem a visão. Às vezes, ela sentia frio e andava até a entrada da caverna, traçando seu caminho pela parede com um leve toque de seus dedos. Sentava-se com o sol no rosto, as costas apoiadas na rocha quente, as mãos enterradas nas pilhas de algas secas que cobriam a praia. Às vezes, ela levava aos lábios pedaços quebrados e sentia o gosto do mar.

Ela não se importava tanto com a escuridão, e sim com as coisas de que sentia falta. Sentia falta de tudo o que poderia ouvir e muitas outras coisas que não podia. Os ruídos constantes dos pássaros eram um conforto, pois a faziam lembrar da forma como eles voavam e se curvavam sobre as ondas. Conseguia ouvir os corvos discutindo com as gaivotas e sabia exatamente em quais rochas eles tinham se empoleirado antes de começar a discussão. Ouvia as ovelhas murmurando umas com as outras, e sorria. Euríale conduziu algumas até ela, para que pudesse passar a mão na lã grossa em seus peitos. Conseguia sentir a agitação das algas e as doces curvas que o vento deixava na areia sob seus pés. Ela ainda tinha tanto, sempre se lembrava.

Mas tinha saudade da visão dos peixes nadando ao redor de seus pés na água cristalina. Queria ver os graciosos pássaros voando, não apenas ouvi-los quando brigavam. Queria olhar para o sol e testemunhar a mudança das estações. Queria o rosa brilhante das pétalas de cyclamen em vez do vermelho escuro que conseguia ver por trás das faixas.

Quando a dor em seu crânio aumentava como uma tempestade, ela pressionava as órbitas dos olhos com as palmas das mãos para tentar acalmá-la.

– Como é? – perguntou Euríale. Nem ela nem Esteno tinham qualquer compreensão real da dor. As Górgonas não eram capazes de sentir isso, ela achava. Tinha ouvido falar que alguns deuses – alguns do Olimpo – podiam sentir ferimentos, pelo menos por um tempo breve. Mas Górgonas tinham pele de couro, rosto assustador, longos dentes afiados. Quem ousaria atacá-las e que dano poderia causar a elas?

– Não sei com o que comparar – disse Medusa. – É como a sensação do fogo sob minha pele, exceto que não há fogo.

– Entendo – disse Euríale, que não entendia, porque poderia apagar um incêndio com as mãos e não sentir nada.

– Ajudaria se tirássemos essas faixas – perguntou Esteno – e verificássemos como estão seus olhos? Talvez conseguíssemos fazer algo em relação à dor.

Euríale assentiu com a cabeça, e então se sentiu uma tola.

– Concordo – ela falou.

Medusa olhou para suas irmãs através da escuridão e imaginou seus rostos. A sobrancelha de Esteno franzida de preocupação, a boca entreaberta, os ombros erguidos, prontos para abraçar e proteger. Euríale desviando o olhar porque não queria que Medusa se sentisse abrumada. A expressão de culpa dela porque tinha se esquecido e assentido. Medusa tinha sentido o acordo entre suas irmãs e quis poder explicar a Euríale que ela conseguia ouvir o movimento de cabeça e os gestos dela, de alguma forma, mesmo não conseguindo vê-las. Mas não queria deixar sua irmã ainda mais constrangida. E conseguia sentir a tensão em Euríale porque ela queria lutar contra algo, mas não podia atacar os responsáveis pelas feridas de sua irmã.

Como adoraria vê-las novamente, mesmo que fosse só mais uma vez.

Esteno esticou sua mão com garras e deu um tapinha no braço da irmã e Medusa sabia que estavam esperando por sua resposta. Ela pensou por um momento, mas não podia correr o risco.

– Não – ela respondeu. – Acho que seria um erro.

Gaia

Gaia, sobre quem o sêmen do deus havia caído quando Atena se limpou, precisava escolher. Ela pensou em seus filhos perdidos, todos os gigantes que os deuses do Olimpo tinham assassinado, um após o outro. Pensou em como ela tinha juntado seus corpos dentro de si quando a batalha havia terminado, como os segurou, como chorou rios e lagos. Se os mortais tropeçassem no campo de batalha, encontrariam o chão queimado por rajadas de raios. Mas, por mais que procurassem, não encontrariam os corpos de seus filhos. Gaia havia aberto a terra para engolir seus ossos e mantê-los a salvo na morte, como não tinha conseguido fazer em vida. Ela tinha examinado cada centímetro deles, sabendo qual deus havia machucado cada filho pelas marcas que tinham deixado.

Ela queria ser capaz de se vingar deles, mas sabia que não estava em sua natureza punir e destruir. Ela era a terra, devia dar vida e sustentá-la. Mesmo assim. Pensou novamente nos corpos de seus filhos – queimados por raios, perfurados por flechas – e queria esmagar toda árvore de toda montanha, bloquear todos os riachos, arruinar todas as plantações.

Porém, ela sabia que isso só puniria os mortais que a adoravam e que temiam e reverenciavam seus filhos. Isso terminaria ferindo os perversos deuses que tinham feito um dano incalculável a ela? Não. Talvez um ou dois templos deslizariam para o mar, mas todos tinham tantos templos, tanta ganância.

E então aqui estava o pedacinho de pano, jogado pelas mãos da deusa na terra. A semente dele, visível para todos. O toque dela, visível apenas para Gaia. Pensou em Atena fugindo do ferreiro, com o rosto distorcido pelo nojo. Gaia viu a vergonha na deusa quando se escondeu em seus templos, a fúria enquanto examinava e pensava não apenas em uma, mas agora nas duas vezes que tinha sido insultada por seu tio Poseidon. O desamparo ao perceber que ainda não havia como puni-lo por encorajar Hefesto. E em sua lembrança, também via a alegria que invadira a deusa quando arrancou a pele do lindo filho de Gaia.

Ela via Hefesto em sua forja todos os dias, imaginando por que Atena nunca retornara para pegar suas novas armas. Ela o via pegá-las, remover a poeira do escudo, verificar novamente que o equilíbrio da lança era perfeito. Viu como ele tentava se distrair ao fazer isso, mas nunca conseguia.

Então Gaia – que não podia destruir, apenas nutrir – soube exatamente o que fazer para se vingar.

Panopeia

Lembra-se de onde está? No lugar em que a Etiópia se encontra com Oceanos: a terra mais distante com o mar mais distante. Passando as Greias e as Górgonas, que você conhece bastante bem agora. Ele atrai e afasta essas filhas do mar ao mesmo tempo. As cegas Greias dizem que temem pela segurança delas na sombria ilha cinzenta. Mesmo assim, ninguém as forçou a fixar residência ali: elas encontraram o local e se estabeleceram nele. Esteno e Euríale queriam ficar na costa, assim seus pais podiam encontrá-las se quisessem (nunca quiseram). Quanto tempo deve se passar antes de aceitar que nenhum deus marinho virá? Embora, claro, Fórcis tenha feito uma breve visita ao pedacinho da costa que era delas, quando trouxe a estranha irmã mortal. Elas ficaram perto da água caso ele decidisse trazer outra?

Medusa costumava nadar no mar todo dia, depois parou. Algumas das Nereidas disseram que tinha sido Poseidon quem a afastou da água, algumas disseram que tinha sido Atena. Encurralada por um, amaldiçoada pela outra. Acho que foram os dois. Mas, mesmo assim, ela ficará perto do mar, não importa o que aconteça. A irmã dela remodelou o litoral para agradá-la, expulsou o próprio Poseidon. Ela não foi embora, mas faz um tempo que não sai da caverna. Então, ela ainda está aqui, mas não daria para saber.

Agora, onde eu estava? Ou melhor, onde você estava? Você está no ponto mais distante para o qual consegue navegar, onde o oceano beija o sol poente. É belo e triste ao mesmo tempo: não contém nenhuma das promessas que traz o amanhecer, se você viajar para o lado oposto. É um lugar onde as coisas terminam. Os mortais não pertencem a este lugar: ficam melancólicos.

Mas talvez você seja teimoso. Ou desesperado. Talvez tenha algum motivo premente que supera a antipatia natural que sente por estar no lugar errado.

Então, em vez de voltar para onde os mortais pertencem, você está seguindo as estreitas curvas do mar interior. Não é uma jornada que você faria a pé: não teria sobrevivido à primeira parte dela. É uma viagem difícil e perigosa mesmo por barco: estaria cercado por todo tipo de perigo. Você realmente estaria mais seguro se tivesse asas. Então chegaria mais rapidamente ao lugar em que o mar se abre em um último grande círculo. Há uma ilha no meio dessa espiral final, e do ar você não seria capaz de saber para que lado a água flui. Nenhuma criatura mortal chegou a essa ilha – pelo menos não até agora. A estreita faixa de mar a protege ferozmente.

Mesmo se encontrasse uma forma de vê-la, não conseguiria. Aquelas espirais de mar envolvem tudo em uma névoa espessa, não importa qual vento está soprando ou a potência com que Hélio está queimando. Você acreditaria que chegou a um ponto horrível, esse lago deprimente no qual o sol nunca penetra. Você se enrolaria mais em sua capa e abaixaria a cabeça para poder atravessar o vento. O alívio que sentiu no começo – a terra ao redor é árida e de um vermelho escuro – logo desapareceria. Não conseguiria nem matar a sede porque só seria possível encontrar água salgada, que você cuspiria. Sairia correndo desse lugar e juraria nunca mais voltar. Você seguiria a água de volta por onde veio.

E como não conseguiria ver a ilha, nunca poderia contar a outra alma que esteve ali. Seus habitantes continuam sem serem perturbados pelos mortais. Ou, pelo menos, sempre estiveram até agora.

As Hespérides

NINGUÉM TINHA CERTEZA DE QUANTAS ninfas havia. Alguns diziam três, outros acreditavam que eram quatro, e um entusiasta chegou a falar em sete. Porém, as disparidades eram facilmente explicadas: as Hespérides viviam em um lugar isolado, não viajavam e nunca encorajavam visitas. Então, a maioria das coisas que as pessoas repetiam sobre elas como certezas estava longe disso. E foi por esse motivo que Perseu não sabia como continuar, mesmo com o conselho das Greias martelando em sua cabeça quando ele escalava até o topo do penhasco. Não tinha ideia se essa era a coisa certa a fazer, ou como suas companhias divinas voltariam a encontrá-lo, ou por que não podiam simplesmente aparecer um pouco mais cedo, antes que ele tivesse arrancado a carne das mãos subindo a rocha e acreditando durante toda a escalada que iria cair na água ou se arrebentar nas pedras abaixo dele. Mas não podia ficar onde as Greias pudessem ouvi-lo, mesmo se não conseguissem mais vê-lo ou comê-lo; além disso, descer a montanha na direção da água parecia mais arriscado do que subir.

Quando finalmente chegou ao cume, seu alívio durou pouco por causa do vendaval que quase o derrubou. Ele se deitou de bruços na rocha, agarrando-se nela para não morrer. Não tinha ideia de quanto tempo ficou ali agarrado, mas tempo mais do que suficiente para acreditar que tinha sido abandonado naquele lugar desolado para sempre.

– O que elas disseram? – perguntou Hermes quando ele e Atena chegaram.

Perseu levantou a cabeça o máximo que pôde sem largar a pedra.

– Por que está deitado? – acrescentou Atena. – Está cansado?

Ela sorriu para Hermes, triunfante, encantada de ter aprendido algo sobre mortais que podia compartilhar.

– Estou cansado – disse Perseu. – Foi uma longa e difícil escalada.

– Foi? – perguntou Hermes.

– Muito. Além disso, Éolo soltou todos os ventos sobre esta rocha e acho que se me levantar, serei jogado no oceano.

– Está vendo? – Atena estava quase pulando de alegria. – Eles sempre falam do clima. Gostam muito.

– Não gosto – explicou Perseu, nervoso por contradizê-la. – Só não quero cair.

– Acho que entendo – disse Hermes. – Mas você falou com as Greias? Antes de se deitar aqui?

– Sim, falei com as Greias.

– E conseguiu tirar algo delas? – perguntou Hermes.

– As Hespérides têm o que eu preciso – respondeu Perseu.

– Ah, as Hespérides – falou Atena. – Deveríamos ter pensado nisso.

Hermes assentiu pensativo, enquanto Perseu tentava limpar de seus olhos as lágrimas causadas pelo vento.

– Sim – concordou Hermes. – Provavelmente deveríamos.

– Existe um motivo para não terem pensado? – Perseu estava tentando parecer interessado em vez de crítico, mas não estava sentindo seus dedos e era difícil se segurar.

– Não sei – falou Hermes.

– Poderíamos ir embora agora? – perguntou Perseu.

– Para onde? – perguntou Hermes.

– Para onde estão as Hespérides.

– Você não perguntou às Greias onde poderia encontrá-las? – indagou Atena.

– Não. – Uma rajada especialmente forte quase o fez voar. – Não. Esperava que vocês soubessem.

– Não podemos fazer tudo por você – ela respondeu. – Acho que você deveria voltar e perguntar.

Perseu pensou que poderia se soltar e deixar que os ventos o levassem direto para a morte.

– Não tenho certeza se elas me diriam – ele falou.

– Oh, você as deixou irritadas? – ela perguntou.

– Eu as enganei – ele falou. – Para que me falassem o que eu precisava saber.

– Entendo – disse Hermes. Ele e Atena se entreolharam. – Estávamos esperando que fizesse um pouco mais.

– Vou tentar fazer melhor da próxima vez – disse Perseu. – Se houver uma próxima vez.

– Não tenho certeza se o encorajaria a embarcar em outras missões – falou Atena. – Você não está nada bem, nem mesmo para os padrões de um mortal.

– Desculpe.

Perseu estava chorando por causa do frio intenso, mas, mesmo se não estivesse tão frio, ele ainda estaria chorando.

– O que você acha? – perguntou Hermes

– É o que Zeus quer que façamos – ela respondeu. – Ajudá-lo.

– Acho que devemos – falou Hermes.

– Obrigado.

Perseu quase não conseguia abrir a mandíbula travada para falar as palavras. Mas um momento depois os ventos fortes desapareceram, e o borrifo de sal passou, e a rocha afiada não existia mais.

Piscou e levantou as mãos para limpar as lágrimas de seu rosto. Seus dedos se enroscaram no cabelo cheio de sal: mesmo quando ele e Díctis tinham ficado presos em uma tempestade, ele nunca havia terminado em tal estado. Viu água na frente dele, um riacho fluindo suavemente. Colocou as mãos em concha para beber e cuspiu de volta.

– É água do mar – falou Atena.

– Já sei, agora que experimentei – ele falou. – Pensei que fosse um rio.

– Muitas pessoas provavelmente cometem esse erro – ela falou. – Porque flui muito para o interior. Mas ainda é tudo parte do mar.

Os deuses não eram tocados pelo vento e o oceano, e Perseu agora se lembrou de que também não sentiam sede.

– Sabem se há água fresca por perto? – ele perguntou.

– Provavelmente – ela falou. – Em algum lugar.

– Vou procurar, se estiver tudo bem.

– Claro que está – Atena respondeu. – Então, você poderia encher seu odre com água, não? – Ela olhou de novo para Hermes, encantada consigo mesma.

Perseu tinha se concentrado tanto em não morrer, depois em interrogar as Greias, depois em não morrer de novo, que tinha esquecido completamente que estava carregando um odre. Ele puxou a tira de couro que o prendia a seu corpo. Quando o frasco apareceu perto de suas costas, esticou a mão para pegá-lo e gemeu de dor.

– Está machucado? – perguntou Hermes.

– Não – respondeu Perseu. Ele tinha saído da rocha das Greias com cortes e hematomas, mas nada muito grave. Sentia grande desconforto nos bíceps e panturrilhas, e pensou em todas as vezes que tinha ajudado Díctis com suas redes, ou carregado os peixes para casa. Tinha acreditado que era forte, mas sua missão já havia mostrado que não era tanto. Abriu o odre e bebeu. Queria jogar água sobre as pálpebras tomadas pelo sal, mas temia que precisasse de mais água para beber mais tarde.

– Onde estamos? – ele perguntou.

– Na ilha das Hespérides, claro – falou Atena. – Onde você achou que tínhamos trazido você?

Hermes balançou a cabeça lentamente. Não era à toa que ele normalmente entregava uma mensagem de Zeus e depois desaparecia. Os mortais eram cansativos.

Perseu olhou ao seu redor. Depois da desolada ilha das Greias, ele estava aliviado ao ver que as Hespérides viviam em um local mais atraente. Plantas marinhas e figueiras-da-índia cresciam nas margens do rio que não era um rio. Então, vinha a areia macia sobre a qual ele estava sentado, bebendo sua água e desfrutando do calor do sol. Estava um pouco confuso pela forma como conseguia ver a outra margem, mas nada além dela, como se uma grossa névoa obscurecesse todo o resto. Porém, ele tentava não se preocupar porque, quando se virava para olhar do outro lado, via todas as variedades de um exuberante verde. Via árvores de folhas grossas crescendo por cima do mato espesso. Flores vermelhas e roxas brilhantes brotavam do meio das folhas mais escuras como os peixes brilhantes que ele e Díctis costumavam ver nas águas profundas. Acostumado a viver somente na areia e no mar, pensou que nunca tinha visto tantas cores antes.

– O que ele está fazendo? – perguntou Atena.

Hermes deu de ombros.

– Olhando?

– Para quê?

– Não sei.

Os dois deuses seguiram o olhar do jovem, mas não viram nada importante.

Atena se aproximou de Perseu e se inclinou.

– Não são as Hespérides – ela falou lentamente. – São apenas plantas.

– São lindas – disse Perseu, levantando-se desajeitadamente e tentando não gemer com a dor nos músculos da panturrilha.

– Ah, bem – perguntou Hermes. – As ninfas ficarão felizes por gostar delas, tenho certeza. – Ele olhou para Atena por cima da cabeça de Perseu. – Vamos voltar – falou.

E a névoa do mar pareceu subir e levá-los, porque Perseu viu um borrão, depois uma ausência e percebeu que estava mais uma vez sozinho. Tinha a sensação de que estava irritando seus companheiros divinos, mas não sabia exatamente o porquê, então não sabia como parar. Foi um alívio quando eles partiram, embora tivesse medo do que poderia encontrar.

Lembrou-se do que as Greias tinham dito: as ninfas tinham algo que ele precisava. Além disso, com certeza não seriam tão nojentas quanto aquelas bruxas. Tentou esquecer a lembrança daquele olho quente e molhado entre seus dedos. Deu uns passos para o interior e tentou adivinhar para que lado deveria ir. Se a ilha pertencia às ninfas, elas poderiam estar em qualquer lugar. Que tamanho poderia ter essa ilha? Sérifos também era uma ilha, mas levaria vários dias para cruzá-la. E – ele se lembrou quando os músculos da coxa imploraram para que se sentasse – não tinha muitos dias. Ficou de pé e tentou ouvir. Havia tantos pássaros voando entre as árvores que só conseguia ouvir o canto deles. Perguntou a si mesmo se poderia reconhecer a voz de uma ninfa se a ouvisse. Não tinha ideia, é claro, que as Hespérides já sabiam que ele estava ali, rindo enquanto se escondiam dele.

⁕

As Hespérides não estavam se escondendo por medo da chegada deste homem mortal: elas não temiam ninguém. Estavam se escondendo porque viviam no paraíso e havia muito tempo não tinham nada interessante para fazer. A chegada de um homem – ou era um garoto? – tinha agitado o dia previsivelmente perfeito delas e todas estavam encantadas. Algumas se escondiam nas macieiras, outras desapareciam nas águas do lindo lago no centro da ilha. Ficaram olhando Perseu caminhar por seus jardins impecáveis procurando-as atrás de rochas e no alto das árvores – e elas, por sua vez, riam da tolice e da ignorância dele. Nunca tinha visto uma ninfa antes? Talvez acreditasse que eram do tamanho de um furão. De vez em quando, Perseu se levantava, olhava ao redor, suspirava profundamente e gritava: "Apareçam, ninfas". Isso só fazia com que rissem ainda mais.

– Todos os mortais são assim? – uma delas sussurrou para outra. Elas convenceram os pássaros a começar a voar ao redor de Perseu em todas as direções, para que não pudesse saber se era um ataque ou uma serenata. Ele finalmente parou na frente do lago e desistiu da busca, preferiu beber água e encher seu odre. Olhando para seu reflexo ondulante, decidiu que poderia tirar uns minutos para tomar um banho, já que não conseguia encontrar as ninfas. O sal arranhava cada centímetro de sua pele. Tirou a sandália e desamarrou a capa, deixando tudo na margem. Entrou no lago esperando que a água estivesse fria, como a que tinha acabado de beber. Mas, por algum motivo, sentiu-a quente e submergiu todo o seu corpo, até mesmo a cabeça, debaixo da superfície. Viu os peixes coloridos fugindo para todas as direções e teve uma certeza irracional de que estavam zombando dele, assim como os pássaros. Mas a água estava tão calma e a sensação da pele limpa e das roupas macias era tão agradável que não conseguiu ficar aborrecido. Deu algumas braçadas. Parecia tão bom que nadou um pouco mais e mais rápido, desfrutando da forma como a água puxava sua túnica. Que fique com ela se a queria tanto. Esticou os braços e a túnica saiu flutuando. Não conseguia se lembrar de ter se sentido tão livre. Afundou sobre a superfície mais uma vez, depois subiu com força, fechando os olhos quando a água corria por seu rosto. Saiu na superfície da água, gritando de alegria e alívio. E só quando abriu os olhos, viu as Hespérides sentadas nas rochas ao longo da margem, como se tivessem estado ali o tempo todo.

Perseu corou e caiu de volta na água tentando se esconder. Mas a água era tão clara que não se sentiu menos nu. Olhou ao redor procurando sua túnica, que deveria estar perto. Porém, estranhamente, não estava. Perseu sentiu uma onda de pânico, que só aumentou quando viu uma forma branca esvoaçante nas rochas à sua frente, e percebeu que duas ninfas estavam sentadas sobre o que parecia ser sua túnica.

Momentos antes, ele tinha se sentido como os golfinhos que costumava ver saltando alegremente ao lado do barco de Díctis. Agora, quando tentava atravessar a água na direção das Hespérides, se sentia um homem usando rochas no lugar de sapatos.

— É mais fácil nadar do que caminhar pelas águas – falou uma das ninfas.

— Ele está com medo de que a gente veja mais do seu corpo se ele nadar – disse outra.

— Não acho que daria para ver mais do que já vimos – falou uma terceira. – Apesar de que gostaria de ver de novo.

Todas riram e ficaram olhando, e Perseu não sabia o que falar ou fazer. Se ele se afastasse delas, poderiam desaparecer de novo e ele perderia a única chance de pedir ajuda. As Greias e os deuses pareciam ter certeza de que ele não conseguiria cumprir sua missão sem ajuda delas. Porém, estavam zombando dele, e uma delas havia tirado sua túnica. Limpou as gotas de água dos olhos. Outra tinha, ao que parece, roubado sua sandália. Em Sérifos, os homens ficavam nus sempre que quisessem, claro, mas as mulheres não ficavam paradas olhando para eles, ou deitadas sobre suas túnicas, ou ainda usando suas sandálias e imitando a forma deselegante como ele se movia. As ninfas certamente eram muito mais bonitas do que as Greias, mas Perseu não tinha certeza se estava mais seguro na companhia delas.

– Será que você se importaria de entregar minha túnica? – ele pediu para a ninfa que estava sentada sobre ela. Todas as outras começaram a rir com o som da voz dele. Perseu não conseguia precisar quantas eram, porque sempre que tentava contá-las, uma parecia desaparecer e reaparecer em outro lugar, sem que ele fosse capaz de captar o momento em que ela se movia. Todas eram muito bonitas de maneiras diferentes. No entanto, ele não conseguia calcular bem quantos rostos dourados e perfeitos, quantos braços dourados e longos, ou quantos cabelos dourados conseguia ver. Assim que tentava memorizar uma beleza imortal, olhava para outra e ela era tão linda que se esquecia da que estivera olhando apenas um momento antes. Ele queria colocá-las em uma fila, olhar uma de cada vez e compará-la com suas irmãs; no entanto mais do que isso, realmente queria não estar nu na frente de todas elas.

– Se eu me importaria? – disse a ninfa dourada. – Não, acho que eu não me importaria. Mas, veja, está toda molhada pela água, assim como você. Então, nós a pegamos e estendemos aqui na rocha, para secar para você. Pensamos que ficaria feliz.

Ela abaixou o rosto um pouco e olhou para ele através dos seus longos cílios. Perseu ficou com medo de tê-la chateado e que estivesse prestes a chorar.

– Estou – ele falou. – Estou muito feliz. Feliz e grato. É só que não tenho nada mais para usar, então...

– Não está com frio? – perguntou outra ninfa. Pelo menos, ele achou que tinha sido outra. Certamente foi uma ninfa que estava sentada em outra rocha. Mas ela também tinha grandes olhos brilhantes que pareciam prontos a chorar. – Nosso jardim foi admirado por deuses e deusas imortais por tempos memoriais. E você sente frio nele?

– Não, não mesmo. – Perseu tropeçou em uma pedra enquanto tentava se aproximar, ao mesmo tempo que cobria algo da sua nudez escondendo-a debaixo de grandes folhas que ficavam penduradas sobre a água e cresciam nas árvores das margens. – Claro que não estou com frio, o jardim de vocês é perfeito em todos os sentidos.

– O que você mais gostou nele? – perguntou outra ninfa

Perseu realmente queria estar menos exposto antes de responder isso. Principalmente porque parecia conseguir aborrecê-las muito facilmente.

– Eu gostei... – ele parou para pensar em uma resposta honesta. – Gostei dos pássaros, nunca vi tantos tipos nem ouvi tantos cantos diferentes.

– Ele não gostou das flores. – Uma ninfa colocou o braço ao redor dos ombros da irmã. – Não sei o que mais você poderia ter feito.

– Não, eu gostei delas! – disse Perseu.

– Ele não se interessa nem um pouco pelas árvores frutíferas – disse outra. – Mesmo Hera tendo uma macieira bem aqui.

– Não, elas me interessam! – Perseu não sabia como estava falando tudo errado. – Eu as admirei assim que as vi. Não tinha certeza quais frutas eram, porque nunca havia visto uma macieira dourada antes, mas fiquei interessado nelas apesar disso.

Vendo o rosto de outra ninfa se abaixar, ele se corrigiu.

– Não apesar disso; por causa disso, na verdade.

– Acho que é demais esperar que tenha notado a macia e linda grama em que se deitou? – perguntou outra e Perseu não podia mais dizer se era uma das que havia falado antes ou se ele estava enfrentando uma ninfa diferente a cada vez.

– Gostei dela também – falou. – Linda e confortável.

– Mas você não gostou do lago? – perguntou a que agora estava sentada sobre sua túnica.

– Gostei – ele respondeu. – Apenas gostaria de estar me dirigindo a vocês de forma mais respeitosa se estivesse na margem ao lado de vocês e, sabem, usando roupas.

– Oh, entendo – disse outra e ele se virou para tentar acompanhá-la dessa vez. – Você ficaria mais feliz se estivéssemos todas na mesma posição, por assim dizer.

– Isso – ele falou, pouco antes de perceber que realmente ficaria muito menos confortável se elas estivessem nuas ao lado dele na água. Ele se perguntou se era possível morrer de vergonha. O som de um número não específico de mulheres absurdamente lindas rindo dele era quase tão perturbador quanto o som das Greias brigando entre si. Tentou alcançar a rocha e pegar sua túnica. Mas, de repente, ela estava nas mãos de uma ninfa que a usava para se secar. Perguntou a si mesmo se elas continuariam rindo se ele começasse a chorar e concluiu que sim.

– Por favor, me entregue minha túnica – ele pediu. – Foi minha mãe que fez para mim e talvez eu nunca mais a veja.

– Oh, pobre rapaz – disse uma. – Perder a mãe, assim tão jovem.

– Quando vimos nossa mãe pela última vez? – perguntou sua irmã.

Grossas lágrimas escorriam pelo rosto da primeira ninfa. Perseu queria confortá-la, mas temia que se deixasse a água agora, suas intenções poderiam ser mal interpretadas.

– Você a deixou chateada – disse outra Hespéride.

– Desculpe – ele disse. – Se eu pudesse ter minha túnica...

Mas nenhuma das ninfas estava ouvindo. Correram para a irmã, dando um abraço. Sem saber o que fazer, Perseu subiu na margem, encontrou sua capa perto de onde a havia deixado e se enrolou nela. Quando uma das Hespérides notou, também começou a chorar e teve que ser confortada pelas outras. Perseu se perguntou se deveria pedir novamente sua túnica, mas tinha medo da resposta. Decidiu tentar uma estratégia diferente.

– Lamento ter causado tanto sofrimento – ele falou. Todas voltaram a rir. Ele sabia que soava pomposo e tolo – no mínimo se parecia com Polidecto –, mas não sabia como tratar as Hespérides. Elas eram poderosas, mas também bonitas; imortais, mas emotivas. Não tinham nada em comum com as garotas que conheceu na vila de pescadores.

As Hespérides, entretanto, estavam começando a se cansar da diversão. Tudo tinha sido muito divertido, ver esse mortal que tinha sido trazido por Atena e Hermes. Tinha sido engraçado se esconder dele, ainda mais roubar suas roupas e provocá-lo. Porém, havia algo muito monótono nos mortais, que era uma das muitas razões pelas quais elas geralmente mantinham distância deles. O garoto queria algo e iria pedir, e elas poderiam recompensá-lo ou negar. Mas o que ganhariam com esse encontro?

Tinham gostado de vê-lo nu, mas ele era realmente mais encantador do que as criaturas que viviam no jardim delas? Egle parecia achar que sim (ela sempre era mais emotiva: era por isso que podia chorar quando quisesse). Mas Aretusa não teria se importado se ele houvesse se afogado no lago, desde que virasse comida para os peixes. Eritia, por outro lado, preferia as cobras que enroscavam seus corpos musculosos ao redor das macieiras douradas, embora estivesse gostando de usar as sandálias do homem. Hespéria não tinha nem se dado ao trabalho de vir conhecê-lo: precisaria remover sua adorável tiara para que todas parecessem iguais. E depois de tanto trabalho para conseguir uma, escolher uma com um padrão xadrez tão bonito, era pouco provável que aceitasse tirá-la só para enganar algum homem trivial. Tinha levado muito tempo para conseguir amarrá-la da forma certa, debaixo do cabelo. Crisotêmis perguntou se ela não queria que o mortal visse aquilo e a admirasse, mas o que importava se ele iria admirar seu cabelo ou não? Logo estaria morto, de qualquer forma. E Lipara tinha certeza de que o homem havia quebrado um galho de seu loureiro favorito enquanto percorria o jardim delas. Estava sentada ao lado de Aretusa sobre a túnica, se perguntando se deveria empurrá-lo de volta para a água e afogá-lo. Nenhuma delas podia se lembrar completamente se aquilo era fatal para os mortais, mas era tão perigoso que poderia valer a pena tentar. Também estava Antheia, de pé ao lado das oliveiras, olhando para o homem com uma fome evidente. Se ele pedisse uma maçã (geralmente, quando alguém se aproximava das Hespérides, tinha algo a ver com maçãs), ela entregaria uma árvore inteira.

– O que você quer? – Crisotêmis finalmente perguntou ao garoto e ele murmurou algo sobre as Greias e uma missão. Tropeçou em suas palavras e embaralhou sua história em vários pontos, mas, no final, as ninfas descobriram o que havia acontecido. Ele estava em uma missão para levar uma cabeça de Górgona a fim de apaziguar algum mortal que, senão, iria se casar com a mãe do garoto. Até Arestusa ficou intrigada por esse elemento: como a cabeça de uma Górgona compensaria a perda de uma esposa? O melhor presente seria uma noiva que gostasse mais dele do que aparentemente a mãe do rapaz? As ninfas cochicharam entre si, sabendo que o garoto não poderia ouvi-las se elas não quisessem. A coisa toda parecia muito estranha. O que as Górgonas tinham feito para se envolver nas questões familiares desse jovem? Nada, foi a resposta. Até onde elas sabiam, ele não parecia ter pensado nem um pouco nas Górgonas. Ao receber a ordem de buscar a cabeça de uma delas, ele simplesmente partiu sem pensar em como as Górgonas se sentiriam.

Então elas deveriam mandá-lo embora de mãos vazias? Essa era a resposta mais óbvia. No entanto, ele tinha sido trazido por Atena e Hermes: dois deuses trabalhando juntos só poderia significar que estavam cumprindo a vontade de Zeus, não é mesmo? Embora as ninfas tivessem a mesma opinião sobre Zeus, não podiam desconsiderar totalmente o que aquele velho devasso queria. Especialmente por ter enviado Atena – tão observadora quanto rancorosa – e Hermes, que espalharia histórias se elas o ignorassem.

E também havia a questão das Greias. As irmãs cinzentas não se impressionavam facilmente, e o garoto deve ter feito algo para merecer a ajuda delas. Ele tinha sido muito vago sobre o que havia feito exatamente. Hespéria – que tinha se unido ao debate apesar de não estar interessada no resultado – disse que deve ter sido muito persuasivo para que os deuses o ajudassem, e as irmãs também. Então, elas deveriam ajudá-lo em sua missão, não? Lipara tinha certeza de que não, pelo menos não antes de que o loureiro tivesse recuperado o galho perdido. Ele havia dito algo sobre o número de dias que faltavam para o homem se casar com sua mãe. Mas quem poderia se lembrar quantos dias um loureiro leva para crescer?

Elas decidiram que não poderiam deixar que seus sentimentos em relação a Perseu influenciassem a decisão. A presença dos deuses, o envolvimento das Greias: essas coisas eram importantes demais para serem ignoradas. O que um mortal precisava para decapitar uma Górgona? Evidentemente, não adiantava perguntar ao rapaz o que precisava: ele nem sabia que precisava das ninfas até ouvir isso das Greias. Então, elas resolveram tudo entre si, enquanto ele ficou ali parado, inútil e esperançoso. Uma espada, óbvio. Ele já tinha uma, mas parecia uma espada de treinamento para crianças, embora as Hespérides concordassem que ele nem sabia disso. Carregava sua espada com muita seriedade, porém parecia uma criança brincando com a arma do pai. Dessa forma, ele precisava de algo adequado para tarefa: uma harpe, com sua terrível lâmina curva, seria mais apropriada. E algo para carregar a cabeça, depois de cortada. Elas discutiram as opções. Havia um kibisis escondido em algum lugar: ele aguentaria o peso. Muito bem, a espada, a bolsa, o que mais? Ele precisaria se mover muito mais rápido do que os mortais normalmente se movem se quisesse ganhar das Górgonas. Também precisaria se esconder delas. As ninfas pensaram nessas necessidades por algum tempo. Sandálias aladas, geralmente usadas por Hermes, seriam ideais: o deus mensageiro poderia emprestar suas sandálias ao garoto. Hermes poderia viajar perfeitamente sem elas, não eram realmente necessárias. Mas havia mais um item que poderiam emprestar a Perseu e, depois de muita discussão, concordaram que fariam isso. As ninfas tinham se apossado – nenhuma delas conseguia se lembrar como – de um elmo que havia pertencido a Hades. Ninguém poderia imaginar por que o deus precisava de um elmo que lançava escuridão ao seu redor, tornando o usuário invisível. Hades estava no submundo ou – às vezes – no Olimpo. Em nenhum desses lugares, precisaria ficar invisível. Talvez fosse por isso que havia dado para alguma das ninfas, que acabou trazendo para a ilha, ou ela havia pegado, assumindo que Hades não precisava mais dele. Enquanto estavam discutindo quem precisava do quê, se Perseu ia pegar emprestada as sandálias de Hermes, as ninfas poderiam ficar com a dele. Deveriam pedir, antes de mandá-lo em seu caminho? Ele havia deixado o par de sandálias abandonado na margem do lago, na ilha delas, isso significava que as sandálias praticamente já pertenciam às Hespérides. Uma das ninfas já a estava usando havia um tempo, outra havia guardado em segurança debaixo de uma rocha. Olharam para ele e ficou bastante claro que Perseu iria embora descalço ao invés de pedir suas sandálias de volta.

Quando Atena e Hermes voltaram para buscá-lo, Perseu estava sentado no mesmo lugar em que o tinham deixado. Seu cabelo encaracolado estava despenteado, sua túnica parecia estar ao contrário. Ele tinha uma expressão confusa e segurava as alças de uma bolsa dourada na mão esquerda. Ela era grande e forte, decorada com fios prateados. Nenhum dos deuses precisava perguntar para que serviria. Em sua mão direita, segurava uma espada curva que – novamente, os dois deuses sabiam – já tinha sido de Zeus. Ele realmente gostava dessa criança travessa se tinha permitido que as Hespérides dessem essa espada para ele. Em seu colo havia um elmo alado que Hermes reconheceu, pois já havia usado muitas vezes. Hades era péssimo para controlar suas posses: ele realmente deveria ser mais cuidadoso.

– Onde estão suas sandálias? – perguntou Atena. Perseu olhou para seus pés descalços como se os estivesse vendo pela primeira vez.

– Não estou seguro – ele respondeu.

– Típico – murmurou Hermes. – Elas realmente pegam tudo.

– É por isso que não costumo vir aqui – respondeu Atena. – Elas não deixam passar nada.

– Você iria precisar de novas lanças se ficássemos mais tempo – falou Hermes. Nem ele nem Perseu notaram a expressão de horror que apareceu e desapareceu do rosto da deusa.

– Acho que disseram que você deveria me emprestar suas sandálias – falou Perseu. Ele balançou a cabeça lentamente, como se estivesse tentando apagar um sonho estranho ou se lembrar de um nome há muito esquecido.

– É mesmo? – perguntou Hermes. Ele olhou para Atena e ela deu de ombros. – Quero de volta quando você terminar com as Górgonas.

Hermes se abaixou e, meio relutante, afrouxou os laços em torno de seus tornozelos.

– Sim, claro – falou Perseu.

– Estou falando sério. – O deus mensageiro entregou as sandálias para Perseu, mas afastou a mão no último momento. – Não traga de volta para cá, entendeu?

– Certo – falou Perseu.

– Porque se trouxer, talvez eu nunca mais as veja – disse Hermes. – Elas guardam tudo por segurança. O tom dele não sugeria que considerava que algo estava seguro com as Hespérides.

– Talvez elas me devolvam minhas sandálias – disse Perseu. Olhou para trás na direção em que as ninfas tinham se escondido entre as árvores e o lago. Virou-se para Hermes com dúvida no olhar.

– Tenho certeza de que vão pensar nisso – falou Atena. – Mas você vai precisar dar algo a elas, e talvez aceitem, mas fiquem com a sandália mesmo assim.

Perseu amarrou as sandálias de Hermes em sua perna, acariciando as asas que estavam de cada lado de suas panturrilhas. Hermes olhou para ele. Atena apertou um pouco mais seu escudo.

– Para onde vamos agora? – perguntou Perseu.

– Você vai para o lar das Górgonas – disse Atena. – Viemos apenas para garantir que tivesse tudo de que precisa.

– É aqui perto? – Perseu olhava de um lado para outro, meio tonto, como se a cabeça da Górgona pudesse, de repente, estar por perto.

– Não tenho certeza de quanto tempo vai levar – disse Atena. – Mas elas estão naquela direção.

E apontou para o outro lado do rio que não era um rio, para uma direção perdida na névoa.

– Não sei... – Perseu começou, mas estava falando com a brisa.

Uma Nereida, sem nome

Bom. Este pode ser o insulto mais ofensivo que qualquer um de nós já recebeu, e somos imortais, então estamos falando de muito tempo. Somos cinquenta Nereidas e somos filhas do oceano. Vou repetir isso, porque parece que nem todo mortal está prestando atenção. As Nereidas são imortais, e somos cinquenta, então se você nos insultar como grupo, insulta cinquenta deusas de uma vez. Pense bem se isso é algo que você quer fazer.

Depois, pergunte a si mesmo se não está sendo um pouco arrogante para querer se comparar a nós. Os mortais têm uma palavra para esse tipo de arrogância: o tipo que faz uma pessoa pensar que pode se comparar a uma deusa. A palavra é húbris. E apesar de estar a favor de ser preciso ao descrever algo, eu poderia sugerir que é melhor não fazer uma coisa tão perigosa com tanta frequência que seja necessário criar uma palavra específica para defini-la. Talvez desenvolver seu autocontrole em vez de seu vocabulário.

O que ela poderia ter imaginado que aconteceria? Estou falando de Cassiopeia. É possível que não tenha ouvido? Cassiopeia, rainha da Etiópia. Tenho certeza de que você a conhece. É famosa por sua beleza, aparentemente (pelos padrões mortais). Casada com um rei que a idolatrava, amava e mimava. Ele permitia que ela acreditasse que poderia manter sua aparência, mesmo com a passagem dos anos. Como Cassiopeia acreditava nisso, não foi ganhando humildade à medida que envelhecia, apenas ansiedade. Foi aumentando o medo de que sua beleza estivesse desaparecendo, precisava cada vez mais de confirmação, cada vez mais desesperada para se convencer de que os elogios que ouvia de seu marido e de seus escravos ainda eram verdadeiros. E todo dia, olhava seu reflexo e se persuadia de que, de alguma forma, ela não era tocada pela velhice da mesma forma que toda criatura viva. Olhava para sua filha – a qual você deve lembrar que se chama Andrômeda – e acreditava que eram iguais. Além de manter essa ilusão, acrescentou outra: ela – e sua filha – eram tão lindas quanto as Nereidas. Mais bonitas, talvez.

Dá para imaginar? Pensar algo assim é uma loucura e uma tolice. Agora expressar esse pensamento? Equivale a uma sentença de morte.

Talvez você esteja pensando: se a mulher era tão tola, tão iludida, que diferença fariam suas palavras? Claro que os deuses simplesmente as ignoraram, pois por que iriam se preocupar com as palavras de uma mulher estúpida? Se eu sei tanto sobre ela – conheço sua fragilidade e como está envelhecendo –, por que estou brava? Continue assim e vou perder a paciência com você também. As Nereidas não são divindades menores e não seremos tratadas dessa maneira. Somos filhas do mar. Aposto que não sabe o nome de nenhuma, certo?

Veja, isso é típico de vocês. Nem perdem tempo aprendendo cinquenta nomes (não finja que é tão difícil, você sabe contar até cinquenta, não sabe?). Mas devo simplesmente ignorar todo e qualquer insulto?

Não.

As Nereidas não deixarão que essas declarações sejam feitas sem serem contestadas e punidas. Cassiopeia não é tão bonita quanto uma deusa nem agora nem nunca foi, mesmo quando tinha a idade da sua filha. Andrômeda também não é tão bonita quanto uma deusa. Ela tem uma aparência razoável, para uma mortal. É o melhor que se pode falar sobre ela. Eu e minhas irmãs nos reunimos e discutimos o assunto: chegamos a várias conclusões.

A primeira é que as mulheres mortais provavelmente não teriam essas ilusões de beleza imortal se os deuses não tentassem seduzir algumas delas. Claro, ainda é húbris. Mas é possível entender como elas terminam se convencendo que uma ou outra é rival de nossa grande beleza, se for o objeto do desejo de Zeus, Poseidon ou Apolo. *Grosso modo*. Portanto, será Poseidon que se levantará para punir Cassiopeia. Pois, caso contrário, sua existência se tornará uma provação constante até fazer o que pedimos. Sim, ele é um deus poderoso, o governante do oceano. Nós somos cinquenta e estamos furiosas, todas.

A segunda é que esse desprezo contra nós deve acabar. Portanto, Cassiopeia precisa ser punida de uma forma que permaneça através dos tempos. Os mortais esqueceram – ao que parece – o poder das Nereidas. Isso não voltará a acontecer.

A terceira é que a melhor forma de punir uma mulher mortal é através de seus filhos. Mulheres mortais amam seus filhos. Até mesmo Cassiopeia – a mais egoísta das mulheres – ama Andrômeda.

A quarta é que o mar abriga mais do que peixes e Nereidas.

A quinta é que algumas dessas criaturas estão famintas.

Medusa

MEDUSA ESPEROU ATÉ SUAS IRMÃS saírem da caverna antes de afrouxar as ataduras ao redor dos olhos. Não queria que vissem como ela estava caso não pudessem esconder suas reações. Esteno tentaria, se visse um par de órbitas arruinadas. Ela apertaria os lábios atrás de suas presas e, então, diria que Medusa parecia muito bem, na opinião dela. Euríale não teria medo e não experimentaria o horror que Esteno se esforçaria tanto para esconder. Medusa conhecia bem as duas. E não queria que a vissem.

Dessa forma, esperou até Esteno começar a preparar o pão para ela e Euríale ir cuidar de suas ovelhas, então soltou o nó na parte de trás da sua cabeça. Os corpos esguios e musculosos das cobras se moveram para o lado sibilando suavemente. Desenrolou o pano lentamente, tentando medir qualquer mudança na dor que sentia. Quando a pressão diminuiu, percebeu que podia piscar por trás do pano. Então, suas pálpebras ainda estavam no lugar, pensou. Esticou a mão para tocá-las através do tecido: era estranho que as faixas estivessem secas? Suas lágrimas sempre foram abundantes, não eram mais. Sentiu as últimas voltas da faixa caírem em suas mãos.

Piscou, voltou a piscar. Talvez os olhos precisassem de tempo para se ajustarem à escuridão da caverna. Esperou, mas a escuridão persistiu. Não tinha certeza exatamente a que distância estava da entrada da caverna. Podia testar sua visão na parte mais iluminada se descobrisse para que lado era. Esticou a mão e tentou se orientar sentindo a rocha. Não ajudou em nada. Parecia não conhecer mais essa caverna que ela conhecia tão bem – poderia ter dito de olhos vendados. Ouviu algo passar por ela e virou a cabeça, mas foi muito lenta. O que quer que fosse tinha desaparecido sem ser visto. Ela não podia explicar como sabia que algo tinha entrado na caverna em vez de sair, mas sabia. Por isso, ela se moveu lentamente na outra direção, esperando que a escuridão diminuísse.

Mas não diminuiu. Começou a duvidar de si mesma, talvez estivesse se afastando da luz, afinal. Mas sabia que não estava. Podia sentir o ar mais quente tocando sua pele, podia sentir o cheiro do sal cada vez mais forte. Piscou de novo. Aconteceu algo? Não tinha certeza, mas a escuridão parecia levemente tingida de vermelho. Parou e permitiu que seus olhos se acostumassem com a sensação. Eles ainda doíam, mas quanto mais tentava ver, menos sentia dor.

Daquele lado, estava vermelho. E depois de esperar por muito tempo, também via dourado nas bordas. Hélio não a havia abandonado, no final das contas: era a luz dele que conseguia perceber. Moveu a cabeça lentamente, ouvindo as cobras se enrolarem e desenrolarem ao seu redor. Queriam estar sob o sol, sabia. Essa foi a primeira vez que expressaram qualquer tipo de desejo, mas a mensagem era bastante clara. As cobras queriam o calor do sol em suas escamas. Queriam – e de alguma forma agora, ela também – sentir a areia quente em suas barrigas. Se ela se deitasse de costas na praia, as cobras teriam isso, e elas queriam, e Medusa sabia que elas queriam.

Aos poucos, viu mais coisas: um núcleo mais brilhante e uma circunferência mais escura. Quando mexia a cabeça, o brilho não se movia com ela: não eram seus olhos, era a imagem que viam que fazia a diferença. Ela estava olhando para a entrada da caverna então.

Esperou um pouco mais e no final a imagem ficou ainda mais nítida. Agora, ela conseguia ver algo dourado e também uma luz mais escura e mais fria. O mar.

Ela não sabia havia quanto tempo estava parada ali, olhando para seu mundo e vendo apenas um contorno tênue. Mas podia esperar o quanto fosse necessário. As cobras também eram pacientes. Pensou talvez que pudesse ver uma diferença entre a luz na parte inferior e na parte superior. À direita, estava o sol, o disco dourado mais brilhante. E à esquerda? Girou a cabeça com cuidado. Havia uma linha imóvel e ela sabia que estava olhando para o horizonte.

Ouviu seu nome sendo chamado por Esteno. Abriu a boca para responder. Mas então, sem aviso, as cobras começaram a sibilar com medo e raiva. Ela não tinha ideia do que as havia assustado nem teve chance de descobrir. Começaram a se debater ao redor de seu crânio, frenéticas e desesperadas. O que foi? – ela perguntou. O que querem? O que posso fazer? As cobras continuaram a se agitar com fúria. Medusa não tinha medo delas e, ao mesmo tempo, sabia que devia fazer o que elas pediam. Mas o que era? Não conseguia entender. Levantou as mãos até as têmporas e sentiu uma súbita onda de energia. Sim, é isso, sim.

Ainda estava segurando as faixas. E da mesma forma como sabia que as cobras queriam se deitar na areia, soube disso. Elas queriam que cobrisse novamente os olhos. Nem tentou argumentar com elas. Não tentou entender por que queriam que seus olhos estivessem tampados, ou como estavam dizendo que devia cobri-los. Não havia como discutir com essas cobras: eram parte dela agora. Pegou as faixas e as amarrou tampando levemente os olhos. Não foi suficiente para acalmar totalmente as cobras, mas diminuíram suas contorções. Ela passou outra camada do pano sobre o rosto, depois mais outra.

Quando Esteno se aproximou, estava totalmente na escuridão. Mas o sol brilhava sobre as cobras, e sobre ela também.

Corônis

Kra, kra! Você nunca vai adivinhar o que eu acabei de ver. Nunca, de jeito nenhum, mesmo se tentasse o dia todo. Vamos lá, tente. Viu? Sabia que não adivinharia. Quer tentar de novo? Pode tentar quantas vezes quiser, mas não vai adiantar. Este corvo sabe e você não.

Tudo bem, eu vou contar: Atena tem um filho. Não é exatamente dela, claro: é uma deusa virgem, como você imaginou. Mas Gaia deu a criança para ela e disse que a deusa era responsável pela criança. Porque ela – Gaia – não queria criar outro filho depois de perder todos os seus lindos gigantes na guerra contra os deuses. Foi ela que disse essa palavra, lindos, não fui eu. Não acho os gigantes lindos, para ser sincero. Mas isso não é algo que eu falaria para Gaia, porque não há nenhuma necessidade de falar algo que possa magoar, a menos que não dê para evitar, o que às vezes acontece, mas nessa ocasião eu pude evitar.

O menino é filho de Hefesto, você se lembra daquela vez na qual ele tentou convencer Atena a se casar com ele? E ela disse não e ele a agarrou e a segurou até ejacular em sua coxa? (desculpe – isso é informação demais para você? Os corvos nem sempre sabem o que é apropriado). Atena pegou um pedaço de pano e se limpou, mas jogou o pano no chão. Gaia, assim, o pegou. Ela pode criar a vida do nada, então claro que conseguiu fazer uma criança com aquilo. E fez, depois entregou para Atena.

Atena não sabia o que fazer no começo. Dá para imaginar, não dá? O que ela sabe sobre criar um filho? O que quer saber sobre isso? Achei que iria dar o menino para Hefesto e mandar que se virasse. Por que não ia fazer isso? Mas não, ela fez outra coisa.

Ela é muito boa tecendo, sabia disso? Conta para todo mundo, então é provável que saiba. Ela levou a criança para um rio e fez uma cesta com galhos de salgueiro. Escondeu a criança dentro: dá para imaginar isso? Continuou tecendo até a cesta estar selada. Depois, pegou bambus da água e usou para preencher todas as lacunas a fim de que ninguém, nem mesmo um corvo com olhos aguçados, pudesse ver o que havia dentro. Entregou a cesta para as filhas de Cécrope: sabe quem são?

Imagino que não precise saber nada sobre elas, além de que foram as escolhidas por Atena para proteger a cesta. Cécrope foi o rei de Atenas (com três filhas) e Atena gosta de Atenas, provavelmente por isso foi até lá e entregou a criança. Mas para ser sincero, só estou contando esses detalhes porque gosto de mostrar que os conheço. Não fazem muita diferença para o que aconteceu depois, mas agora que penso, talvez façam.

Porque as filhas de Cécrope se chamam Herse, Pândroso e Aglauro. Três filhas escolhidas por uma deusa para guardar uma cesta. Ela deu uma ordem antes de ir embora, que foi a de nunca abrirem a cesta e descobrirem o que havia dentro. Se estiver duvidando da minha história e se perguntando como sei tanto, eu estava escondido em um olmo próximo e vi tudo com meus próprios olhos. E ouvi todas as palavras também. Atena disse a elas que era um segredo e confiava que iriam mantê-lo seguro.

E duas delas cumpriram sua parte. Veja, é aqui que penso que talvez importe o fato de ter escolhido as filhas de Cécrope. Se tivesse escolhido alguém com somente duas filhas, o final poderia ter sido muito diferente. Mas escolheu essas, e Herse e Pândroso fizeram exatamente o que ela pediu. Esconderam a cesta, ignoraram e até se esqueceram dela. Exatamente o que Atena estava esperando.

Espere, você parece chateado. Está preocupado que o bebê vai morrer? Sufocar, morrer de fome ou algo assim? A descendência dos deuses e da própria terra não é tão frágil quanto uma criança mortal. Lembra-se de como foi difícil matar os gigantes? Os filhos de Gaia não são fracos. Então, não se preocupe com o bem-estar da criança, porque daqui a pouco vai entender que está se preocupando com a pessoa errada na história.

Aglauro queria saber o que havia dentro da cesta e não desistiu. Voltou várias vezes para olhar, girar e se perguntar o que havia dentro. Não conseguia entender como suas irmãs aceitaram sem questionar as ordens de Atena. Não suportava a ideia de não saber tudo. Tentou espiar dentro da cesta, colocou-a contra a luz, tentou empurrar os bambus para o lado para ver o que havia dentro. Enquanto fazia isso, disse a si mesma que, assim que matasse sua curiosidade, deixaria a cesta em paz.

Porém, Atena não construiu a cesta de uma forma que alguém pudesse espiar pelas frestas. Não deixou nenhuma fresta. *Kra, kra!* Por isso Aglauro não conseguiu ver nada. Você pode achar que isso seria suficiente para avisá-la do perigo que estava correndo. Se a deusa quisesse que alguém pudesse ver dentro da cesta, teria permitido. Mas – tola garota – sua curiosidade se intensificou. Então, ela encontrou a ponta de um dos bambus e o soltou. Com cuidado, empurrando e puxando até que um pequeno fio se soltasse. Trabalhou um pouco mais, agora que conseguia segurá-lo mais facilmente. Já estava solto mesmo, ela falou para si mesma. Poderia retirá-lo. Mas como não umedeceu primeiro, o bambu quebrou entre seus dedos. Um corvo poderia ter ensinado como fazer aquilo direito: ela deveria ter pedido o meu conselho. Mas poderia substituí-lo, decidiu, então continuou. Soltou um bambu, depois outro e outro. Porém, mesmo isso não foi suficiente para que pudesse ver. Dizendo para si mesma que era corajosa e suas irmãs eram covardes, desfez a cesta, até que o topo ficasse parecendo um ninho abandonado. Agora, estava aberto e ela finalmente pôde ver o que havia dentro.

Gritou e largou a cesta no chão. Suas irmãs vieram correndo, mas era tarde demais. A cobra tinha deslizado para fora da cesta e picado Aglauro no pé. Herese e Pândroso correram até sua irmã que estava segurando o tornozelo e gritando de dor. O barulho de seus passos deixou a cobra mais nervosa e ela picou as duas também, antes de desaparecer entre a vegetação.

Eu mesmo levei a notícia a Atena. Ela sempre amou os corvos: gosta de nós porque somos inteligentes e porque sabemos de tudo. Mas, dessa vez, não ficou nem um pouco feliz. Ficou brava com o mensageiro porque tinha ficado brava com a mensagem, acho. *Kra.* Então, ela disse que, a partir de agora, os corvos nunca seriam tão bem-vindos quanto as corujas. Corujas! Não só a dela, que foi presente de Zeus. Todas as corujas. Isso apesar de não serem tão inteligentes quanto os corvos e não verem um quarto das coisas que vemos porque dormem durante o dia. Mas ela tinha se decidido, e os corvos precisavam ser punidos pelo crime das filhas de Cécrope. Então, agora eu não levo nenhuma notícia para ela. Em vez disso, trago para você. *Kra, kra!*

Pedra

Este é pequeno e não estou seguro se você iria querer. Foi capturado de forma perfeita enquanto corria, suas pernas articuladas pareciam congeladas no tempo. Não está pronto para atacar, seu ferrão não está erguido. O escultor quer que pensemos, acho, que foi pego desprevenido. Se o escultor pensa em sua plateia, claro. Talvez essas estátuas não tenham sido feitas para exibição, foram criadas pelo puro prazer de criá-las. Talvez nem devessem parecer tão realistas quanto parecem: talvez até ele mesmo tenha ficado surpreso com sua habilidade. Mas, se você a visse de repente, ficaria com medo.

Gorgonião

Quero saber se você ainda pensa nela como um monstro. Imagino que depende do que acha dessa palavra. Monstros são, o quê? Feios? Aterrorizantes? Górgonas são essas duas coisas, com certeza, embora Medusa nem sempre tenha sido assim. Um monstro pode ser lindo e, mesmo assim, aterrorizante? Talvez dependa de como você sente o medo e julga a beleza.

E um monstro é sempre ruim? Existem os monstros bons? O que acontece quando uma boa pessoa vira um monstro? Sinto-me confiante para dizer que Medusa era uma boa mortal: será que tudo isso desapareceu agora? Caiu junto com o cabelo dela? Pois acho que você já sabe por que as cobras estavam tão ansiosas para que ela cobrisse os olhos quando ouviram a irmã se aproximando (essa é uma outra pergunta para outro dia, acho: as cobras têm emoções? São capazes de sentir ansiedade? Mas vamos nos concentrar em uma só pergunta.) Elas sabiam antes de Medusa que o olhar dela agora era letal.

Ela descobriu isso um ou dois dias depois, quando tentou remover novamente as faixas dos olhos. Voltou o olhar para algo que se movia pelo chão à sua frente. Uma rápida faixa escura sobre a areia dourada. Aquilo parou no meio da corrida. Ela esticou a mão e pegou, mas largou imediatamente quando percebeu que estava segurando um escorpião. Pegou de novo quando percebeu que estava morto.

Demorou um instante para descobrir o que estava errado. Era a textura errada de um escorpião. Ela nunca tinha – talvez não fosse necessário dizer – segurado um escorpião nas mãos antes. Sabia que a picada dele poderia ser fatal. Mas também sabia como eram brilhantes, como a casca parecia oleosa. Porém, este era mais áspero ao toque do que um escorpião deveria ser. E também era muito pesado pelo tamanho. Ela o guardou intrigada com aquilo.

Duvidou de seus próprios olhos: quem poderia culpá-la depois de ter sido tão ferida? Duvidou de tê-lo visto se mover, talvez fosse uma pequena estátua de um escorpião trazida até a praia ou talvez uma de suas irmãs a tivesse encontrado em uma vila humana e trazido para mostrar a ela, depois esquecido. Nenhuma dessas explicações parecia menos plausível do que a verdade, que ela havia olhado para o escorpião e ele se transformara em pedra.

Demoraria mais dois dias e mais dois pássaros mortos – um cormorão e um abelharuco – para entender a verdade.

PARTE QUATRO

AMOR

Atena

Era Hefesto que ela mais queria atacar. Os dias no Olimpo – que antes pareciam todos iguais – agora eram bastante diferentes porque ela passava cada um deles imaginando como poderia se vingar. Então, todo dia se transformava em uma complicada viagem ao redor do labirinto de possibilidades e impossibilidades: ela precisava atingir Hefesto porque ele a tinha machucado, sua honra exigia isso. No entanto, ela não podia atingir o ferreiro porque Hera e Zeus o protegiam.

Nem sempre foi assim, claro. Hera havia desprezado seu filho quando ele nasceu manco: Atena ouviu o arqueiro e sua irmã discutindo sobre isso mais de uma vez (imortalidade e autoestima excessiva levavam à repetição). Hera não sentia nenhum amor por Hefesto até ele comprar o afeto dela com intermináveis presentes e adulações. Mas isso havia acontecido muito antes de Atena ter nascido da cabeça de Zeus, e não havia como voltar, concluiu relutante, refazendo seus passos até o início do labirinto.

Porém, se Hefesto tinha a proteção da afeição de Hera, será que Atena poderia isolá-lo de Zeus? Ele havia ficado contra Hefesto uma vez, ela se lembrava. Uma vez em que o rei dos deuses tinha finalmente perdido a paciência com sua rainha: as conspirações e críticas dela o deixaram cego de raiva. Ele apontou contra ela um raio poderoso que teria mutilado até mesmo uma deusa. Mas errou, o que só aumentou sua raiva. Ele avançou sobre ela, rugindo, determinado a puni-la de alguma forma. Os outros deuses recuaram porque também tinham medo de Zeus ou simplesmente não se importavam se Hera fosse destruída. Apenas Hefesto, o filhote leal, ficou ao lado de sua mãe: jogou-se entre eles, implorou para que fizessem as pazes. Zeus pegou o ferreiro por seu pé manco e o atirou da montanha. Hefesto ficou gravemente ferido quando caiu – Atena estremecia de prazer quando se lembrava. Se pudesse encontrar uma forma de provocar a raiva do pai para que fizesse isso de novo.

Mas como? Essa era a parte do quebra-cabeça que a fazia andar em círculos: parecia tão promissor, mas, depois de algumas voltas, terminava em um beco sem saída, qualquer que fosse o caminho que seguisse. Como provocar Zeus até chegar ao auge da fúria? Somente o pior de Hera conseguia isso. E por que Hera brigaria com Zeus para ajudar Atena? Ela não fazia nada por outra pessoa. Talvez Atena pudesse irritar tanto Hera que criasse algum atrito entre os dois, mas não seria suficiente. Ela conseguiria enganar Hefesto para que ele acreditasse que sua mãe estivesse em perigo de novo? Talvez ele pudesse ser induzido a começar outra briga com Zeus? Mas isso levantava dois outros becos sem saída: Hefesto faria qualquer coisa para evitar o conflito com Zeus exceto não defender sua mãe se estivesse em perigo. Ele nunca começaria nada. E mesmo se começasse, ela não poderia persuadi-lo a seguir qualquer curso de ação sem falar com ele, e era algo que nunca mais queria fazer.

Então, ela virou o labirinto e tentou uma nova direção. Se agora não havia uma forma de atingir Hefesto, ela se vingaria em outra pessoa e, mais tarde, destruiria algo que ele amava, sempre que a oportunidade se apresentasse. Ela tinha a eternidade para se vingar. Sim, queria agora, mas poderia esperar. Enquanto isso, ela voltaria sua ira contra um deus que a havia insultado duas vezes.

Anfitrite

Claro que Poseidon havia feito o que as Nereidas tinham pedido. Nunca chegou a duvidar. Cinquenta Nereidas insultadas era algo que ele nunca poderia ignorar. Tentou, por um período curto. Fugiu e se escondeu. Nem sua esposa sabia onde ele estava exatamente. Olimpo? Atenas? Ninguém tinha certeza, mas tampouco estavam preocupados, porque ele precisava voltar para o mar mais cedo ou mais tarde. Afinal, era o domínio dele: não poderia abandoná-lo por muito tempo – e também não poderia ignorar as Nereidas.

Elas sabiam exatamente qual punição exigir porque todos sabiam o que Poseidon queria. Ele havia perdido uma pequena faixa de seu reino quando as Górgonas pisaram sobre aquela falha. Anfitrite tinha certeza de que seu marido tinha merecido aquilo, embora, claro, nunca tivesse perguntado. No entanto, ele voltava ao mesmo local todos os dias, olhando para a costa elevada e o mar recuado. Cada novo grão de areia seca parecia queimar os olhos dele. Cansada de seu mau humor, Anfitrite fez o possível para consolá-lo. Todos os deuses passam por uma perda ocasional de poder, disse, mas ele resmungou e saiu nadando entre as ondas, deixando-a apenas com sua grande coleção de lindas pérolas como companhia. Uma de suas irmãs-nereida sugeriu que ela preferia as coisas assim, porém Anfitrite não respondeu. Mesmo quando Poseidon estava ausente, tinha formas de ouvir tudo. Quem poderia saber qual peixe, qual criatura marinha iria traí-la dessa vez? Ela não iria correr o risco.

Mas as outras Nereidas elaboraram planos na ausência de Poseidon, mesmo com Anfitrite permitindo que as ondas falassem por ela. Se o deus do mar tinha ficado tão chateado com a perda de uma pequena parte de seu reino, então ele iria querer compensar essa dor. Que melhor forma de fazer isso do que expandir o oceano em outro lugar? Se ele tinha sido rejeitado e insultado pelas Górgonas, então poderia inundar outra terra e, dessa forma, melhorar seu ânimo. Enquanto isso, as Nereidas queriam que a honra delas – insultada pela arrogância da rainha da Etiópia que acreditava serem ela e a filha tão belas quanto as ninfas – fosse vingada. A solução era simples. A única dificuldade seria convencer Poseidon de que tinha sido ideia dele. E mesmo isso não seria tão difícil porque Poseidon era arrogante e sempre se julgou tão esperto quanto os irmãos, Zeus e Hades. As Nereidas – Anfitrite em particular – o encorajavam a acreditar nisso. Então agora, tudo o que precisavam fazer era sugerir e esperar.

Poseidon vagava pelo mar, inquieto e irritado. Nada o distraía e não havia nenhuma expectativa de mudança. Ele contava suas decepções recentes: a monotonia da vida no Olimpo, que tentou melhorar pregando uma peça em Hefesto e Atena. Mas não tinha dado certo. O deus ferreiro não tinha percebido que era uma piada e realmente tentou propor casamento à sobrinha de Poseidon. Nenhum dos deuses parecia saber exatamente como ela havia recusado, mas isso tinha criado uma tristeza terrível nos salões sagrados que era impossível eliminar. Hefesto estava deplorável e Atena estava furiosa. Poseidon não podia contar aos outros deuses que a coisa toda tinha sido ideia dele, pois até ele percebia que não seria visto como uma piada inteligente. Atena, ele tinha certeza, estava planejando se vingar e ele não sabia como. Será que a ira dela seria dirigida apenas a Hefesto? Ou o ferreiro havia dito que tinha sido encorajado por Poseidon? Pensou por um tempo que Atena poderia achar que seu tio estava sendo sincero, que ele queria que ela se casasse e pensou que formariam um bom casal. Porém, sempre que se lembrava dos olhos de Atena, cheios de desprezo, sabia que isso era improvável. Não tinha medo dela, claro. No entanto, estava um pouco preocupado, pois, se ela voltasse toda a sua raiva contra ele, poderia não sair inteiramente ileso.

Além disso, estava decepcionado, pois a garota Górgona não tinha ficado deslumbrada com sua inteligência, nem se sentiu humilde frente ao poder dele. Sim, ele a possuiu, mas não sentiu nenhuma satisfação nisso. Ela não tinha desfrutado do jogo, nem o admirado, ou se entregado a ele. Tinha escolhido salvar as garotas mortais e não tinha pensado em Poseidon – quem ele era, o que governava e como se sentia. Ele era uma força de destruição para ela, nada mais. Isso o havia deixado com raiva e vazio. Por que ninguém se importava com os sentimentos dele?

Ele se arrependia de tudo naquele encontro. A garota havia desaparecido da vista dele depois do estupro. Ele nem sabia se ela tinha voltado para as irmãs: não havia sinal dela na água. Isso o fez pensar na outra coisa que o deixava chateado: seu oceano tinha encolhido. Ele não sabia como as Górgonas tinham feito aquilo, mas, de alguma forma, tinham afastado o domínio dele da costa e da caverna delas. Embora tivesse reclamado com Zeus que seu reino havia diminuído e que ele fora insultado, o irmão não demonstrou nenhuma preocupação. De qualquer forma, ir ao Olimpo era cansativo porque sua sobrinha olhava com ódio para ele sempre que o via. Ele não tinha ideia por que Atena tinha ficado tão ressentida, nem achava que deveria perguntar. Porém, era por isso que ele tinha decidido pregar aquela peça em Hefesto. E mesmo isso tinha dado errado. Todos os simples prazeres eram negados a ele.

Ele emergiu ao lado de uma grande rocha. Pássaros voaram em todas as direções quando a água do mar jorrou pelo ar. Ele saiu da água e deitou na pedra quente. Nunca tinha questionado sua grandeza antes. Mas agora, enquanto admirava seu poderoso tridente brilhando sob o sol forte, sentiu um breve tremor. O que foi aquilo? Não poderia estar com frio – os deuses não sentem calor nem frio. Certamente não tinha sido um terremoto: como o oceano poderia tremer se ele, Poseidon, não tinha batido no fundo do mar com seu tridente? Era outra coisa, algo interno. Ele sentiu – franziu a testa com o esforço de tentar dar nome a essa bizarra sensação – desconforto. Como se pudesse ver a si mesmo com os olhos de Atena. Isso era totalmente absurdo e ele descartou a sensação. Parecia magnífico: o rei de todos os mares, descansando em cima dessa linda rocha, totalmente em casa. Mas aquilo voltou: a estranha sensação de que algo estava errado. Por um breve momento, ele se perguntou se parecia uma foca deitada. Porém, era impossível. Ele era um deus todo-poderoso e gotas de seu belo oceano pingaram de sua barba imponente. E o pensamento voltou: ele poderia parecer uma foca se aquecendo sobre a rocha.

Balançou a cabeça, jogando água para todos os lados. Um deus poderoso.

Uma criatura marinha úmida e petulante.

Olhou ao redor: seus olhos vasculharam o horizonte. Atena não estava lá. Seu olhar desdenhoso não estava fixo no tio: ela podia ser astuta, mas normalmente não ficava invisível. Então, se não estava lá, por que tinha a sensação de que ela o estava observando?

Tentou tirá-la de sua mente de uma vez por todas. Sabia que ela estava tramando algo contra ele, mas não podia fazer nada enquanto não revelasse seu plano. Ele deveria simplesmente esperar e estar pronto para ela.

Esperou que o desconforto diminuísse. Poseidon havia muito tempo confiava em seus instintos e, agora que tinha ouvido o que diziam – e os conselhos para tomar cuidado com Atena –, será que o deixariam em paz? Ela ia tentar tirar algo que ele queria ou destruir algo que amava. Essas eram as duas únicas possibilidades. E ele estava preparado.

Virou-se para olhar o sol. Os únicos olhos sobre o deus do mar agora eram os de Hélio, passando no alto do céu com sua luz ardente. Ele queria desfrutar desse tempo fora da água, longe de sua esposa que estava nas profundezas do oceano, de sua sobrinha no alto do Olimpo, do resto das Nereidas que estavam bravas por algo que alguma mulher havia dito e exigiam que ele a punisse junto com o marido. Daria a elas o que queriam: mesmo um deus tão poderoso quanto ele não poderia ignorar cinquenta Nereidas por muito tempo. Elas faziam muito barulho.

A sensação de formigamento não tinha diminuído. Não era Atena que o deixava nervoso. Nem Anfitrite. Nem as outras Nereidas. Se fosse honesto consigo mesmo, sabia de quem eram os olhos que podia sentir sobre ele embora não soubesse que esses olhos agora estavam irreconhecíveis.

Quando Poseidon voltou para sua esposa, ela sabia que algo o incomodava, mas não perguntou nem ofereceu nenhum consolo. Ele deu um suspiro e gemeu, mas Anfitrite o ignorou. Ele se deitou ao lado dela, descansando a cabeça no ombro da esposa, os cabelos esverdeados ao redor do ombro da Nereida, como algas marinhas.

– Está confortável, meu amor? – ela perguntou. Mexeu um pouco o braço, para ver luz e sombra moverem-se sobre sua pele branca.

– Não muito – ele respondeu.

Ela tentou não suspirar porque sabia que ele levaria para o lado pessoal. Além disso, ainda era uma oportunidade.

– Você está melancólico de novo – ela falou.

– Estou – ele respondeu.

– Porque foi desprezado.

Ele se aproximou um pouco mais.

– É.

– Não é de admirar que se sinta chateado – ela falou. – Também fiquei chateada ao vê-lo assim.

Passou os dedos pelo cabelo de algas dele, desembaraçando sem puxar.

– Ficou? – ele perguntou.

– Claro. – Anfitrite sabia que ele adorava sentir os dedos dela. – Que tipo de esposa eu seria se não sentisse nada quando você é insultado e rejeitado?

Sentiu que ele ficava um pouco tenso e percebeu que o marido tinha medo de que pudesse saber o que aconteceu com a garota Górgona. Pobre estúpido Poseidon, ela pensou. Sempre tão seguro de ser discreto em suas conquistas, sempre equivocado. Ela continuou como se não tivesse notado.

– Como os outros deuses podem ser tão insensíveis? – sentiu que ele relaxava. – Eles sentem ciúmes, meu amor

– Você realmente acha? – ele perguntou.

– Claro – ela respondeu. – Seu reino é vasto.

– O reino de Zeus é maior – ele retrucou.

– Suponho que seja verdade – disse Anfitrite. – Se você gosta desse tipo de coisa. Céus vazios. Clima.

– Os outros deuses do Olimpo gostam desse tipo de coisa – ele afirmou. – Acham que meu reino é escuro e úmido.

– É porque se imaginassem como ele realmente é, um mundo vasto e cheio de vida, inteiramente governado por você, sentiriam ainda mais ciúme. Suponho que isso possa explicar... – ela acariciou o cabelo dele, a voz vacilava.

– Poderia explicar o quê? – ele perguntou.

– Por que estão contentes em vê-lo perder parte do seu reino para Zeus – ela falou.

– As Górgonas roubaram meu território – ele resmungou. – Zeus não assumirá nenhuma responsabilidade.

– Tenho certeza de que isso é verdade – ela falou. – Acho que você não poderia... Não, Tenho certeza de que não vai querer.

– Querer o quê? – Poseidon se sentou e olhou para esposa. – O que eu poderia fazer?

– Poderia tomar algo em troca? – ela falou. – Ou algum lugar.

– Você sabe como é Zeus – ele gemeu. – Não deixaria. Começaria uma guerra que duraria gerações.

– Imagino que exista uma maneira de contornar isso – ela disse. – Mas acho que você está certo. Não vamos mais pensar nisso.

– Melhor não – ele concordou. – De que maneira?

– Se fosse visto punindo uma mortal por arrogância? – ela falou. – Zeus não iria se opor a que você fizesse isso, não?

– Não. – Poseidon balançou a cabeça com tanta força que as ondas atingiram todas as costas, quebrando barcos de pesca que estavam distantes. – Zeus é totalmente a favor de punir a arrogância. Está pensando em algum exemplo em especial?

– Sabe, tenho o exemplo perfeito – ela disse.

Andrômeda

ANDRÔMEDA SABIA QUE ALGO TERRÍVEL ia acontecer e sabia da mesma forma que podia antecipar um terremoto ou uma terrível tempestade. Seu pai costumava dizer que ela era uma vidente e, apesar de rir quando dizia isso, não estava brincando. Mas Andrômeda sabia que não tinha poderes especiais, porque nunca tinha certeza exatamente de que coisa terrível estava por vir, apenas que algo ia acontecer. No começo, pensou que poderia simplesmente ser sua resposta à insistência de que se casasse com seu tio, Fineu. No entanto, quando o sol subiu ao céu e o ar, de alguma forma, ficou mais denso, sentia que era algo mais.

Cassiopeia se recusava a conversar com a filha, ou com qualquer pessoa, tendo se trancado em seus aposentos. Cefeu havia implorado que ela abrisse as portas, tinha enviado escravas para oferecer todos os doces que ela quisesse. Em ocasiões anteriores, quando sua esposa tinha ficado brava, implorar e subornar tinham funcionado.

– O que devemos fazer? – o rei perguntou para a filha, conversando durante outra refeição.

Andrômeda não sabia o que sugerir. Sempre havia acalmado a mãe da mesma forma que seu pai: dando o que ela queria até o humor melhorar.

– Sabe exatamente por que ela está brava? – perguntou. As palavras "dessa vez" ficaram implícitas entre eles.

– Não – respondeu o pai. – Sei que estava frustrada com você e Fineu, mas não acho que teria se trancado em seus aposentos por causa disso. Não por tanto tempo, pelo menos.

– Ela teria me trancado em meus aposentos por causa disso – disse Andrômeda.

– É. – Os dois ficaram em silêncio por um tempo.

– É estranho que não tenha feito isso – acrescentou Andrômeda.

– É.

Dessa vez, o silêncio durou um pouco mais, enquanto os dois pensavam no que poderia ter acontecido. Cassiopeia tinha ficado tão brava com a atitude de sua filha de não querer se casar com Fineu, que era inconcebível que tivesse permitido que Andrômeda ficasse solta. E se a garota tivesse fugido? Cassiopeia nunca teria corrido tal risco. Nem Cefeu poderia fingir que a esposa confiava nele para resolver tudo sozinho.

Os dois ainda estavam perdidos em seus pensamentos quando ouviram os gritos e o barulho de passos.

Elaia

É verdade que não estávamos aqui no começo, mas estávamos no final e qual é o mais importante? Ninguém quer um começo sem o fim. E estávamos aqui no ponto crucial. Na verdade, somos o ponto crucial.

Tudo começou quando Atena quis um lugar só dela. Os deuses são territoriais, de uma forma que, para nós, é difícil entender. Você provavelmente está preocupado agora, não está, de que talvez a tenhamos insultado? Não fique com medo: ela nunca nos faria mal. E de qualquer forma, por que se sentiria insultada? Ela sabe que é verdade.

Estamos em toda parte, por toda Hellas e além. Como poderíamos entender o que significa chamar um lugar de lar?

Mesmo assim, se chamasse algum lugar de lar, seria apenas a cidade que agora é dela. Deram o nome por causa dela: até os humanos provavelmente sabem disso. Mas o que os humanos esquecem é que nem sempre foi dela. Ela a conquistou de forma justa.

A propósito, esse murmúrio é que todos estão concordando comigo.

Porque Poseidon também estava de olho em Atenas, sabe. Bom, em quem ele não está de olho? Oh, pare de fazer essas expressões terríveis: ele não pode machucá-la aqui. Estamos muito longe do mar e você não acredita mesmo que ele poderia nos machucar com um terremoto, né? Bom, imagino que você é mais frágil do que nós. Mas realmente.

E você sabe que estou certo. Aquele nunca está feliz. Nunca nada é suficiente para ele, nem mesmo com todos os mares sobre seu comando. Nem mesmo com seu tridente, suas Nereidas e seu... aquilo que ele tem. Quem se importa, quando está tudo debaixo d'água? Não é de admirar que ele seja tão ganancioso. E quando ouviu falar que Atena queria a Ática para si, exigiu que, em vez disso, fosse dele. Porque, afirmava, tinha perdido uma parte minúscula de seu reino para as Górgonas. O que elas fizeram, perguntamos? Beberam? Como ele poderia ter perdido parte de seu reino? Os mares sempre são reabastecidos quando chove.

Não é preciso dizer que Poseidon não achou necessário nos responder. Sua posição o impedia, sem dúvida. E não importa realmente que não tenha perdido nada importante: o ponto relevante é que – como sempre – conseguia aparecer como parte prejudicada. Então, ele e Atena queriam Atenas, Zeus não queria ser obrigado a decidir entre os dois. (Não se preocupe: não vamos fazer comentários sobre o rei dos deuses. O raio dele pode cair em qualquer lugar e até nós respeitamos isso.) Os deuses do Olimpo decidiriam, decretou Zeus.

Atena e Poseidon poderiam apresentar seus argumentos. Depois seria um deus, um voto.

Mesmo assim, Poseidon exigiu que ele falasse primeiro. Não tinha nem pensado na Ática antes que Atena a desejasse, mas agora era um desejo tão urgente que precisava defender sua posição imediatamente. Talvez tivesse percebido que metade dos deuses ficaria feliz se ele se retirasse para alguma caverna submarina distante e nunca mais o vissem. Há um limite para a quantidade de reclamações que alguém quer ouvir, por isso os reclamões precisam agir logo.

Se Atena ficou irritada pela forma como Poseidon se antecipou, agarrando o que ela queria, não demonstrou. O que, sejamos honestos, significa que não estava tão chateada, pois não é frequente esconder seus sentimentos de nós. Talvez ela soubesse que só precisava ser paciente. Volto a repetir, nem sempre é um dos seus pontos fortes, mas ela não suporta Poseidon e adora vencer, por isso se controlou.

Ele fez exatamente o tipo de gesto enfadonho e pomposo que se esperaria de um deus que exige tudo, mesmo sem saber o porquê. Foi até a Acrópole, parou ali por um momento para ter certeza de que todos estavam olhando e bateu seu tridente no chão.

Os deuses do Olimpo estavam tentando prestar atenção porque Zeus tinha acabado de exigir que eles decidissem quem ficaria com Ática. Apolo e Ártemis nem estavam bocejando, e isso exigia algum esforço. Quando um novo mar borbulhou sob o tridente (bem abaixo dele, naturalmente: é preciso um deus do mar para decidir que deveria tentar formar o oceano no ponto mais alto de uma planície. Mas nem todos podem ser talentosos da mesma forma), os deuses arqueiros começaram a se cutucar e rir. Era isso? Um pequeno mar?

Nós nos sentimos da mesma forma, verdade seja dita.

Poseidon abriu os braços e agitou o seu tridente acima de sua cabeça. Alguns acreditam que ele gritou, "Vejam", mas o resto prefere dar a ele o benefício da dúvida. De qualquer forma, todos vimos seu novo lago, tendo ele exigido ou não. A questão é que a maioria não ficou muito impressionada.

Atena geralmente tem uma expressão bastante plácida: você deve ter percebido isso nas estátuas dela, não? Ela parece calma e paciente, a lança na mão, o elmo inclinado para trás em um ângulo característico. Talvez não saiba isso, mas é como ela gosta de aparecer independentemente de como esteja seu coração. Como sabemos? Como você acha que sabemos? Ela nos conta muito mais do que revela aos sacerdotes e aos humanos que suplicam por sua ajuda. Sabe que a apoiamos e, além disso, somos excelentes ouvintes.

Se você conhecesse Atena tão bem quanto nós, se estivesse tão bem posicionado para observá-la quanto nós, poderia ver o que vimos: uma pontinha de desprezo cruzou o seu rosto. Ela não tinha nada a temer de seu oponente.

Observou Poseidon se afundar em suas pequenas ondas e voltou sua atenção para a Acrópole onde ele estivera parado momentos antes. Olhou para a terra nua e seca, viu que estava abandonada. Viu os animais que queriam sombra e os humanos que desejavam uma nova colheita, algo que valorizariam acima de tudo. Olhou para o mar que recuava e não disse nada.

Então, virou-se para os outros deuses do Olimpo, que estavam um pouco interessados em ver o que ela faria para superar a oferta de Poseidon. E todos ficaram perplexos quando ela se ajoelhou para plantar uma árvore.

Como uma árvore poderia rivalizar com um oceano, devem ter pensado? Mas também, como um deus poderia pensar em algo tão tolo? Ática não precisava de oceanos, mas faltava alguma coisa, e Atena tinha visto o que a terra precisava. Precisava do som do vento, das finas flores verde-prateadas. Precisava de um elegante tronco e precisava de frutas verdes.

Resumindo, precisava de nós.

Andrômeda

Andrômeda olhou para a sua esquerda e teve a estranha sensação de ver sua própria mão, mas não acreditou que era realmente a dela. Pois, por que sua mão estaria amarrada a uma árvore? Olhando para a direita, viu a mesma coisa. Uma mão amarrada que parecia estar conectada a ela, mas não podia ser a dela, pois dois dias antes ela estava sentada em frente ao pai no palácio, discutindo o que havia de errado com sua mãe. E até aquele momento, tinha sido uma princesa muito privilegiada de um país rico e nunca tinha sido amarrada em uns troncos mortos, por nenhum motivo.

Queria gritar, mas havia muitas pessoas olhando para ela. Não queria se humilhar mais, então respirou fundo e decidiu que repassaria seus dois últimos dias, passo a passo. Faria isso em silêncio e, acima de tudo, não abaixaria a cabeça. De forma alguma.

Expirou. Tentou se lembrar do que tinha ouvido primeiro: o som do couro sobre as pedras quando os homens vieram correndo pelos salões do palácio? Ou os gritos aterrorizados quando as ondas começaram a persegui-la? Ou o som da água em si, repentina e inexplicavelmente preenchendo a terra entre o mar e seu lar? Os gritos, ela concluiu. Depois os pés calçados com sandálias. Então, a furiosa maré. Sentiu uma onda de medo correr dentro de si e tentou manter a compostura.

Talvez tivesse sido o mar que ouviu primeiro, pensou. Mas ela não tinha conseguido identificar o profundo som estrondoso – ensurdecedor e deslocado –, por isso só o percebeu tarde demais.

Inspirou. Então, houve o pânico, que contagiou todo o palácio mais rápido do que a água, mais rápido do que os homens correndo e gritando. A água era destrutiva, esmagando tudo o que tocava. Mesmo assim, ao chegar perto dos seus pés quando estava sentada no telhado, observando sua elevação com horror e fascínio, ela estava quente e suave. Achou que ia morrer com seus pais nos momentos seguintes. Porém, assim que invadiu sua casa, a água recuou.

Expirou. Não recuou muito. O palácio ficou com pilhas de madeira quebradas, cerâmicas destruídas, tecidos encharcados e fedorentos, e uma fina crosta pontuda de sal cristalizado nas paredes. Mas o palácio foi a parte menos afetada do reino, pelo menos da área que ia do palácio de Andrômeda ao que já tinha sido a costa. Boa parte dessa terra agora estava submersa. Casas, gado, pessoas: tudo tinha sido perdido pela ganância invasora de Poseidon.

Inspirou. Claro, eles tinham tentado acalmá-lo. Tinham corrido até o templo dele, que a água nem tinha tocado (contornando a base da colina em que ficava). Cefeu havia entregado aos seus sacerdotes tudo o que pediram: não havia muito gado agora, mas sacrificaram imediatamente dez para o deus do mar. O rei não tinha mais o que fazer, já que seus súditos sobreviventes estavam olhando para uma vasta planície de água que tinha engolido suas famílias. O que o deus disse? Andrômeda ouviu novamente o pânico na voz de seu pai. Um homem que tinha recebido tudo com facilidade não estava preparado para lidar com uma crise daquele tamanho. Ele se sentia um anão, sem virilidade.

Expirou. E sua esposa – que tinha sido salva pelas portas trancadas, apenas um fio de água tinha entrado em seus aposentos – assistia a tudo em um silêncio incomum. Cefeu pediu o conselho dela, mas essa mulher teimosa não disse nada. Andrômeda podia ver seu pai lutando para tomar decisões sem as habituais contribuições de sua mãe. Sentindo que deveria cumprir seus deveres, se a mãe não o fazia, Andrômeda começou a conversar com seu pai sobre coisas práticas: onde deveriam dormir as pessoas que tinham perdido suas casas? Como elas seriam alimentadas agora que tantos animais tinham morrido? Como seriam alimentadas depois já que tantos grãos tinham sido perdidos? Ela se sentia totalmente desqualificada para a tarefa de conselheira, mas sabia que seu pai precisava dela e Andrômeda não o desapontaria.

Inspirou. Então, naquela noite, os três se sentaram em um aposento sombrio que ela nunca tinha notado antes. Pelas sementes nos cantos (varridas para lá de forma apressada), dava para ver que tinha sido um depósito até aquele dia. Estava, no entanto, mais seco do que qualquer outro aposento que ela tinha visto, e o cheiro de mofo causado pela umidade era mais fraco. Uma jarra de óleo estava perto de uma parede, intacta. A mesa tinha sido pregada por escravos às pressas e Andrômeda observou que seu pai, ao pegar uma taça amassada cheia de vinho não diluído, rasgou a manga de sua camisa. Sempre tão exigente com suas roupas, Cefeu não notou o rasgo. O servo do palácio trouxe pão que estava queimado nas bordas e uma sopa feita com o que tinha sobrado: cebola, cominho, grão-de-bico.

Expirou. Tentando comer porque parecia uma petulância se recusar quando tantos tinham perdido tantas coisas, Andrômeda percebeu que estava faminta. Viu que o pai sentia a mesma coisa, embora sua mãe pegasse o pão sem interesse. Andrômeda se perguntou onde eles iriam dormir, mas corou naquela penumbra por pensar em algo tão insignificante quando metade do reino estava debaixo d'água.

Inspirou. O som dos passos correndo pelos corredores, a cabeça de seu pai girando quando saltou de onde estava sentado, o banco de três pernas caindo com barulho. Porém, esses homens não tinham vindo para alertar sobre outra maré alta. Andrômeda conseguia ouvir a diferença entre propósito e pânico, algo que seu pai parecia não conseguir. O servo tinha voltado, mas, dessa vez, acompanhado por dois sacerdotes do templo de Poseidon. Um estava usando uma touca ornamentada e se comportava como quem gostaria de parecer confortável falando com o rei em um depósito do palácio. O segundo homem ficou atrás como uma sombra assustada. Cefeu reconheceu os dois e pediu que entrassem. No entanto, eles ficaram parados desajeitadamente na porta. Andrômeda não sabia se deveria se levantar, mas ficou sentada, pois sua mãe, com os olhos vidrados, não demonstrou nenhum sinal de que ia se mover e ela não queria chamar a atenção.

Expirou.

– Trazem notícias do deus? – perguntou o pai.

– Trazemos, senhor – disse o sumo sacerdote. Olhou ao redor, procurando alguma possível rota de fuga. – A mensagem veio de Poseidon e é inconfundível.

– Inconfundível – repetiu o segundo homem. – Estamos sendo punidos por um crime cometido neste palácio – disse o sacerdote.

– Aqui? – A perplexidade de Cefeu era total. – Que crime? Quando?

Sentada atrás dele, sua esposa soltou um grito agudo.

Elaia

Ah, vamos lá. Você deve ter percebido que foi com uma oliveira que Atena ganhou Atenas. Somos parte integral da identidade da cidade. Estamos até nas moedas. Bom, logo atrás da coruja. Ainda crescemos aqui, todos nos conhecem: nosso bosque é sagrado desde aquele dia. E não somos importantes apenas para Atenas, somos importantes para toda a Hellas. Em que você pensa quando pensa na Grécia? Não finja. Certo, talvez pense no oceano azul banhando praias com areia branca, sim. Claro. Mas, quando quer recriar a sensação de Atenas, são as oliveiras que vê em sua mente, e é do óleo de oliva o gosto que sente. Fingir outra coisa é tolo e ofensivo.

Bom, onde estávamos? Isso mesmo, a decisão dos deuses. Os deuses do Olimpo olharam para o mar que Poseidon havia criado e olharam para a magnífica oliveira de Atena. Viram outra extensão de água salgada, como se alguma parte de Hellas precisasse de mais salmoura. E viram uma árvore robusta com folhas prateadas. Então – porque eram deuses – nos viram na primavera, cobertas de pequenas estrelas brancas. Depois nos viram no outono, nossos galhos envergados pelo peso das nossas frutas. Então, viram as azeitonas espremidas. Viram seus templos iluminados pelas tochas queimando azeite. Viram as oferendas feitas de favos de mel e uvas com azeite por cima. Viram os corpos dos atletas brilhando com óleo, viram ritos funerários realizados com óleo. Viram homens consumindo o azeite e cozinhando com ele também. Viram enormes ânforas cheias de ouro líquido. Perceberam que não havia futuro para esta cidade sem nós.

Não, não foi uma decisão unânime, já que perguntou. Mas deveria ter sido, e ficou muito claro para todos nós que os deuses que votaram a favor de Poseidon tinham motivos ocultos.

Atena votou a favor de nós, claro.

Poseidon a favor de seu estúpido mar.

Deméter por nós, pois como poderia uma deusa da agricultura não votar pela melhor árvore? Ela nos amou assim que nos viu.

Afrodite pelo mar, porque disse (os olhos limpos e cheios de insinceridade) que tinha uma dívida com Poseidon por ter nascido nas profundezas das espumas. Quero dizer, se você prefere fingir existir uma razão para votar em algo, então nem vale a pena discutir, vale?

Apolo votou em nós. Ele sempre adorou árvores. Pergunte para Dafne, ela pode contar. Bom, não, acho que ela não vai contar, pois preferiu se transformar em árvore em vez de ser violentada pelo arqueiro. E mesmo assim ele não resistiu e ficou mexendo nas folhas dela. Árvores têm uma palavra para esse tipo de comportamento.

Ártemis votou da mesma forma que seu irmão, claro que sim. Os dois são quase inseparáveis no Olimpo, mas, quando estão separados aqui, ela caminha pelas montanhas da Beócia com suas mulheres e seu bando de cervos selvagens. Sabe o que os cervos gostam de comer? Folhas. Então, é claro que ela estava do nosso lado.

Ares defendeu o mar. Por quê? Vou dizer por quê: somos sacrossantos na guerra. Você ouviu? Somos tão preciosos, tão insubstituíveis que, quando um exército invade uma região, queimam as plantações. Cortam os homens como se fossem hastes de trigo. Mas não tocam nas oliveiras, porque somos muito bonitas e perfeitas. Então, claro que o deus da guerra não gosta de nós. Patético.

Hefesto votou em nós com uma expressão esperançosa em seu rosto enquanto se aproximava de Atena. Ela se afastou dele e deu um passo para trás.

Hera votou pelo mar, por despeito em relação a Atena. Por que mudar agora? Hefesto ficou subitamente ansioso por ter feito a escolha errada. Mas não podia mudar seu voto.

Héstia votou em Poseidon. Não podemos provar, mas acho que não existe um exemplo mais evidente de alguém que não entendeu a questão. Nossa madeira queima mesmo quando está molhada. O que mais poderia pedir a deusa da lareira?

Zeus votou por Atena porque gostava mais dela do que de Poseidon, porque era sua filha e reclamava menos – e também porque éramos claramente a melhor escolha.

Hermes viu que poderia empatar, se ficasse do lado de Poseidon. Então, foi o que fez, porque é um deus mesquinho e ninguém gosta dele.

Zeus percebeu que sua estratégia tinha fracassado e soltou um suspiro. Moveu a mão e, de repente, havia mais uma figura parada na encosta, ao lado do nosso lindo tronco. Esse homem não se apresentou, mas já sabíamos quem era: Erictônio, o primeiro dos verdadeiros atenienses. A criança gerada por Hefesto e criada por Gaia. Aquele que Atena trouxe aqui em uma cesta para ser criado pelas filhas de Cécrope.

Não diga que já tinha se esquecido dele. Tenho certeza de que é muito confuso quando alguém é um bebê em um momento e um adulto no seguinte, mas já deve ter entendido agora que os deuses não sentem o tempo da mesma forma que você. Para eles uma vida não leva mais tempo do que sua respiração. Assim, alguns anos tinham se passado e nenhum dos deuses havia pensado nele, e agora era um homem.

Falando nisso, as histórias que você pode ter ouvido sobre ele são (em grande parte) falsas. Ele não tinha rabo de cobra, como diziam alguns. Foi apenas um rumor que se espalhou pela cidade quando as filhas de Cécrope morreram subitamente. Alguns disseram que a cesta que abriram de forma tão imprudente estava cheia de cobras (o que era meia-verdade). Outros pensaram que a própria criança era uma mistura híbrida de homem e cobra (o que não era verdade). Outros disseram que ele estava amaldiçoado (algo obviamente errado), outros ainda que ele era divino (meia-verdade). Mas todos acreditavam que estava protegido por Atena, e que ela tinha enviado cobras para destruir as garotas que a tinham desobedecido. Dessa forma, os atenienses o admiravam e o temiam em igual medida, e quando ele derrubou o governante anterior, foi escolhido como rei. E se sentiram mais próximos da deusa guardiã dele e se questionavam se ela também poderia se tornar a guardiã da cidade.

Zeus sabia disso quando convocou Erictônio para a montanha sagrada para ser o juiz? Claro que sim: Zeus sabe o que quiser saber. E queria que sua filha ficasse feliz ou pelo menos contente o suficiente para nunca mais discutir isso. Poseidon logo estaria reclamando de outra coisa, então Zeus não ganharia nada tentando agradá-lo agora. Ou em nenhum outro momento. Já Atena ficaria grata a ele por essa intervenção, ou sentiria algo próximo à gratidão. Além disso, ele já tinha votado pelas árvores e não via motivo para estar do lado perdedor nessa batalha. Os outros deuses deveriam ter seguido o seu exemplo.

Erictônio era um homem pequeno que – imaginava Zeus – seria um rei muito adequado. Nessa ocasião, ele parecia um pouco atordoado, mas os mortais sempre faziam isso quando os deuses interagiam diretamente com eles, então ninguém ficou surpreso por ter ficado temporariamente em silêncio. Zeus explicou a disputa e o empate (com o olhar duro na direção de Hermes) para o rei, que assentiu sem medo. Erictônio, um mortal, de repente estava em uma posição de poder sobre – Zeus precisou repetir neste ponto – sua própria protetora ou o deus do mar.

E embora Erictônio parecesse estupefato, sabia que não poderia tomar essa decisão se não estivesse protegido das consequências.

Murmurou para Zeus, sem saber que todos os deuses podiam ouvir cada sílaba, e nós também.

– Se devo escolher uma dessas divindades – perguntou. – O que impede que a outra me afogue no instante seguinte?

A animação tomou conta da montanha: ele iria escolher Atena.

Poseidon ergueu sua poderosa cabeça e ficou de pé.

Erictônio tremeu, mas não desmoronou.

Zeus franziu a testa porque não tinha pensado que haveria qualquer consequência para o pequeno rei além da recompensa imediata de sua deusa padroeira. Mas agora via a expressão do homem e notou que estava tremendo incontrolavelmente, dava para ver que, por algum motivo, o rei estava apavorado. Zeus pensou por um momento e então prometeu ao homem que sua decisão não teria nenhuma consequência negativa.

E Erictônio nos escolheu. Escolheu Atena.

Poseidon bateu seu tridente no chão e cidades distantes afundaram sob suas ondas furiosas e nunca mais foram vistas. Mergulhou em seu pequenino mar, determinado a se vingar de alguém, mesmo que não pudesse punir Erictônio.

Atena plantou o resto das oliveiras, para comemorar sua vitória. Caso você não saiba, os vencedores em competições em Atenas (esportivas, teatrais, as que você quiser) ainda recebem coroas de oliveiras como prêmio. Somos a árvore mais exultante e todos nos amam por isso.

Os outros deuses desapareceram agora que não havia mais esperança de um novo conflito. Nenhum deles se importava muito quando Poseidon ficava bravo, mas todos queriam pensar em quais poderiam ser as consequências de sua tentativa fracassada de tomar a cidade.

Erictônio se tornou o primeiro rei verdadeiro de Atenas (não contamos os anteriores, porque Atenas não era realmente Atenas até pertencer a Atena, e até estarmos aqui). O rei governou bem, casou-se sabiamente e foi sucedido por seu filho.

Atenas se desenvolveu como nenhuma cidade antes ou depois. Foi construído um enorme templo para Atena no melhor ponto da cidade, e a colossal estátua dela, colocada no interior desse templo, ficou famosa em toda a Hellas. Um templo menor foi erigido a Poseidon, localizado em uma colina mais baixa, mais distante, com vista excelente para a maior parte da cidade. Também tinha uma vista inigualável do templo de sua sobrinha.

Zeus se parabenizou pelo resultado positivo em uma situação embaraçosa.

Poseidon espiava das profundezas salgadas e detestava todos os mortais e metade dos deuses do Olimpo. Ele encontraria uma maneira de atacar alguém, mesmo com Zeus protegendo os odiados atenienses.

Atena pensou em como poderia punir os deuses que tinham votado contra ela. O mais importante, no entanto, era derramar seu amor sobre suas novas árvores, pois elas tinham ajudado a deusa a humilhar seu tio.

Andrômeda

ANDRÔMEDA PULOU QUANDO OUVIU UM som inumano. Viu seu pai fazer o mesmo, quase riu ao ver o alarme que estava sentindo aparecer no rosto dele também. Imagens espelhadas, os dois se viraram para ver que a fonte do som era a mãe dela, o rosto transformado em uma máscara de dor e medo.

– Querida, o que foi? – perguntou Cefeu. Nem ele nem sua filha se aproximaram de Cassiopeia. Não havia nada em sua expressão, em sua postura, que sugerisse que ela os acolheria. A voz dela finalmente vacilou e houve um breve silêncio, antes de seu corpo ser tomado pelos soluços. Andrômeda nunca tinha visto sua mãe sofrendo antes: sempre tinha sido muito equilibrada. E também tinha sentido vontade de gritar quando havia visto a água correndo pelos corredores, arrastando corpos e móveis.

Mas não sentia o mesmo agora: estava entorpecida pelo choque e pelo cansaço. Os sacerdotes ficaram em silêncio na porta, ao lado do servo, todos olhando para a rainha. Será que os eventos do dia tinham, de repente, caído sobre sua mãe, que não aguentou o peso? As mãos de Cassiopeia tentavam agarrar o ar como se estivesse tentando respirar. Andrômeda sentiu uma rápida irritação se apoderar dela. Sua mãe era tão egocêntrica que poderia até pensar que um desastre dessa escala tinha a ver com ela.

– Querida. – Cefeu tinha se libertado de seu estupor e ajoelhado diante da esposa, segurando o rosto dela entre as mãos. – Por favor, pare com isso. Foi um dia longo e terrível. Mas você está salva e terminamos ilesos. Amanhã, começaremos a reconstruir nosso reino.

Os soluços de Cassiopeia começaram a diminuir. Cefeu a olhava e acariciava seu cabelo.

– Esses homens vão nos dizer o que devemos fazer para apaziguar os deuses – ele falou. – Tudo ficará bem. – Fez uma pausa. – Ou, pelo menos, tudo ficará melhor.

Andrômeda sentia a mesma coisa que seu pai: não conseguia mais ter certeza das coisas. Cassiopeia voltou a chorar, e Andrômeda se perguntou se deveria pedir ao servo para escolher os sacerdotes a algum lugar seguro e seco, bem como oferecer algo para beberem. Mas ela se sentia desconfortável dando ordens com os pais presentes: todo o triste episódio da proposta de casamento tinha deixado muito claro que eles não confiavam que ela pudesse tomar decisões sozinha. Então, ficou ali parada sem jeito, enquanto Cefeu murmurava palavras reconfortantes para sua esposa.

– Como posso ajudar – ele pedia. – Os sacerdotes não pretendiam perturbá-la, tenho certeza.

Andrômeda observava os visitantes em silêncio. Eles não confirmaram isso.

– O crime foi cometido aqui, meu senhor – disse o sumo sacerdote. – Não há nenhuma dúvida.

– Que crime? – perguntou Andrômeda. Os dois homens olharam para ela alarmados, desacostumados a serem questionados por uma jovem, mesmo que fosse a filha do rei.

– A blasfêmia – disse o mais velho.

– A provocação – disse o mais jovem.

– Alguém ofendeu Poseidon? – perguntou Andrômeda, querendo que eles apenas explicassem o que estavam falando. Os dois assentiram vigorosamente. – Em palavras ou ações?

– Falar as palavras é uma ação – disse o mais jovem. Andrômeda se perguntava como o deus tolerava servos como aqueles. Então, se perguntou se isso era o tipo de coisa que contava como blasfêmia.

– Falar quais palavras? – perguntou o pai, gemendo um pouco enquanto se levantava.

– Ela sabe quais palavras – disse o homem mais velho. Andrômeda sentiu um choque de medo, pensando que se referia a ela. Mas os dois homens estavam olhando para sua mãe. Cassiopeia começou a tremer, primeiro as mãos e depois todo o corpo. O banquinho em que estava sentada se arrastava pelo chão de pedra. Andrômeda não aguentou e se aproximou para abraçá-la, segurando-a com força até o tremor diminuir.

O pai não gostava dos sacerdotes, percebeu Andrômeda. Ele queria que os dois fossem expulsos do palácio, mas não ousava tratar os emissários de Poseidon com tanto desrespeito.

– Quando se dirigir à rainha – disse Cefeu –, deve tratá-la com respeito.

– Perdoe-me, senhor. – O sacerdote mais velho falava com muito desprezo. – A rainha sabe quais palavras. Ela ofendeu o rei das ondas e a rainha dele.

– Ela vai consertar isso – respondeu Cefeu. Andrômeda sentiu a tensão no corpo da mãe. – Vamos fazer oferendas no templo imediatamente. Por que não estão fazendo isso agora?

– Já fizemos oferendas – disse o homem mais jovem. – É por isso que sabemos o que deixou o deus bravo, meu senhor.

– Foi isso que o senhor pediu que fizéssemos – completou o mais velho. – Não é nossa culpa que não goste da resposta que estamos trazendo.

— Minha esposa fará as oferendas então – disse Cefeu. – Ela oferecerá suas melhores joias e vocês sacrificarão cem bois.

Eles ficaram em silêncio. Andrômeda nem sabia se seu pai ainda tinha cem bois, ou se sua mãe ainda possuía alguma joia. Tudo tinha sido levado pela água: talvez Poseidon já tivesse tomado pela força o que sua mãe deveria dar a ele por vontade própria.

— Isso não é suficiente – disse o sacerdote mais jovem. Andrômeda conseguia ver como os dois homens estavam desfrutando desse momento, exercendo seu poder de uma forma tão cruel. Ela se perguntou por que odiavam a mãe dela.

— Então o que seria? – perguntou Cefeu. Ele parecia tão cansado que Andrômeda se preocupou que poderia desmaiar a qualquer momento. – O que você disse, meu amor? – perguntou para a esposa.

Andrômeda achou que ela gritaria de novo ou começaria a tremer, mas não foi o que aconteceu. Em vez disso, Cassiopeia se levantou e olhou para os homens que estavam desfrutando tanto de seu sofrimento. Os dois homens tentaram, mas não conseguiram encará-la.

— Cometi um erro – disse ela.

Andrômeda não se lembrava de ter ouvido sua mãe falar essas palavras antes. Cefeu assentiu. Todo mundo comete erros.

— O que você disse? – ele perguntou.

— Falei ao meu reflexo que eu era mais bonita do que uma Nereida – disse Cassiopeia.

Andrômeda viu o espasmo de medo e tristeza cruzar o rosto de seu pai.

— Entendo – ele falou.

— Entendo o que fiz – continuou Cassiopeia. – Devo pagar pela minha arrogância, claro.

— Claro – disse o sacerdote mais velho, ainda incapaz de olhar para ela.

— Vou me entregar ao mar.

A rainha parecia mais alta e orgulhosa, e naquele momento Andrômeda pensou que poderia estar certa. Ela era mais bonita do que qualquer uma – deusa ou mortal.

Cefeu fechou os olhos. Não poderia salvá-la e não poderia olhar para ela.

– Isso não será necessário – disse o mais jovem, palavras tranquilizadoras temperadas com um sorriso muito cruel. O pai dela entendeu; ela viu seus ombros caírem.

– Não é você que elas querem – disse o sacerdote.

Medusa, Esteno, Euríale

Medusa não ousava sair de sua caverna. Não tirava a faixa dos olhos; apenas desenrolava o pano para dormir e, mesmo assim, ele ficava bem ao lado dela, levemente enrolado em suas mãos. Não importava quais garantias suas irmãs ofereciam, ela era atormentada por um pensamento: e se transformasse as duas em pedra?

– É impossível – disse Esteno. Depois de todos esses anos temendo por sua irmã, não poderia ter medo dela agora.

– Somos imortais – acrescentou Euríale. – Seu olhar não teria mais impacto do que um golpe de espada ou de uma faca.

– Você não tem certeza disso – falou Medusa, a cabeça voltada para a parede.

E estava certa: elas não sabiam.

Então, Medusa não tinha escolha. Arriscar-se a lastimar uma de suas irmãs, ou ficar sem a visão para que não houvesse nenhum perigo para elas. Medusa não compartilhava da mesma confiança de que seriam insensíveis ao seu olhar letal.

A escala de sua perda era inegável. Ela sentia falta do sol, da areia, dos pássaros, do céu, das ovelhas e, acima de tudo, dos adoráveis rostos de suas amadas irmãs Górgonas. Tinha aprendido a sentir prazer com o canto das gaivotas e com as batidas irregulares dos cascos nas rochas, mas se sentia muito isolada no escuro. E não tinha para quem contar, pois se alguma das irmãs tivesse suspeitado das profundezas de sua solidão, teria se recusado a deixá-la ficar mais um dia com os olhos cobertos. Euríale estava sempre sugerindo experiências para testar o poder do olhar dela. Tente olhar para a asa de um cormorão, dizia ela. É necessário saber se os olhos dele precisam se encontrar com seus, ou se apenas o seu olhar é suficiente.

– E se eu transformar uma das asas dele em pedra? – perguntou Medusa.

– Então, saberemos mais do que sabíamos antes – respondeu a irmã.

– O que fez o cormorão para merecer uma asa de pedra? E como podemos garantir que não vou olhar para outra coisa? – Medusa não mudou de posição: ela sabia, embora não pudesse dizer como, que seus olhos deveriam se encontrar com os da presa para que a petrificação ocorresse, mas não queria que ninguém fosse sua presa. Nem queria responder a outras perguntas sobre o funcionamento de seu novo poder. Adiou as sugestões de sua irmã dizendo que a claridade fazia sua cabeça doer e não queria piorar a situação com mais luz, se pudesse evitar. Esteno colocou uma mão no ombro de Euríale e aconselhou sua irmã a deixar Medusa fazer o que achasse certo.

Mas era muito difícil, pois as duas tinham cuidado muito dela e, mesmo assim, a garota tinha sofrido nas mãos de Poseidon e agora novamente nas mãos de Atena. Euríale, Esteno sabia, queria que Medusa desfrutasse desse poder letal. Sempre tinha sido doloroso para as duas ver a irmã como uma criatura frágil que precisava da proteção delas. E agora, Euríale pensou, havia a chance de consertar isso.

– Ela pode transformar qualquer ser vivo em pedra! – Euríale murmurou para Esteno, muito depois de Medusa ter dormido uma noite. Ela estava girando o escorpião de pedra em suas mãos, passando suas garras pelo corpo segmentado da estátua. – Qualquer coisa.

– Sim – concordou Esteno. – Acho que é verdade.

— Entende o que isso significa? – perguntou Euríale. – O que significa ter um poder que rivaliza com o nosso. Finalmente.

— É certo. – Mas a voz de Esteno estava cheia de dúvidas.

— Ela pode se proteger! – disse Euríale. Não conseguia entender por que sua irmã não estava tão feliz. Por que nenhuma das suas irmãs parecia estar feliz.

— Ela não pode fazer mais nada – sibilou Esteno.

— Como assim?'

— Poder é algo que você pode controlar – disse Esteno. – Medusa pode transformar qualquer coisa em pedra, sim. Mas não pode não fazer isso, se ela não quiser.

— Por que não iria querer? Não entendo o que você está falando.

Esteno fez uma pausa e organizou seus pensamentos.

— Estou dizendo que ela não pode evitar transformar as coisas em pedra, mesmo se não quiser. Ela só olha para aquilo e pronto.

— Sim! Um grande poder.

— E uma terrível maldição – disse Esteno. – Porque não pode olhar para nada vivo sem destruí-lo.

Euríale parou de girar o escorpião de pedra em suas mãos e pensou no que a irmã tinha dito.

— É apenas um escorpião – disse. – Há dezenas nas cavernas. Centenas, provavelmente.

— E Medusa poderia matar todos eles apenas girando a cabeça.

— Sempre ficamos preocupadas de que um escorpião iria picá-la – continuou Euríale. Estava começando a entender o argumento de sua irmã, mas não queria desistir desse sentimento tonto. – Agora eles nunca poderão.

— Não, nunca poderão – concordou Esteno. – Mas ela nunca poderá olhar para um pássaro de novo. Ou uma das nossas ovelhas. Ou uma garota mortal. Nunca poderá ser amiga de ninguém ou amar alguém a menos que nunca olhe para eles. Se ela tentar dar uma espiada em qualquer coisa viva, irá matá-la.

– Morta como uma pedra – disse Euríale.

– Sim. Então, ela se retira para sua caverna, cobre os olhos e se consola de que nunca mais verá de novo.

– Ela poderia olhar para nós.

– Não vai. Morre de medo de nos matar.

– Não pode ser. Sabe que somos imortais.

– Ela sabe que seu novo poder vem de uma fonte imortal. Não sabe como isso iria nos afetar, por isso cobriu os olhos. Para não nos machucar.

– Ela poderia testar – disse Euríale.

– Não vai. Você sabe que ela não vai. Ela nos ama e nunca vai correr o risco de nos machucar.

– Não pode viver na escuridão para sempre.

– É exatamente o que planeja fazer.

Euríale soltou um gemido baixo.

– Como você sabe tudo isso? Se ela não fala nada?

– Da mesma forma que você sabe disso – disse a irmã.

Atena

O PENHASCO SE DIVIDIA à frente de Perseu, e ele não tinha ideia de qual caminho deveria seguir. Viu uma rocha razoavelmente plana e se sentou nela, ofegante. Hélio estava no alto lançando seus raios brilhantes sobre a cabeça dolorida de Perseu. Pensou em Hermes usando seu chapéu angular quando se encontraram em Sérifos, no bosque sagrado de Zeus. Parecia tão distante – tanto em tempo quanto em espaço – que Perseu foi tomado por uma repentina melancolia. Não achava que havia fracassado em sua missão ainda, mas era tão difícil acompanhar a contagem dos dias. Havia quanto tempo ele tinha falado com as Greias? Quanto tempo tinha demorado para viajar de lá até o Jardim das Hespérides? Parecia ter sido instantâneo, como se o mundo simplesmente tivesse se reordenado diante de seus olhos. E, no entanto, ele tinha chegado a cada novo lugar exausto, faminto, sedento. Então, talvez a jornada tivesse levado muitos dias, e os deuses tinham simplesmente confundido sua mente para que ele não percebesse.

Quase podia ouvir o desprezo corrosivo na voz de Atena se soubesse o que ele estava pensando. Como se ele precisasse de mais escárnio dela. Um lagarto verde brilhante passou correndo sobre o seu pé, e ele se assustou. Gostaria de ter o chapéu de Hermes, em vez do elmo que estava carregando em sua bolsa. E – agora ele pensava –

gostaria de não estar carregando a bolsa também. Era muito pesada, deixava marcas vermelhas em seus ombros. Havia finas listras brancas de sal em sua túnica, onde o suor tinha formado ecos das tiras; dessa forma, mesmo quando não a estava carregando, não podia deixar de pensar nela. Não que houvesse um momento em que ele não a carregasse, pensou. Tirando quando estava dormindo ou descansando, como agora. Na primeira noite que passou com ela, tinha tentado usá-la como travesseiro com a capa dobrada por cima. Apesar de tantas noites desagradáveis desde que começou sua missão, essa tinha sido a noite menos confortável que já tinha passado. A bolsa o odiava, ele tinha decidido. Não queria ser usada por ele, nem mesmo estar com ele. Ia ficando mais pesada a cada hora, e o ressentimento era a única causa que ele conseguia identificar.

Ele vasculhou a bolsa procurando por seu odre e o levou aos lábios. O líquido estava quente e arenoso, bem como não matou a sede quando tampou o odre e o guardou novamente. Sabia que ia encontrar um riacho em algum momento, mas não tinha certeza quando ou onde. Sentiu seu rosto queimar e isso não tinha nada a ver com o calor do sol. Era a vergonha persistente que sentia por ser tão inadequado para a aventura. Não conseguia se livrar da crença de que outra pessoa saberia para onde viajar e qual caminho deveria tomar. Perseu sentia que estava apenas indo de um lugar para outro até a intervenção dos deuses. Claro, ele se lembrou, era um sinal de sua bravura heroica que os deuses interviessem a seu favor. Um homem inferior não teria aliados tão poderosos. Mas isso não o deixou animado por muito tempo. Zeus era seu pai, sim, mas ele gostava mesmo era da sua mãe. Perseu tinha sido apenas um acidente. Ele nunca nem tinha conhecido seu pai.

E agora, aqui estava ele sentado. Podia descer pelas rochas que pareciam levá-lo para mais perto do mar. Ou subir e tentar encontrar água fresca e suprimentos mais para o interior. Ficou perguntando novamente a que distância estava das Górgonas e sentiu outra onda de raiva por saber tão pouco, mas esperarem tanto dele. Murmurou uma oração breve, porém sincera, para seu pai.

— Bom, você não deveria ter escolhido ele, então, deveria?

Perseu pulou ao som de Atena. Ele se virou e perdeu o equilíbrio, escorregando da rocha em que estava sentado antes de perceber com alívio que ela não estava gritando com ele. Nem estava olhando para ele, porque significava que poderia se levantar sem ficar embaraçado.

— Até parece que você se importa.

A descrença na voz de Hermes estava totalmente em desacordo com a raiva de Atena.

— Como assim "até parece que você se importa"? — ela gritou. — Por que não me importaria? Era minha cidade e você tentou dar para ele.

— Não fiz nada disso — ele respondeu. — Meu voto não foi suficiente para mudar nada, e você sabe disso.

— Foi o suficiente para empatar! — ela falou. — Tanto que meu pai precisou conseguir um juiz independente para decidir.

— Não tão independente — murmurou Hermes. Ela olhou para ele. — De qualquer maneira, meu voto não valia nem mais nem menos do que qualquer um dos outros. Por que não está discutindo com eles?

— Porque não estão aqui — ela rosnou. — E você foi o último. E gostou disso.

— Todo mundo gostou — ele disse. — Que diferença faz se fui o último?

Perseu entendeu que deveria ficar quieto.

— A diferença é que eu poderia ter vencido — disse Atena. — Achei que você poderia votar por mim, já que estamos nessas viagens juntos.

— Sou o deus mensageiro — ele respondeu. — Já viajei com todo mundo.

— Bom, achei que gostasse de mim.

— Por quê? — ele perguntou.

Houve uma pausa.

– Não sei – ela respondeu.

– Por que importa se eu gosto ou não?

– Bom, gosta?

Perseu levantou a cabeça, depois de ter passado o tempo observando cuidadosamente o chão coberto de pedras. Hermes estava encarando Atena, o sorriso malicioso menos evidente do que o normal. Atena parecia exatamente igual, pensou Perseu, talvez ainda mais do que sempre.

– Na verdade, não – disse Hermes. – Acho que Zeus a mima. Isso a torna petulante e com tendência a ficar gritando.

– Bom, também não gosto de você – gritou Atena.

– Então não deveria se importar com o meu voto ou o motivo de ter feito essa escolha – disse Hermes.

Atena se virou e olhou para Perseu.

– Você gosta de mim? – ela perguntou.

Perseu se perguntou se deveria simplesmente se jogar do penhasco antes que as coisas piorassem.

– Ah, sim? – ele respondeu.

– Está vendo? – Atena voltou-se para Hermes. – Sou simpática. Ele não acha que eu fico gritando. Acha?

– Não – falou Perseu. – A não ser que você queira que eu ache.

Hermes começou a rir.

– Ele está com medo de você – falou. – Vai dizer qualquer coisa que achar que você quer ouvir.

– Está com medo de mim? – ela perguntou.

– Estou – falou Perseu.

– Muito bem. Mas também acha que eu grito?

– Não – ele respondeu. – Acho que você poderia me ajudar de novo, não?

Atena revirou os olhos.

– Sabia que Zeus tinha nos enviado por um motivo. O que foi agora?

Perseu tentou não tremer quando ela gritou com ele.

– Não sei para que lado devo ir – ele falou. – Nem até onde. Não sei onde tem água fresca. Ou se posso comer essas frutas com segurança.

Atena olhou para Hermes.

– Não vai fingir que sou eu que estou sendo petulante? – perguntou.

– Não, esse é ele. – Hermes falou lentamente com Perseu. – Siga a linha da costa – ele explicou. – Como Atena mandou. Saberá que encontrou as Górgonas quando as vir.

– Mas não sei se está longe! – perguntou Perseu. – E se não as encontrar?

– Não as encontrar? – questionou Atena. – Acha que simplesmente vai passar pelas Górgonas sem notá-las?

– Não sei – disse Perseu. – Quero dizer, eu não... – Diante de dois deuses desdenhosos, suas palavras foram desaparecendo. Talvez agora não fosse o momento.

– Você não, o quê? – perguntou Hermes.

– Nada – falou Perseu.

– Zeus nos enviou aqui por uma razão – falou Atena. – Deve ter algo que você precise saber.

– Bom, é só que ninguém me contou – falou Perseu. – Então, não sei como é uma Górgona.

Hermes e Atena se entreolharam, toda a animosidade esquecida.

– Você não sabe? – perguntou o deus mensageiro.

– Não.

– Então, veio em busca da cabeça de algo que não saber identificar? – perguntou Hermes.

– É.

– Não pensou em perguntar para alguém antes de partir? – disse Atena.

– Não.

— E nem pensou que precisaria saber? — Hermes estava balançando a cabeça.

— Pensei — falou Perseu. — Mas não sabia a quem perguntar.

— Que tal o rei que o colocou nesta missão? — sugeriu Atena. — Polidecto, lembra-se dele?

— Não poderia perguntar para ele. — Perseu ficou horrorizado. — Pensaria que eu sou estúpido.

— Bom, consigo entender por que isso o desencorajou — disse Hermes. — Você poderia ter dito para nós que não tinha ideia do que estava fazendo quando o encontramos.

— Ele parece o tipo de pessoa que sairia em busca de uma cabeça de Górgona sem saber o que é uma Górgona — falou Atena. — Agora que você mencionou.

— Vocês já achavam que eu era um idiota — falou Perseu. — Não queria piorar as coisas.

— Estão piores agora — respondeu Hermes. — Agora, acho que você é muito mais estúpido do que teria pensado se tivesse dito algo no começo.

— Certo — falou Perseu.

— Eu provavelmente não — acrescentou Atena. — Mas só porque pensei que você era incrivelmente estúpido quando nos conhecemos, e não havia muito espaço para piorar.

— Exato — falou Perseu. — Muito obrigado.

— Então, você tem andado pela costa, imaginando se o que está vendo poderia ser uma Górgona? — quis saber Hermes.

— É — falou Perseu.

— Como gaivotas, ovelhas ou figueiras-da-índia? — perguntou Atena.

— Bom, eu sei o que são essas coisas — ele respondeu. — Mas, se não soubesse, sim.

– Então, você acabou de pedir ajuda a Zeus e o que precisa é saber como é uma Górgona? – perguntou Hermes.

– Desculpe.

– Não, só queria ter certeza. Eu poderia dizer que qualquer coisa é uma Górgona, e você acreditaria em mim?

O rosto de Perseu foi tomado pelo pânico. Se os deuses decidissem enganá-lo, ele não teria como saber até chegar a Sérifos. Conseguia ver o desdém maldoso nos olhos do rei se deleitando com o fracasso de Perseu e ouvia a zombaria de sua corte. Sentiu uma súbita falta de ar, mesmo depois de se sentar na rocha para se recuperar da escalada. Talvez Zeus interviesse para salvá-lo, pensou. Ou, se isso não acontecesse, talvez Polidecto também não soubesse o que é uma Górgona, e ele poderia simplesmente blefar. Assim que Perseu pensou nisso, reconheceu que era pouco provável.

– As Górgonas são criaturas imortais – disse Atena. – Não sabia mesmo disso?

– Não – falou Perseu. – Bom, sim, acho que imaginava que eram algo assim, porque as Greias mencionaram que eram irmãs.

Ele tentou, mas não conseguiu, evitar o arrepio que sentia sempre que pensava naquelas bruxas odiosas. Se fosse corajoso, teria dito a Atena que esperava que fossem exatamente como as Greias. Porque assim não teria dificuldades para decapitar uma.

– Elas são realmente irmãs das Greias – falou Hermes, e Perseu pensou que a pomposidade dele era apenas parte de sua natureza e deveria ser tolerada.

– Mas são muito mais letais – explicou Atena.

Não era o que Perseu estava esperando ouvir

– Mais letais? – perguntou. – Quanto mais?

– Bom – disse Hermes, apoiando-se em seu cajado. – Muito mais. As Greias são velhas, cegas e possuem apenas um dente. Possuíam, devo dizer. As Górgonas são predadoras.

– Como gatos selvagens? – perguntou Perseu. – Ou águias?

– Não – falou Atena. – Como criaturas perigosas que engoliriam você inteiro se as irritasse.

– Entendo – disse Perseu. – Sorte que as Hespérides me deram esta espada.

A harpe era a única coisa da qual ele não havia reclamado desde que a recebeu.

– Emprestaram essa espada, acho – corrigiu Hermes. – Ela pertence a seu pai, ele vai querer de volta.

– Como elas são? – perguntou Perseu.

– Você precisa tomar muito cuidado com as presas – falou Hermes. – Elas possuem dentes enormes e afiados, e poderiam triturar seus ossos em um segundo.

– Certo – falou Perseu. – Evitar os dentes.

– Elas também possuem asas – falou Atena.

– Então, podem voar até mim, com seus dentes?

– Sim – ela falou.

– São incrivelmente fortes – acrescentou Hermes. – Tanto quanto um deus, na verdade.

– Então, não são somente as presas que preciso evitar? – perguntou Perseu. – É toda a criatura?

– Isso seria o ideal – falou Hermes.

– O único problema é que preciso decapitar uma. – Perseu pensou por um momento. – Talvez eu pudesse me esgueirar por trás de uma?

– Sim e não – disse Hermes.

– Por que não?

– As cobras, é claro – disparou Atena.

— Elas vivem em um lugar cercado por cobras? – perguntou Perseu. Ele nem tinha começado a pensar no lugar em que viviam as Górgonas. Tinha se concentrado na aparência delas.

— Não – falou Hermes. – Elas estão cercadas de cobras.

Perseu suspirou. Ele não tinha medo de cobras, achava que não. Mas provavelmente dependia de quantas eram, e isso não parecia bom.

— As Górgonas estão cercadas por cobras? – ele perguntou. – Ficam sentadas entre elas ou...

— As cobras são parte delas – explicou Atena.

— Entendo. Suponho que não estejam no nível do solo, estão? Onde geralmente vemos cobras.

— Não – falou Atena. – As cobras substituem os cabelos delas.

— Oh – falou Perseu. – Estão bem na cabeça, é isso?

— É – falou Hermes. – Não dá para se esgueirar por trás de uma delas porque as cobras o veriam.

— E as cobras podem falar? – Perseu se perguntou se aquilo tudo ainda poderia piorar.

Os dois deuses olharam para ele como se fosse um imbecil.

— Claro que não sabem falar – disse Atena. – São cobras.

— Então como se comunicam com as Górgonas?

— Elas sibilam – falou Hermes. – Imagino que isso possa parecer que falam com elas.

Perseu sentiu-se tolo e vagamente ofendido.

— Então as cobras me veriam mesmo se fosse tarde da noite? – perguntou

— Sim, acho que sim – disse Hermes. – As cobras conseguem ver no escuro, não?

Atena assentiu.

— Não sei como alguém poderia decapitar um desses monstros imortais! – gemeu Perseu e se ajoelhou.

– Às vezes eu me esforço para acreditar que você é filho de Zeus – falou Hermes. – Embora ele acredite que você é, então deve ser verdade.

– Por quê? – perguntou Perseu. – Tudo o que vocês me contaram me dá a certeza de que esta tarefa é impossível. Elas podem me comer. Podem voar; são mais fortes do que eu. Estão cobertas de cobras.

– Você tem o elmo de Hades – lembrou Atena.

– Eu tenho um elmo – concordou Perseu.

– Que pertence a Hades – disse Hermes. – E torna o usuário invisível.

Eles ficaram em silêncio.

– Imagino que isso ajude com as cobras – falou Perseu. – Então, posso me esgueirar até as Górgonas.

– Elas possuem uma audição excelente – falou Atena.

– Certo – falou Perseu. – Mas talvez eu possa me aproximar enquanto estão dormindo.

Os deuses se entreolharam novamente.

– As Górgonas não dormem – falou Hermes. – São Górgonas. Bom, talvez uma delas durma, mas as outras? Não.

– Oh – falou Perseu. – Pensei que poderiam ter que se deitar às vezes. Para descansar as cobras ou coisa assim.

– Não – falou Atena. – Elas não fazem isso.

– Então, estão sempre acordadas, sempre alertas? – ele perguntou. Sua voz estava um pouco trêmula.

– São criaturas racionais que não querem morrer – explicou Hermes. – Você tem uma espada, emprestada por seu pai, e um elmo de escuridão, emprestado pelo próprio Hades. Não pode esperar que tudo seja tão fácil. Do contrário não estaria completando uma missão, estaria? Poderia ter ficado a salvo em Sérifos e um de nós poderia ter levado uma cabeça de Górgona para você.

Já fazia um tempo que Perseu estava pensando que essa seria a solução ideal para seus problemas, mas algo no tom de Hermes o impediu de dizer isso.

– Achei que havia dito que eram imortais. – Ele franziu a testa. Sempre que ganhava algo, um pouco de conhecimento, uma pequena ajuda divina, parecia perder outra coisa.

– Duas delas são imortais – esclareceu Atena. – Uma é mortal.

– Então preciso decapitar a mortal?

– Sim, claro – respondeu Hermes.

– As outras duas vão tentar defendê-la, se puderem – acrescentou rapidamente Atena. – Ela é muito amada.

– Por que alguém amaria um monstro? – perguntou Perseu.

– Quem é você para decidir quem é digno de amor? – falou Hermes.

– Quero dizer, eu não...

– E quem é você para decidir quem é um monstro? – acrescentou o deus mensageiro.

– Ela as chamou de monstros – respondeu Perseu, apontando para Atena.

– Não, não chamei – ela respondeu. – Falei que eram criaturas perigosas, e são mesmo. É você que acha que qualquer coisa diferente deve ser um monstro.

– As cobras substituem os cabelos delas! – gritou Perseu.

– Cobras não são monstros – disse Hermes.

– E possuem presas.

– Javalis tampouco são monstros.

– E asas.

– Tenho certeza de que você não acha que os pássaros são monstros.

– Preciso lutar contra uma e cortar a sua cabeça – falou Perseu. – Elas parecem bem monstruosas para mim.

– Você não vai conseguir lutar contra elas – falou Hermes. – Achei que isso já tinha ficado claro. Você precisa se aproximar da mortal enquanto suas irmãs imortais estão em outro lugar.

– Como vou saber qual é a mortal? – perguntou Perseu.

– Ela não tem presas – disse Atena. – Suas asas são menores e suas cobras, mais jovens.

– Bom, isso é algo – falou Perseu. – Pelo menos, estou tentando decapitar a menos perigosa.

Hermes assentiu. Atena deixou que sua sobrancelha perfeita se enrugasse por um breve momento.

– Tem só mais uma coisa – disse Atena.

Andrômeda

ANDRÔMEDA NÃO GRITOU OU LUTOU quando disseram que ela era o sacrifício que Poseidon exigia. Não queria que os odiosos sacerdotes a vissem com medo. Além disso, sua mãe – depois de ter rompido o silêncio – não parava de chorar e implorar. Estava representando o papel que Andrômeda poderia ter assumido e, nos momentos em que estava sozinha, Andrômeda se ressentia disso. Como sua mãe se atrevia a decidir que ela era a vítima inocente em tudo isso, quando sua estúpida e impensada ostentação já havia custado tantas vidas? E quando a única vida poupada pelas ninfas do mar que ela havia ofendido era a dela?

Mas controlou seu ressentimento. Perderia a mãe de qualquer forma: o que ganharia ficando furiosa com ela? Ela chorava baixinho quando estava sozinha e, fora isso, se comportava como se esse terrível fim para sua jovem vida tivesse sido decretado pelo destino, e não causado pelo orgulho tolo de sua mãe. Ficou, para ser totalmente honesta, encantada ao ver que seu tio (e futuro marido indesejado) havia desaparecido. Seu pai tinha enviado mensageiros em todas as direções, e nenhum foi capaz de dizer onde estava Fineu ou o que tinha acontecido com ele. Não havia confirmação de sua morte, nenhum corpo havia sido encontrado e sua casa ficava no interior, longe do alcance da água. Andrômeda sentiu um prazer sombrio nos poucos dias restantes de sua vida por ter confirmado e superado as expectativas em relação ao homem. Ele realmente só estava interessado em ter uma jovem noiva e maior proximidade com o poder real: não se interessava nem um pouco por Andrômeda. Seu pai expressou preocupação a princípio por seu irmão desaparecido. Porém, com o passar das horas, até ele entendeu que Fineu não tinha nenhuma intenção de apoiar sua família. Onde quer que estivesse, planejava ficar lá até passar o perigo de ser envolvido nessa crise.

Andrômeda não se vangloriou de estar certa e seus pais estarem errados: não fazia sentido quando ela tinha tão pouco tempo para desfrutar disso. Mas ficou imaginando que, se por alguma intervenção divina, conseguisse sobreviver à punição considerada necessária, seus pais poderiam permitir que ela escolhesse seu próprio marido. Tanta felicidade poderia ter sido o resultado de tudo isso. Se Andrômeda ao menos tivesse mais tempo.

Na manhã do sacrifício, acordou cedo e mandou embora as escravas que vieram ajudá-la a se vestir. Pegou uma túnica de que não gostava muito, mas que tinha sobrevivido intacta à enchente. Era branca-cremosa com algumas linhas pontilhadas negras que desciam pela frente. Listras verticais também saíam da parte de baixo do braço até a bainha de cada lado. Acrescentou um colar de grandes contas de cornalina e brincos feitos de delicadas esferas de ouro, presas em um círculo. De cada um pendiam três gotas de ouro e cornalina. Enfiou os pés nas sandálias que estava usando quando a água chegou, porque eram as únicas que não tinha perdido.

As mulheres a ajudaram com sua tiara, que era pesada e enfeitada, e nunca tinha sido usada. Um padrão ondulado de folhas de lótus tinha sido esculpido do lado de fora. O cabelo estava solto debaixo dela, coberto por um véu transparente, rodeado por pequenas contas pesadas que a prendiam no lugar.

Sabia que estava espetacular, um sacrifício digno para as ninfas que sua mãe tanto enfureceu. Quando seus pais a viram, ambos choraram. Tinham imaginado ver sua filha vestida com tanta elegância em um dia de festival, talvez em seu próprio casamento. Até o sacerdote mais jovem parecia abatido quando Andrômeda saiu do palácio sob a forte luz da manhã. O mais velho, ao contrário, estava desfrutando ainda mais do que quando levaram a notícia a seu pai. Quanto mais a mãe chorava – seus olhos outrora lindos agora inchados – mais alegria parecia emanar dele. Andrômeda olhou fixamente para o sacerdote através de seu véu, notando sua raiva por ela ousar encará-lo e não desviar o olhar.

Havia uma grande procissão, ela viu, para acompanhá-la até o local onde morreria. Seu pai sempre foi um rei popular, mas seu povo sabia que havia sido punido por Poseidon. Eles não perdoariam a rainha por muito tempo, Andrômeda pensou: os sacerdotes não esconderam a causa da ruína da Etiópia. Os cidadãos estavam muito desolados e exaustos por suas tristezas para exigir agora vingança contra sua rainha. Mas somente quando não houvesse mais ninguém vivo que tivesse perdido alguém naquele dia é que o nome de sua mãe seria pronunciado sem uma maldição.

Andrômeda começou sua lenta caminhada em direção à nova margem, seguindo os dois sacerdotes. Ela estava preparada para a raiva e o escárnio das pessoas, mas estavam todas quietas. Em vez de zombarem dela, caminhavam ao seu lado. Ela não sabia dizer se era um gesto de solidariedade ou um desejo de ver a princesa receber o que merecia. De qualquer forma, ficou grata por não estar sozinha quando o chão se abriu à sua frente e ela pôde ver o impossível: o deserto transformado em mar.

Como os sacerdotes decidiram onde ela deveria ser amarrada e deixada para as águas do oceano?, ficou pensando. Eles tinham escolhido um local onde tinham certeza de que ela se afogaria logo? Ou esperavam que sobrevivesse tempo suficiente para ver a água subir em outra maré, levando-a apenas quando quisesse? Ao se aproximar, percebeu que tinham escolhido este lugar porque havia duas árvores mortas juntas, ao lado de uma grande pedra. O sacerdote mais velho mal tentou esconder seu prazer ao ordenar ao colega mais novo que amarrasse a princesa entre os dois troncos mortos.

Andrômeda ficou olhando para a frente enquanto ele passava a corda ao redor de um dos galhos secos – uma, duas, três, quatro vezes – e a apertava contra seu pulso direito. Seu braço ficou ligeiramente levantado, e ela podia senti-lo pressionando a casca fina e lascada. Sabia que os olhos dele estavam fixos nela, mas não quis olhar para ele. O sacerdote deu o nó final e ela flexionou os dedos para ver se conseguia movê-los. O sacerdote deu um passo para trás a fim de amarrar o outro braço em um galho na segunda árvore.

Na frente dela, estava o altar improvisado: uma caixa de madeira com gavinhas e círculos desenhados nela. No alto, havia um cálato, feito de varas de salgueiro, pronto para receber as oferendas que colocariam nele. Andrômeda se perguntou por que eles fizeram um altar com uma caixa e uma cesta, mas ela já sabia a resposta. Esses homens não se importavam com Poseidon, só queriam servir no templo e engordar com as oferendas. Eles não o reverenciavam, só viviam para punir aqueles que blasfemavam.

E a filha daqueles que blasfemavam. Andrômeda podia ouvir sua mãe atrás dela, ainda chorando de forma extravagante, e olhou para o mar que a consumiria. Meio que desejou que o sacerdote a tivesse vendado, para que não pudesse ver a morte chegar. Às vezes, eles faziam isso com animais. Ela tinha visto. Em vez de arriscar que um novilho fugisse da lâmina brilhante, cobriam seus olhos para que encontrasse seu destino com calma. Será que Poseidon levantaria o mar para afogá-la? Tentou imaginar como seria ver a água cada vez mais perto. E então se perguntou se seria pior apenas ouvi-lo, nunca ter certeza até ser tocada por ele. Ou simplesmente seria deixada ali até morrer de sede ou fome? O mar iria evitá-la, em vez de reivindicá-la. Ela tremeu, apesar do calor.

Seus pais se aproximaram: ela conseguia ouvir sua mãe tagarelando, tentando negociar com o sacerdote mais velho. Eu ofereço isso, Andrômeda ouviu, e isso, e isso. Houve um barulho de metal, e Andrômeda demorou um momento para perceber que sua mãe estava tirando colares, pulseiras, brincos, cada peça de ouro que estivesse carregando ou usando. Empilhava tudo em suas mãos, oferecendo-os ao sacerdote para tentar comprar a vida de sua filha. Andrômeda sentiu a chegada das lágrimas.

Não queria que seus pais a vissem chorar, não queria aumentar a culpa e a tristeza de sua mãe. Mas depois que tinham começado, as lágrimas escorriam por seu rosto. As cordas apertaram seus pulsos quando ela tentou, sem pensar, levantar as mãos para enxugar os olhos. As lágrimas faziam cócegas em seu rosto, as cordas machucavam seus pulsos.

E naquele momento, Andrômeda decidiu que não poderia morrer tranquilamente.

Atena

— Desculpe — disse Perseu. — Acho que entendi mal.

— Acho que não — disse Hermes. Ele havia resistido em aceitar uma aposta de Dionísio sobre quanto tempo esse filho de Zeus duraria, porque acreditava que pegaria mal com o rei dos deuses. Mas agora sentia uma onda leve de emoção que demorou um momento para identificar como remorso. Se ele soubesse!

— Acho que sim — repetiu Perseu. — Porque acho que você disse que a Górgona mortal, a que preciso decapitar porque as outras são imortais e então não podem ser feridas, além de conseguirem me esmagar como uma pilha de galhos secos; não foi? Parece que você disse agora que ela tem o poder de me transformar em pedra simplesmente com um olhar. Isso não pode estar certo, pode? Pois se foi isso que você quis dizer...

Os dois deuses olharam para ele.

— Normalmente um mortal fica sem fôlego antes de falar tantas palavras — disse Atena.

— Talvez porque não estejam enfrentando a morte certa? — questionou Perseu.

— Seu rosto ficou todo vermelho — ela respondeu.

– Porque fracassei – ele gritou. – Como poderei cumprir a promessa que fiz para minha mãe agora?

Ele cobriu o rosto com as mãos e chorou.

– Eu nem tenho mãe – disse Atena. – Tenho certeza de que ela não vai se importar.

– Ela vai perder tudo se eu fracassar – ele falou. – Vou para casa agora, sem a cabeça da Górgona para comprar a liberdade dela. Ou morro tentando.

– Acho que essa opção é pior para você – falou Hermes. – Quero dizer, relativamente.

– Sim – concordou Perseu. – E pior para minha mãe.

– Dá na mesma para ela – retrucou Atena. – Ela se casa com o rei de qualquer maneira, não é?

Perseu baixou as mãos e olhou para a deusa.

– Odeio discordar de você – ele disse. – Mas não é a mesma coisa, é?

– Não é? – perguntou Hermes.

– Não – falou Perseu. – Pois, de uma forma, ela perde sua liberdade e sua felicidade; já da outra, ela perde sua liberdade, sua felicidade e seu único filho.

– Ah, sim, claro – falou Hermes. – E ela ficaria mais chateada com isso?

– Sim – concordou Perseu. – Ficaria.

– Acho que você está sendo um pouco melodramático – disse Atena. – Está se comportando como se tivesse mais chances se não conhecesse o poder da Górgona.

– Não – falou Perseu. – Estou me comportando como se tivesse escalado uma aterradora ilha rochosa, negociado com velhas bruxas horríveis, suplicado para ninfas que ficaram rindo de mim, caminhado por uma costa desolada por dias e tudo tivesse sido em vão.

– Você está ficando vermelho de novo – ela falou. – E nem tinha se recuperado desde a última vez que havia se esquecido de respirar.

Perseu respirou fundo, mas isso não ajudou nada.

– Como vou encará-la? – se perguntou. – Como vou voltar para a casa de Díctis e contar que fracassei?

– Sugiro que será muito mais fácil fazer isso se não tiver sido transformado em pedra.

Hermes ainda estava ressentido com a aposta não aceita. Por que Atena nunca contou a ninguém que tinha amaldiçoado alguém assim? Não é de admirar que metade dos deuses do Olimpo preferissem Poseidon, embora o ressentimento perpétuo dele fosse tão tedioso.

– Sim, obrigado – retrucou Perseu. – Seu argumento é indiscutível.

– Eu ia lhe dar o conselho de que você precisa para completar sua missão – disse Atena. – Mas talvez não deva me preocupar mais.

– Que conselho? – perguntou Perseu. Ele não queria sentir esperança de novo para terminar despedaçado por esses frios imortais.

– Ah, sério? – perguntou Atena. – Agora você quer saber.

– Sim, quero – respondeu Perseu.

– Mas antes estava gritando que ia morrer – ela disse.

Houve uma pausa.

– Sim, estava fazendo isso – admitiu Perseu. – Tinha acabado de ouvir notícias complicadas.

– Então mudou de ideia? – ela perguntou. – E quer ajuda de novo?

– Acho que sempre quis ajuda – ele respondeu. – Apenas pensei que você teria mencionado como poderia ajudar, se houvesse alguma forma, ao mesmo tempo que mencionou o olhar mortal.

– Você é muito irritante – ela falou.

Hermes olhou da dourada e impenetrável Atena para o rosto vermelho e manchado de Perseu e balançou a cabeça.

– Ninguém acreditaria que vocês dois são parentes – falou.

Atena olhou para ele.

– Nem dá para comparar.

– Nunca me atreveria... – falou Perseu.

— Muito bem. Não se atreva — ela respondeu.

— Mas talvez possa me dar o conselho que mencionou? — ele pediu.

Atena suspirou.

— Tudo em você me faz me arrepender de estarmos te ajudando. mas como prometemos a Zeus, este é o conselho. A Górgona só pode matá-lo se olhar diretamente para você. Um reflexo não é suficiente. Está entendendo?

— Estou — falou Perseu. — Então, devo decapitá-la por trás de um espelho?

— Talvez um escudo? — falou Hermes.

— Certo — concordou Perseu.

— E a Górgona mortal dorme — acrescentou Atena..

— Ao contrário das imortais? — perguntou Perseu. — Aquelas que também podem me matar?

— Exato.

— Não tenho certeza se isso me ajuda — ele falou.

— Ela fecha os olhos quando dorme — explicou Atena.

— Entendo! — Perseu finalmente parecia menos triste. — Só preciso esperar até que durma para decapitá-la? Enquanto as irmãs estiverem distraídas?

— Usando apenas o elmo de invisibilidade de Hades e minhas sandálias aladas — replicou Hermes. — A espada curva do próprio Zeus e conselhos da deusa da sabedoria.

— Suponho que é um começo — disse Perseu.

Medusa

Medusa achou que sua caverna estava igual. Ela conseguia sentir cada parte da rocha lisa enquanto deslizava as pontas dos dedos pelas paredes. Conseguia ouvir cada canto e fenda enquanto as criaturas que habitavam a escuridão se moviam pelo chão arenoso e pedregoso. O toque e os sons criavam imagens diante das faixas em seus olhos e, enquanto ela tentava se recuperar da maldição, caminhava com quase a mesma confiança de antes. Embora tivesse cegado seus próprios olhos, ela havia adquirido muitos outros.

No início, as cobras foram pacientes, porque não conheciam outra vida. Mas elas queriam calor e luz. Ficavam entediadas na caverna e não escondiam seus sentimentos. Pertenciam à Medusa e ela pertencia às cobras, e ficavam suspirando e mostrando sua raiva até que ela aceitou que não podia se esconder da luz de que tanto sentiam falta.

Dessa forma, as cobras relaxaram porque tinham a luz de que precisavam. Não era – elas perceberam – da natureza da Medusa se esconder. Por mais que as Górgonas fossem protetoras umas das outras, ela nunca poderia se manter escondida na caverna. Esteno queria recebê-la do lado de fora, mas Euríale discordou. Medusa precisava encontrar seu caminho de volta à vida, passo a passo. Ela havia perdido tanto tão rapidamente – seu corpo, seu cabelo, sua visão – que a recuperação só poderia ser lenta.

Mas ela se recuperou. As cobras eram seus olhos agora e, embora se sentisse menos segura fora da caverna, tinha pouco medo de cair ou de se machucar: ela tinha asas, afinal. E as cobras podiam olhar em todas as direções ao mesmo tempo. Levou tempo para Euríale parar de seguir sua irmã enquanto Medusa tateava o caminho na costa, mas aos poucos foi deixando. As ovelhas se assustaram com a mudança de aparência de Medusa, mas também se acostumaram com a metamorfose. Esta Górgona agora se parecia mais com as outras, e as ovelhas sabiam que as Górgonas não eram uma ameaça.

As irmãs estabeleceram uma nova vida que estava mais próxima da antiga do que qualquer uma delas imaginara ser possível. Medusa viu tudo o que precisava ver e foi o suficiente.

– Somos uma e somos muitas – disse Esteno, enquanto tirava o pão quente e macio da madeira carbonizada e o entregava para sua irmã. As cobras da Medusa não se aproximavam do fogo de jeito nenhum e, de todas as maneiras, cozinhar para irmã era a paixão de Esteno. Euríale assentiu, e Medusa levantou a cabeça em direção à luz do sol da tarde.

– Ainda somos uma? – perguntou. – Mesmo depois de tudo?

– Sempre seremos uma – disse Esteno. – Uma família de Górgonas.

– Mas eu mudei muito – falou Medusa. Esteno conseguia ouvir a testa franzida que as faixas escondiam.

– Você mudou todo dia – falou Euríale com veemência. Ela gostava do sabor do pão quente, mesmo que não precisasse comer. – Desde que era um bebê.

– Acho que sim – disse Medusa.

– É verdade – disse Esteno. – Você era tão pequena e mal conseguia se mexer. Depois cresceu, conseguiu ficar de pé e ficou mais alta.

– O barulho – acrescentou Euríale.

– Você chorava sempre – acrescentou Esteno. – Depois aprendeu a falar.

– Mas eu era sempre a mesma – falou Medusa. – Nunca mudei.

– Você sempre mudou e nunca mudou – falou Esteno.

– Então como vocês sabiam que eu ainda era a Medusa?

– Por causa da maneira como continuava a mesma – falou Euríale. – Tudo muda, exceto os deuses. Não achamos que as ovelhas deixam de ser ovelhas porque as tosquiamos.

Medusa comeu em silêncio por um tempo.

– Mas vocês sempre estiveram ao lado uma da outra – ela falou. – E nunca mudaram.

Esteno olhou para Euríale e sorriu, suas presas externas apontando para o nariz.

– Nós mudamos – falou ela. – Você nos mudou, quando chegou aqui.

– E não se incomodaram? – perguntou Medusa.

– Não – falou Euríale. – As Górgonas não deveriam ser como os deuses. Nosso lugar é aqui, entre a terra e o mar, não em uma montanha elevada. Eles colocam nossa imagem do lado de fora dos templos, não dentro. Não olhamos para os mortais de cima para baixo. Fórcis trouxe você para nossa praia e era onde deveria estar.

– Para que eu não morresse nem o envergonhasse – disse Medusa. As Górgonas tinham discutido muito sobre isso antes.

– Sim – disse Esteno. – E assim nos tornaríamos três, como tinha que ser.

– Como sabe que tínhamos que ser três?

– Porque agora somos três – respondeu Esteno. – Você faz muitas perguntas.

– Então eu deveria ter cabelo de cobra? Eu deveria ser mais como vocês? – perguntou Medusa. E isso, percebeu Euríale, era a pergunta que atormentava o coração de sua irmã.

– Não – ela respondeu. – Isso foi coisa da Atena, tentando encontrar uma forma inteligente de puni-la. Inteligente para ela, quero dizer. Deve ter ficado muito satisfeita, transformando-a em um monstro como nós.

– Vocês não são monstros – disse Medusa.

– Nem você. Quem decide o que é um monstro?

– Não sei – falou Medusa. – Os homens, suponho.

– Então, para os homens mortais, somos monstros. Por causa de nossos dentes, nossas asas, nossa força. Eles têm medo de nós, por isso nos chamam de monstros.

– Mas eles não conhecem vocês. – Medusa parou de comer e olhou de uma irmã para a outra. As cobras nunca paravam de se mover em sua cabeça. – Os homens chamam vocês de monstros porque não entendem.

– Não me importa ser um monstro – respondeu Euríale. – Eu prefiro ter poder. Gosto de ser aquilo que os assusta. – Houve uma pausa. – Gosto que você tenha cobras – acrescentou. – Não gostei no começo porque elas te machucavam. Não gostei de como você perdeu o seu cabelo. Mas não acho que essa mudança tenha sido diferente das outras, exceto que sabemos quem a causou.

– Não me importam tanto as cobras agora – disse Medusa. – Mas sinto falta do meu cabelo.

Panopeia

Ele está quase em cima delas, embora não saiba. Viajou pelo mar e pela costa, e nunca parou de pedir ajuda ao pai. Sabe que não pode fazer o que lhe foi pedido sem ajuda divina. Algumas pessoas, eu sei, consideram a humildade uma característica cativante. Outras podem se perguntar por que um filho bastardo merece tanta atenção.

E agora está se aproximando das Górgonas, pronto para matar uma criatura que não fez mal a ele apenas para adquirir um troféu para um homem que despreza. Os homens muitas vezes matam por troféus, suponho: animais, certamente. Mas não os filhos dos deuses. Não com frequência, ao menos. E nem com a ajuda de outros deuses mais poderosos.

Isso me faz pensar – e nunca me pergunto porque vejo tudo –, ninguém vai despertar Fórcis? Ninguém chamará Ceto? Esses imortais não se levantarão das profundezas para proteger suas filhas? Perseu quer salvar sua mãe do casamento: nenhum desses deuses do mar intervirá para salvar sua filha da morte? Da mutilação? Estão com medo de Zeus ou ninguém lhes disse que Medusa está em perigo?

Suas irmãs não sabem o que vai acontecer, disso tenho certeza. Nenhuma das duas teria dúvidas em defender Medusa de um filho de

Zeus, por mais poder que ele tivesse. Euríale arrancaria a cabeça de seus ombros e aguentaria as consequências sem medo.

E talvez faça isso. Porque estou acompanhando Perseu há vários dias, e as chances de fracassar ou de ser bem-sucedido em sua missão são iguais, eu diria.

Da água, só podemos observar.

Atena

– Mas acabamos de voltar.

A deusa arrastou o pé contra o piso de mármore perfeito.

– Bom, que sorte que você pode estar em qualquer lugar mais ou menos instantaneamente – disse Zeus.

– Eu sei, mas...

– Nada de mas. Ele é meu filho e estou pedindo que vá ajudá-lo.

– Nós o ajudamos – disparou Atena. – Se não fosse por mim, ele teria se afogado em uma caixa anos atrás.

– Está rezando para mim o tempo todo – diz o pai dela.

– Porque não consegue fazer nada sozinho – ela respondeu. – Porque estamos sempre ajudando.

– Então, mais uma visita não vai doer, vai?

– Ele não vai aprender se fizermos tudo por ele – disse ela.

O pai deu de ombros.

– Ele é humano, não tem tempo para aprender nada importante.

– Então deixe-o morrer – ela falou. – Assim não tenho que aturar o Hermes de novo.

Zeus estava sentado em seu trono, olhando para o vazio, como se estivesse considerando a sugestão dela. Mas sabia que ele fazia isso para enganar Hera, que também nunca acreditava.

— Dá para ver que você não está pensando nisso de verdade — ela falou.

— Ele é seu meio-irmão — respondeu Zeus. — Poderia mostrar um pouco de lealdade familiar.

— Quando alguém mostrou lealdade familiar comigo? — perguntou Atena. — Eu já ajudei Perseu três vezes. Talvez ele pudesse fazer algo por mim.

— Querida — disse seu pai, que não podia estar cansado porque os imortais não dormiam. — Ele não pode ajudá-la porque você é uma deusa e ele é um homem. O que poderia ter que você quisesse?

— Nada — ela respondeu. — É por isso que estou cansada de ajudá-lo. Ele não pode fazer nada por mim, não pode fazer nada por si mesmo, é um inútil. É apenas um saco de carne andando por aí, irritando as pessoas.

— Acho que está sendo um pouco dura — falou Zeus. — Ele é bonito, não é?

— Todos pensam que é — ela falou. — Já vi melhores.

Zeus pareceu um tanto ofendido, mas tentou não demonstrar.

— O que você queria fazer em vez de ajudá-lo? — ele perguntou.

— Eu poderia ir para Atenas — ela respondeu. — Quero ver como está meu templo e ter certeza de que todos sabem que são meus e sou deles.

— Isso é muito bonito — falou o pai. Atena franziu a testa. — Poderá fazer isso logo depois de ter ajudado Peri... — Ele parou.

— Perseu — ela falou. — Sabia que você não sabia.

— Claro que eu sabia — disse ele. — Estava apenas testando você.

— Por quê? — ela perguntou. — Passei mais tempo com ele do que a mãe, ultimamente.

Zeus mudou de posição e ela o encarou.

— É isso, não? — ela perguntou.

— O quê?

— Você ainda quer a mãe dele — ela explicou.

– Não seja ridícula, ela é muito velha.

– Bom, foi o que sempre imaginei – disse a filha. – Mas é isso.

– Não.

– Bom, se você não a quer mais, ainda prefere que não se case com um rei qualquer. – Atena insistiu.

Zeus suspirou.

– Não – admitiu ele. – Não quero que se case com aquele rei.

– Nem com mais ninguém. – Agora que tinha decifrado o quebra-cabeça, sentiu-se triunfante. – Foi por isso que a levou até Sérifos, para ficar com aquele homem que não sente desejo por mulheres.

– Coincidência – respondeu o rei dos deuses.

– Não foi – disse ela. – Esqueceu que ele tinha um irmão, só isso.

– Sou onisciente – ele falou. – Não esqueço nada.

– Só esqueceu o nome do seu próprio filho.

– Poderia ir ajudá-lo a decapitar uma simples Górgona? – berrou o pai dela. – Não é um pedido difícil, é? É? Eu sabia que Hermes faria apenas metade do trabalho porque esse é sempre o problema com ele. Ele ouve a mensagem, não se preocupa com a tarefa. Mas pensei que você me ajudaria. Você é minha filha. Eu a apoiei quando pediu Atenas. E agora fica criando obstáculos.

Atena não podia acreditar no que estava ouvindo.

– Eu já o ajudei três vezes – ela choramingou. – Por que não vai você mesmo?

– Porque estou mandando você ir – ele gritou.

– Bem, então eu tenho que ir, não é?

– Sim – disse ele.

– Em troca, quero a chance de ajudar um homem mortal de quem eu gosto – disse ela.

– Tudo bem – respondeu Zeus.

– Quem eu quiser – ela falou.

– Você pode escolher quem quiser – ele concordou.

– Mesmo se os outros deuses estiverem contra ele?
– Tudo bem.
– Quando eu decidir.
– Tudo bem.

E com esse acordo, ela deixou o Olimpo e reapareceu atrás de Perseu, sem que ele a visse.

Herpeta

α: Sentimos que ele estava vindo. Dava para sentir seus passos incertos nas pedras; pudemos senti-los em nossas barrigas quando nos aninhávamos na areia.

β: Sentimos que ele estava vindo. Ela tinha dormido. Estávamos acordadas, mas ela estava dormindo. É importante que saibam disso, porque ele vai tentar dizer que houve uma luta. Mas não há luta possível entre um homem armado e uma garota dormindo. Não se esqueçam.

γ: Sentimos que ele estava vindo, mas não sabíamos o que fazer. As irmãs estavam fora da caverna, como sempre. Podíamos ouvi-las conversando baixinho uma com a outra e podíamos sentir o cheiro da carne carbonizada deixada no fogo.

δ: Sentimos que ele estava vindo. Deveríamos tê-la acordado. Eu quis acordá-la, mas as outras não deixaram.

ε: Como foi que a impedimos de acordá-la? Não me lembro de ter ouvido você falar algo.

ζ: Sentimos que ele estava vindo. Ele estava se aproximando e podíamos sentir que algo estava diferente pela maneira como ele se movia.

δ: É o que estou falando. Senti algo diferente. Diferente e perigoso.

ε: Vocês sentiram um homem se esgueirando pelas rochas e andando na ponta dos pés na areia. Nunca tinham ouvido um homem aqui antes. Ouviram as Górgonas, as ovelhas, as pequenas criaturas, os pássaros e assim por diante. A única coisa que sentiram era que isso era novo, que ele era novo.

δ: Coisas novas são sempre perigosas. Se tivessem me ouvido, ela poderia estar segura.

ε: Você é uma mentirosa.

η: Sentimos que ele estava vindo. E havia mais alguém. Alguém atrás dele.

ε: Não a sentimos.

δ: Claro que não a sentimos, é uma deusa. E a deusa da sabedoria, astuta e determinada. Como poderíamos senti-la se ela não quisesse?

θ: Sentimos que ele estava vindo, mas achamos que as irmãs Górgonas estavam do lado de fora.

ε: Não percebemos que elas tinham ido embora.

δ: Para onde elas foram?

ε: Oh, pensei que você sabia de tudo sem que precisássemos contar. Não sentiu isso também?

δ: Não precisa ser indelicada.

ι: Sentimos que ele estava vindo. E ele não teria chegado nem perto de nossa caverna se as irmãs tivessem ficado ali por perto.

ε: Elas foram enganadas por uma deusa. Atena as afastou da caverna.

δ: Como fez isso?

ε: Fez com que acreditassem que o rebanho estava em perigo. Ela afastou Euríale até a costa. Uivou e fez ruídos como se fosse um cachorro selvagem e Euríale achou que suas ovelhas estavam em perigo se não voasse imediatamente até elas.

δ: Então isso foi aquele barulho?

ε: Claro.

κ: Sentimos que ele estava vindo. Não sabíamos que ela estava em perigo, mas que algo estava errado. O peso dele estava errado. Estava carregando coisas que um mortal não poderia levar.

δ: Para onde foi a outra irmã? Esteno?

ε: Ela também foi enganada por Atena.

δ: Como ela conseguiu estar em dois lugares ao mesmo tempo?

ε: Ela é uma deusa. Pode fazer o que quiser.

δ: Então, não havia nenhuma esperança?

ε: Não quero mais falar sobre isso.

β: Sentimos que ele estava vindo, mas ela estava dormindo. Precisa se lembrar, deve prometer.

α: Sentimos que estava chegando, mas ele estava longe e, de repente, estava muito perto. Muito perto.

ε: Porque tinha o elmo de Hades. Não conseguíamos vê-lo porque estava usando o elmo de Hades e era a escuridão no escuro.

γ: Sentimos que ele estava vindo, mas pensamos que as irmãs ainda estavam ali, protegendo-a como sempre.

δ: Deveríamos estar protegendo-a.

ζ: Sentimos que ele estava vindo, mas ele tinha uma espada curva. Como poderíamos protegê-la contra uma arma de Zeus? Como poderíamos salvá-la?

θ: Não sei mais se o sentimos. Não sentimos a partida das irmãs.

ε: Fomos enganadas por uma deusa conhecida por sua astúcia. O que deveríamos ter feito?

δ: Achei que você não queria falar sobre isso.

ι: Achamos que as irmãs estivessem do lado de fora. Elas foram enganadas e nós também.

α: Conseguimos ver no escuro.

Todas: Conseguimos ver no escuro.

θ: Mas não conseguimos vê-lo.

ε: Porque estava usando o elmo de Hades.

θ: Por que não vimos suas pegadas?

ε: Porque estava usando o elmo de Hades. Não foi um truque barato, foi magia.

δ: Foi mesmo?

ε: Sim.

β: Ela tinha dormido.

ε: Sabemos, não se preocupe.

β: É importante que ninguém se esqueça.

α: Todos vão esquecer.

β: Não podemos deixar.

γ: Ele estava na caverna e ela dormia perto da entrada.

δ: Foi culpa nossa? Porque gostávamos de estar perto das brasas do fogo; foi isso?

ε: Não, não foi culpa nossa. Desculpe, eu estava zangada com você.

η: Não poderíamos lutar contra um homem que tinha uma deusa ao seu lado.

ε: Não.

κ: Ele tirou a espada em silêncio. Nós não ouvimos.

β: Já estava desembainhada. Não havia nada para ouvir.

α: Ela dormia de frente para a parede da caverna naquela noite, com os braços cruzados na frente.

δ: Como uma criança.

ε: Sim.

η: Ele suspirou de alívio quando viu que ela estava de costas.

ι: Ele era um covarde.

γ: Não importa. Ele não precisava ser corajoso para matá-la enquanto estava dormindo.

β: Obrigada por lembrá-las.

α: Ela estava dormindo até ele segurar a espada acima de seu pescoço.

β: Ela estava dormindo.

δ: Não naquele momento.

β: Estava, estou dizendo que estava dormindo e ele se aproximou dela enquanto dormia e baixou a espada sobre o pescoço dela.

α: Ela acordou quando ele estava parado acima dela. Ele chutou duas pedras que bateram nas costas dela e a garota acordou.

β: Não diga isso, quando sabe que não é verdade.

ε: É verdade.

β: Não, você está mentindo. Ela estava dormindo.

α: Até o último momento ela estava dormindo.

β: Se o que está dizendo é verdade, por que ela não abriu os olhos?

ε: Você sabe por quê.

δ: Você sabe por quê.

β: Não sei.

α: Porque ela não iria matá-lo.

Pedra

Não há estátua aqui; há apenas um pedestal vazio. Mas se a estátua estivesse aqui, seria assim.

Um jovem está de pé com o peso apoiado na perna direita, os dedos dos pés flexionados. O pé esquerdo está ligeiramente levantado, então dá para ver que ele está prestes a avançar. Se ele fosse real, estaria perto de começar a caminhar na sua direção. Ele é bem musculoso: seus bíceps são bem definidos e os ombros são retos. Ele usa uma túnica na altura do joelho e abaixo dela estão as panturrilhas finas. Ele é forte, mas ainda não é um guerreiro. Não tem escudo, nem usa armadura.

Seu manto está preso no pescoço com um simples fecho redondo. A capa tem uma borda fina escura que forma uma linha sólida nas pontas. É uma capa de viagem simples: parece quente e útil. Em seus pés, há sandálias que devem ter sido muito difíceis de esculpir. Elas possuem tiras de couro e sobem até o meio da panturrilha. E estão decoradas com asas, uma de cada lado dos tornozelos. Cada pena é diferente e até dá vontade de tocá-las porque parecem macias. Mas são feitas de pedra, como o resto da estátua. Seus olhos foram enganados pela habilidade do escultor.

Há mais penas no elmo: um chapéu macio com abas dobradas. Há uma pequena asa de pássaro dos dois lados também. Eles se afunilam em pontos suaves acima do nariz do jovem, se você olhar para ele de perfil. A mandíbula dele se projeta quase até a borda levantada. Está determinado a realizar qualquer tarefa que lhe foi dada. Seus cachos brotam da parte de trás do elmo. Dá para imaginar que, se ele o tirasse, seu cabelo seria encaracolado.

É possível ver dezenas, centenas de estátuas de jovens e nunca ver outro usando um elmo ou sandálias como este. É um elmo de viagem simples, mas as asas o tornam único. As sandálias combinariam mais nos pés de um deus, com certeza.

Em sua mão direita, ele carrega uma espada com uma lâmina curta e curva. É como uma foice. Se você não soubesse, pensaria que ele estava prestes a cortar o trigo. Mas – embora apenas uma pequena parte seja visível sob sua mão fechada – ele está claramente segurando uma arma, em vez de uma ferramenta agrícola. A lâmina está curvada para fora, como se ele não soubesse de que lado o ataque viria.

Essa impressão é reforçada ainda mais quando percebemos que ele está olhando para trás. Que estranho. Será que acabou de ouvir um som que chamou sua atenção? A mão da espada está erguida, mas ele está olhando para o lado oposto de onde atacaria, se balançasse o braço. Parece uma maneira bastante caótica de fazer as coisas. Talvez estivesse perguntando algo a outra pessoa atrás dele, mas não a vemos.

E nem, como eu disse, conseguimos vê-lo. Porque essa estátua nunca foi feita, então apenas a ideia dela existe.

PARTE CINCO

⁓⁓

PEDRA

Gorgonião

Como elas souberam tão rapidamente que ela havia morrido? Devia ter algo de verdade na crença de Esteno de que elas eram uma só porque a primeira coisa que me lembro de ouvir foi a batida das asas, e a primeira coisa que me lembro de sentir foi a lufada de ar quando Euríale pousou na entrada da caverna, onde estava o fogo. Ele foi apagado pelos pés dela: não estava olhando onde tinha pousado e, de qualquer maneira, o calor não a afetava. Então Esteno chegou, um segundo depois, outro par de pés na areia.

Estão se perguntando por que eu estava olhando para os pés delas? Tenho certeza de que já entendeu: sou a cabeça da Górgona, a cabeça da Medusa nascida (ou talvez deveria dizer, criada) no momento em que ela morreu. E tenho uma opinião muito pior do que a dela sobre os homens mortais, por razões que assumo serem óbvias. Caso não esteja claro, estou olhando para os pés delas porque estava determinada a não olhar para seus olhos. Mas tinha que manter meus olhos abertos, se houvesse alguma chance de transformar em pedra aquele que levava a espada. Ainda não sabia que o nome dele era Perseu. Mas sabia que ele merecia morrer.

Elas não conseguiam vê-lo, claro. Usava o elmo de Hades e estava invisível até para aqueles lindos olhos esbugalhados da Górgona. Eu conseguia vê-lo, porque esse é o truque com coisas que pertencem a Hades: elas não têm segredos entre si. E agora que eu estava morta, era uma serva de Hades também, de certa forma. Não serva no sentido de obedecer a ele, isso nunca, entenda. Apenas em termos de categorias, para simplificar para você. Medusa está morta, eu estou morta. Mas ainda sou a melhor narradora desta parte da história, porque eu estava lá quando tudo isso aconteceu e porque sou uma terrível assassina mentirosa cruel e cheia de ódio.

É importante deixar essas coisas claras. Se está se perguntando por que consigo ver, ouvir e contar o que aconteceu depois que Medusa morreu, a resposta é simples. Eu era uma Górgona, filha de Fórcis e Ceto. Não podemos falar de Ceto ainda, então vamos focar no meu pai por enquanto. Eu era, sou a filha de um deus do mar e, apesar de estar destinada a morrer, dificilmente era uma mortal comum, era? Eu tinha asas, para começar. Você tem asas? Não, acho que não. Tenho outra coisa: a capacidade de reter minhas memórias, minhas faculdades, mesmo após a morte. Eu realmente não era como as outras garotas.

Digo tudo isso para contar que podia ver Perseu, não importa o quanto ele acreditasse que Hades o deixava invisível. E, sem piscar, eu queria olhar em seus olhos vazios e transformá-lo em uma pedra fria e pálida. Ainda está com medo da cabeça monstruosa e sem coração? Talvez devesse. Porque o que tenho a perder, neste momento?

Duas coisas: minhas irmãs.

Elas ainda são minhas irmãs, agora que sou apenas uma cabeça?

Euríale encontrou meu corpo decapitado e sua boca se abriu em um grito silencioso. Não era mais o meu corpo, era o corpo dela. Na areia, em suas mãos. As pernas estão dobradas embaixo dela. Poderia parecer que ainda estava dormindo se não fosse pelo sangue grosso e preto que escorre do pescoço.

Perseu fica apavorado ao avistar as duas. Não sei quais deuses o prepararam para sua violação, mas não o avisaram sobre o tamanho das Górgonas, nem sobre a força ou a velocidade delas. Ele está tremendo parado ali, com medo de se mover para que não o ouçam. Quer correr, mas não ousa.

Então, Euríale recupera sua voz. Ela nunca mais vai perdê-la. Abre bem sua boca maravilhosa e uiva. Perseu quase me derrubou ali mesmo. Ele não pensou que estaria em perigo depois de me matar, tinha concentrado toda a sua energia em chegar à caverna das Górgonas e matar um monstro que tinha cabelo de cobra e um olhar mortal. Não tinha pensado que escapar poderia ser mais difícil do que chegar.

Uma grande gota de sangue cai do meu pescoço – e estou falando do meu pescoço, não do de Medusa – na areia abaixo de mim. Os olhos aguçados de Esteno veem algo cair, mas uma cobra se contorce na areia e ela acredita que foi esse o movimento que notou. Perseu sente a próxima gota cair em seu pé e eu o ouço sentir ânsia de vômito ao meu lado. Ele é patético. De repente, parece se lembrar que alguém o havia preparado para esse momento e abre uma bolsa de ouro que está carregando nos ombros. Ele me guarda dentro da bolsa e tudo escurece.

Ainda consigo ouvir, então não acho que seja o fim da minha parte da história: não é. E faz um bom tempo que estou esperando para dar minha opinião, então não vou desistir agora. A bolsa é muito grossa e a escuridão é total, assim abro muito meus olhos para ver e o material ainda se move, ou seja, não consegui transformá-lo em pedra. Isso é outra coisa que aprendi: objetos estão a salvo, apenas os vivos precisam ter medo de mim. Talvez você ache que eu já deveria saber disso, mas lembre-se de que Medusa passou quase o tempo todo com os olhos cobertos ou dentro de uma caverna. A caverna já é feita de pedra, claro. Dessa forma, eu descobri nesse momento.

Perseu está entorpecido de medo, mesmo invisível para Euríale. Posso ouvir suas mandíbulas poderosas enquanto grita com raiva e tristeza. Medusa a teria consolado, mas agora não pode mais, nem eu.

Fico imaginando se ele sente algum remorso quando ouve minha irmã gritando não, não, não, não, não.

Claro que não. Ele via Medusa como um monstro, assim como vê Esteno e Euríale. Se tivesse o poder de matá-las também, faria isso. Tudo o que ouve é o perigo vindo dessa criatura que quer matá-lo. Ele não ouve tristeza ou perda. Afirma se preocupar com a família (vou descobrir isso mais tarde) e me pergunto como sua mãe se sentiria se visse o corpo decapitado dele caído na areia diante dela, no lugar em que ele estava dormindo.

Só para ficar claro, mesmo esse ato de imaginação me torna mais humana do que ele.

Posso senti-la, embora não possa vê-la ou ouvi-la. Estou falando de Atena. Sei que está em algum lugar por perto. Não me pergunte como sei: como você acha que sei? Se alguém arrancasse todos os fios de cabelo de sua cabeça e os substituísse por cobras vivas, acha que ficaria alerta para a presença dela no futuro? Será? Posso senti-la e o mais estranho é que não estou surpresa nem muito brava. Essa deusa – contra quem nunca fiz nada e que se esforçou para me torturar e conspirar o meu assassinato – está bem aqui e tudo em que consigo pensar é: claro que está. Por que parar agora?

E a próxima coisa que penso é: quem mais está te ajudando a me destruir? Porque o elmo pertence a Hades, isso eu soube imediatamente. A morte conhece a morte quando a vê. E Atena está ao lado dele, encorajando-o. A bolsa em que estou agora é um objeto divino, com certeza, mas outra pessoa a emprestou a Perseu a menos que todos imaginem que Atena possui um elmo, uma lança, um escudo, um peitoral e uma bolsa. E não imaginamos isso – ou eu não, pelo menos. Então, ele também recebeu essas coisas de um deus. O que mais? A espada, claro. Bom, eu acabei de listar o armamento de Atena, e não mencionei uma espada. E uma espada horrível, também, com sua cruel lâmina curva. Projetada para abraçar o pescoço da mulher adormecida que ele decidiu matar. Não sei de quem é e não estou segura se quero saber. Gostaria de saber por que eles queriam me matar, claro.

Consigo sentir seu corpo tremendo enquanto volta a levantar a bolsa e colocá-la sobre seu ombro. Euríale ainda está gritando; não é à toa que ele esteja com medo. Fica estupefato com o som e está claro que não sabe o que fazer agora. Então, eu a ouço, ouço a voz da deusa que o está ajudando, e ela o manda correr. Penso, que interessante. Ela deve querer que ele morra, pois não há nenhuma chance de que ele possa superar as irmãs de Medusa e, certamente, não poderá superar as duas juntas.

Mas, claro, não vi as sandálias que ele está usando e só vou vê-las mais tarde, então não sei se ele tem a ajuda de outro deus em sua missão de me matar e escapar impune. As sandálias pertencem a Hermes, vou reconhecê-las quando as vir. Couro torcido ornamentado, com um belo par de asas em cada lado do tornozelo. Então, quando Atena diz para correr e isso o tira de seu transe horrorizado, ele tem outra vantagem. Enrijece os ombros e começa a correr para onde o sol vai nascer. Chego a essa conclusão pela forma como minha cabeça bate contra suas costelas enquanto ele se move. As cobras amortecem as pancadas, é claro, por isso não sinto dor. E de qualquer maneira, não iria doer porque eu já fui separada do meu próprio corpo, então que diferença farão alguns hematomas agora? Deuses, eu o desprezo.

Euríale não vê o homem, não vê Perseu. Mas vê as marcas na areia quando ele corre. E embora não tenha ideia de como ele está e também não está lá, sabe que o homem que matou sua irmã está correndo pela praia bem na frente dela e solta um rugido aterrorizante e de repente ouço o bater de asas e sinto a noite se deslocar quando Euríale se eleva no ar e voa direto para Perseu. Mesmo dentro dessa prisão dourada posso sentir o movimento e ouço um grito reprimido do assassino tentando acelerar. Ele gira as costas e me pergunto se vai se livrar do meu peso, mas ele está apenas tentando ver se ela está muito perto dele, e seria melhor não saber, pois ela está se aproximando dele tão rápido quanto um trovão. E sei que Euríale não vai deixar de capturar sua presa, nem agora, nem nunca. Ela consegue pegar um pássaro em pleno voo, Medusa a viu fazer isso mais de uma vez.

E sinto uma onda de algo – não é prazer, porque não consigo sentir isso, nem vingança porque não cheguei ali ainda – mas quero que ela feche as mandíbulas ao redor do peito ridículo dele e o divida em duas metades. Quero que ela tire a bolsa quando as mãos insensíveis dele a deixarem cair e quero que fique segurando enquanto ele morre na frente dela e fique arrastando seus pés com garras sobre o corpo dele. Quero que me leve de volta para Medusa, de volta a Esteno, de volta à caverna. Quero ser enterrada onde caí. Não, onde fui cortada. Quero ficar com ela, não quero ser carregada para longe pelo meu assassino na escuridão, quero que tudo termine.

Mas o que eu quero não tem efeito sobre o que acontece. Atena intervém, claro. De repente, Perseu é empurrado para o lado: ele escalou as rochas do nosso trecho da costa. Ou melhor, as sandálias subiram nas rochas. Perseu está ofegante pelo esforço ou, mais provavelmente, pelo medo. Nada que observei depois em Perseu mudou minha opinião original: é um covarde. Euríale não consegue mais ver os passos na areia, ela simplesmente seguiu a única linha de subida que ele poderia ter mantido. E Atena – que deve ter estado observando o tempo todo – o empurra mais forte, ele tropeça, perde o equilíbrio e cai de joelhos. Fico feliz quando ouço um grito de dor abafado e espero que tenha doído. Embora, falando sério, é improvável que doa tanto quanto ter seu pescoço cortado.

Euríale voa sobre nós, sinto suas asas acelerando – ela está tão perto que acho que poderia esticar a mão e tocá-la, mas não é possível, claro. Então, ela vai embora e nunca mais vou ver minha irmã, ou ouvi-la, ou abraçá-la. Esteno ainda está na areia, acho, porque ouço seu lamento e sei que está abraçando meu corpo e o embalando em seus braços. Gostaria de confortá-la.

Atena manda que Perseu a siga e ele se levanta, reclamando de seus ferimentos e da maneira como ela o empurrou, e ouço a raiva na voz dela quando responde, embora ele pareça não notar. Continua a se afastar do lar das Górgonas: ouço o mar, mas está cada vez mais distante. Ele passa o outro braço pelas alças da bolsa, então estou bem segura, como um objeto precioso.

O que, logo será revelado, eu sou mesmo.

Bambu

UMA COISA QUE AS PESSOAS raramente sabem sobre Atena é que ela inventou a flauta. Não é a coisa mais importante que ela fez, pelo menos é o que pensa a maioria das pessoas. Os mortais rezam por sabedoria, por conselho, para que ajude nas batalhas deles. Quando querem música, recorrem a outros: às Musas, a Apolo. Os interesses dela são bem conhecidos, e ela raramente mostrou qualquer paixão pela música. Mas, em uma ocasião, ouviu um barulho tão notável que quis ser capaz de imitá-lo para poder ouvi-lo novamente.

A flauta, então, foi inspirada pelas Górgonas. Especificamente, foi inspirada pelo som que Euríale fez quando encontrou o corpo de Medusa. Perfurante, atonal, belicoso. Atena nunca tinha ouvido algo assim. Como poderia fazer tal som em um campo de batalha? Ela tentou por dias. Mas, mesmo com todo o seu poder divino e toda a sua inteligência, não conseguia chegar perto.

Sentou-se, desconsolada, ao lado de um rio calmo, perto de sua amada Atenas. Pensou em voltar à enseada das Górgonas e pedir que as irmãs a ensinassem a fazer aquele ruído. Podia sentir que havia algo em seu plano que não iria funcionar, embora não conseguisse identificar o ponto fraco.

Sua frustração aumentava – se ela não tivesse ajudado Perseu a matar a Górgona, nunca teria sabido o que estava perdendo e, se tivesse deixado a Górgona matá-lo, poderia ter tido mais tempo para estudar o grito de guerra –, mas não sabia o que mais podia fazer. Então, sentiu a brisa suave do Zéfiro ganhando força. Passou pelos bambus ao lado dela e o leito tranquilo do rio foi transformado em uma cacofonia selvagem.

Atena olhou ao redor espantada quando percebeu que ali – ao redor dela – havia algo que poderia ajudá-la a realizar seu desejo. Pegou uma faca afiada e cortou um grande bambu oco que esperava que fizesse o barulho que ela queria. Fez pequenos furos na haste para poder ajustar as notas com os dedos. (As flautas posteriores seriam decoradas com corda queimada presa ao corpo do bambu, mas essa primeira era bastante simples.)

Quando soprou na ponta, o bambu fez exatamente o grito penetrante que ela queria. Músicos – sátiros, no começo – vieram mais tarde e adaptaram o instrumento ao talento deles, criando o som bastante mais suave que associamos à flauta hoje. Mas Atena não era musicista, e seu objetivo não era tocar uma canção. A primeira flauta, portanto, soava exatamente como era.

O grito desesperado de um bambu que tinha sido cortado de sua raiz.

Gorgonião

Ele escapou, claro. Com a ajuda de todos os seus deuses, Perseu escapou. E embora ninguém pense nas coisas dessa maneira, eu também escapei. Deixei para trás o corpo mortal que me tornava fraca e vulnerável e escapei para o quê, exatamente? Uma nova vida? Por favor, isso não é vida. É morte. Você não pode ter esquecido como a Medusa foi cortada em dois por esse homem, esse herói. Agora ela está morta, suas irmãs estão chorando e eu, bom, eu sou isso: a cabeça roubada. O troféu escondido.

As cobras estão enroladas em volta de mim: elas ainda me protegem. Mas estamos todas escondidas nesse kibisis dourado, carregado por Perseu para protegê-lo do perigo. Ele reclama o tempo todo do peso da bolsa. Não há mais ninguém aqui para ouvi-lo. Fica gemendo para a brisa dizendo como a bolsa é pesada e difícil de levar. O que eu gostaria de dizer é que, se é tão inconveniente carregar a cabeça de alguém por aí em uma bolsa, talvez deveria ter pensado nisso antes de decapitá-la. Então, eu digo isso. Ele não responde e presumo que não tenha ouvido. Talvez o ouro abafe o som ou talvez ele não consiga ouvir mais nada depois que Euríale gritou em seus ridículos ouvidos mortais. Mas ele para de reclamar, então talvez tenha me ouvido.

Está caminhando do ponto em que foi abandonado por Atena e provavelmente quer reclamar disso também, porém ainda está usando as sandálias de Hermes; dessa forma seus passos não devem exigir nenhum esforço. Ele quer voltar para algum lugar, porque fica murmurando algo sobre voltar a Sérifos antes de ser tarde demais. Não sei onde ou que lugar é esse, assim pergunto – e novamente ele não responde. No entanto, agora, está preocupado em encontrar um barco, então está do outro lado do mar. Uma ilha? Um porto? Gostaria de saber.

Mas não é verdade, é? Esse é o último vestígio da Medusa, o qual realmente se importava com o que os mortais queriam e onde poderiam querer ir. Eu? Não me importa se Perseu vai viver ou morrer, muito menos aonde está tentando chegar. Então, que diferença faria? Se ele abrisse a bolsa agora e eu o transformasse em pedra, o que aconteceria comigo? Eu ficaria aqui exatamente na mesma condição. Se não o transformo em pedra e ele chega ao seu destino, dá na mesma, não? Ainda sou Gorgonião, Medusa ainda está morta.

Então, ainda me interessa pouco quando Perseu vê um pastor e grita com o homem para que diga onde ele se encontra agora. O pastor explica que chegou ao reino de Atlas, onde a terra se une ao céu. Perseu pergunta se pode se abrigar com o pastor, mas o homem recusa. Há um certo nervosismo em sua voz e acredito que seja causado por mim. O pastor não me viu, claro, mas sabia que havia algo perigoso na sua frente. Talvez tenha aprimorado seus instintos protegendo suas ovelhas de predadores invisíveis.

Ouço o balido das ovelhas quando Perseu entra no meio delas. Elas me lembram do rebanho de Euríale. Ele pede ao homem novamente uma cama e comida, mas o pastor responde que está a serviço do rei, que é para quem os estrangeiros devem pedir abrigo, se precisarem. Perseu pergunta por onde deveria ir para falar com esse rei e o pastor aponta o caminho. As direções são complexas e envolvem muitos pontos de referência. Posso sentir Perseu ficando irritado com os detalhes que o homem está falando e fico me perguntando por que ele pede ajuda quando é tão ingrato ao recebê-la. Nesse momento, Perseu encolhe o ombro e a alça da bolsa cai, então ele coloca a mão dentro da bolsa. Vejo os dedos dele agarrando minhas cobras e sei o que vai fazer – e penso que está sendo muito mesquinho.

Ele me tira da bolsa e eu pisco uma ou duas vezes com o súbito brilho do sol, do qual senti mais falta do que posso descrever. Quando meus olhos viram a luz pela última vez? Não tenho mais como medir o tempo, da mesma forma que Medusa quando foi amaldiçoada. Sinto-me aquecida e viva, embora saiba que nenhuma das duas coisas seja verdade. Vejo tudo ao mesmo tempo: o vasto céu, o solo rochoso, as árvores se movendo. Sinto o calor do sol e a brisa fresca, os dedos de Perseu agarrando minhas cobras e me mostrando como uma tocha.

Vejo o pastor.

Ele me vê também. Só por um momento, nossos olhares se encontram, e seu rosto forma uma máscara silenciosa de medo e depois ele vira pedra, congelado no momento em que encontrou Perseu. Eu o ouço – Perseu, agora duas vezes assassino – suspirar ao ver como sou rápida e letal. Ele me coloca de novo em seu kibisis e sinto uma forte onda de energia. O pastor está morto, graças ao meu poder. Como não me deleitar com essa força agora que a possuo?

Talvez você esteja se perguntando o que o pastor fez para merecer um fim tão abrupto? O que a gente faz? O que eu fiz? Ele estava no lugar errado e se encontrou com o homem errado. Eu poderia ter desviado meu olhar?, você está pensando. Poderia? Sim, provavelmente poderia. Porém, obviamente, não desviei. Mas não poderia tê-lo salvado de Perseu e seu temperamento desagradável?

Não tenho mais vontade de salvar mortais. Não tenho mais vontade de salvar ninguém. Tenho vontade de abrir os olhos e transformar tudo o que eu puder ver sempre que tiver oportunidade. Tenho vontade de usar o poder que a deusa me deu. Tenho vontade de espalhar o medo por onde passar e por onde Perseu for. Sinto vontade de me tornar o monstro em que ele me transformou. Tenho vontade de fazer isso.

Perseu tem medo de mim. Sei pela forma como ele segura a bolsa agora, com muito mais cuidado. Tenho certeza de que não duvidou do que Atena havia dito sobre meu poder, mas quem acredita no que não viu? Nem eu sabia como era rápido, como era completo. Eu tinha olhado para um pássaro, um escorpião, e os transformado em pedra. Mas um homem? Foi impressionante a rapidez com que o transformei em pedra. E naquele momento entre sua morte e meu retorno à escuridão, vi seu rosto preso na expressão que tinha quando me viu. Fico impressionada agora, pensando na forma como a energia ferveu entre nós, pequenas partículas no ar que de alguma forma viajaram dos meus olhos para os dele e acabaram com sua vida.

Se você estava esperando que eu sentisse culpa, vai esperar muito tempo.

E agora, Perseu tinha seguido as instruções do pastor, embora tivesse se perdido e precisasse refazer seus passos várias vezes. Imagino se será uma lição para ele: ter cuidado com quem mata, porque pode precisar de ajuda mais tarde. Ele não me parece o tipo de jovem que aprende suas lições, no entanto. E mesmo de dentro da bolsa posso sentir o ar ficar mais frio à medida que o sol se põe. Perseu acaba aceitando que precisa passar outra noite sob o céu aberto. Ele coloca o kibisis no chão com tanto cuidado que quase dou risada. Talvez eu tenha rido, na verdade. Ainda temos que verificar se Perseu ignora os sons que faço ou se não consegue ouvi-los quando a bolsa está fechada. Mas ele decidiu que não quer discutir comigo. Ou talvez tenha decidido que meu valor para ele é tão grande que deve tomar cuidado para que nada aconteça comigo. Eu imagino se ele perdeu a capacidade de entender a ironia. Só imagino.

━━━ ⌑ ━━━

Na manhã seguinte, ele está cheio de esperança de que o rei receberá um herói errante com todo tipo de celebração. E talvez teria, se Atlas não fosse um rei medroso e desconfiado. Mas ele é e sempre foi.

Atlas possui muitas coisas bonitas em seu grande reino. Cuida de cada uma delas, de seus adoráveis rebanhos até seus maravilhosos pomares. Provavelmente, estimava até o pastor, mas ainda não sabe que o homem está morto. Adora especialmente um bosque de árvores que produz a fruta mais notável, maçãs douradas.

Atlas considera essas maçãs o alimento mais perfeito que se possa imaginar. Pode comer o que quiser quando quiser (afinal, ele é o rei), mas são sempre as maçãs que ele espera a cada verão, como uma criança. Emprega homens para vigiar as árvores e cuidar delas o ano todo. Se o clima ameaçá-las, ele faz oferendas a Éolo, senhor dos ventos, para mandar o feitiço do frio ameaçador para outro lugar. Quando os dias de verão se prolongam, ele vai visitar suas árvores todas as manhãs para examinar os frutos que estão crescendo.

Atlas nunca temeu que invasores roubassem suas plantações ou danificassem suas árvores. Ele vive em paz com as tribos vizinhas por um motivo: ele é um titã, um dos velhos deuses de antes do Olimpo, antes de Zeus. Que mortal seria tão tolo a ponto de começar uma guerra com um deus? Bem, tenho certeza de que você já adivinhou a resposta.

Quando Perseu chegou à enorme residência, estava mal-humorado pela noite que passou dormindo debaixo de uma árvore. Ainda não sente culpa por ter matado o homem que poderia tê-lo guiado até aqui com mais rapidez. Sente-se um pouco intimidado – sinto a hesitação em seus passos – pelo tamanho e grandiosidade do palácio que está vendo. Mas levanta o queixo e tenta demonstrar sua estatura heroica dessa forma. Estou zombando dele de dentro do kibisis, claro. Ele continua sem perceber. Um servo está parado nos portões e Perseu pergunta se pode se encontrar com o rei e discutir assuntos vantajosos para os dois. Uma criança poderia ver que isso era mentira e o servo não é uma criança. Ele explica que o rei está ocupado em outro lugar e não consegue especificar a que hora voltará. Perseu, ciente de que está sendo dispensado, tenta outra forma. Diga a ele que é o filho de Zeus que está pedindo, fala. E com isso, o servo desaparece: eu o ouço correndo por um longo corredor, ouço o eco de seus passos.

Quando ouve o homem se retirar para os recessos mais profundos do palácio, Perseu assume que fez o correto. Ele impressionou um estranho com sua conexão heroica e pediu abrigo como um herói faria, oferecendo algo em troca. Ainda não tinha pensado no que poderia oferecer que seria vantajoso para Atlas, mas não importava porque há outra coisa (uma das muitas, tenho certeza de que você já notou) que Perseu não sabe.

Atlas nem sempre viveu aqui nesse enorme reino. Antes, ele viajava pela Grécia com seus irmãos titãs. Ele se retirou para cá depois da chegada dos deuses do Olimpo, quando Zeus travou uma guerra contra os titãs e ganhou o poder.

Atlas não era um deus ambicioso, assim ficou feliz retirando-se para seu palácio, seus rebanhos e, acima de tudo, seus pomares. Mas manteve uma conexão com sua antiga vida, que era uma afeição pela deusa Têmis, muito talentosa nas artes da profecia. Têmis já tinha dito a Atlas que um dia ele perderia o brilhante fruto de sua árvore para um filho de Zeus. Atlas nunca se esqueceu disso. No começo, porque assumiu que seu significado era metafórico e ele teria um filho que morreria nas mãos de um semideus. Mais recentemente, porque percebeu que a profecia era literal e que suas amadas árvores estavam correndo risco.

Então, ele havia contado a todo servo, todo súdito que deviam ter cuidado com o filho de Zeus e avisá-lo imediatamente se encontrassem tal criatura. O pastor, se tivesse vivido para descobrir a identidade de seu assassino, teria atravessado todo o país nas horas mais escuras da noite para contar a Atlas que o homem cuja vinda todos temiam finalmente havia chegado. Agora o servo está fazendo a mesma coisa: antes tarde do que nunca, pensa ele, enquanto corre entre as colunas.

Quando Atlas ouve que o filho de Zeus está do lado de fora de seus portões, exigindo uma audiência e fingindo que tem algo a oferecer em troca, fica horrorizado. Ele se atreveria a matar o filho de seu antigo inimigo, alguém que o excede sobremaneira em poder? Mas se não fizer isso, o homem roubará as maçãs douradas que Atlas tanto aprecia e ama? Ele anda de um lado para o outro enquanto o servo observa, ansioso. O que deveria fazer? Como pode salvar suas amadas árvores?

Atlas passa muito tempo pensando; Perseu quase desistiu de conseguir comida ou abrigo. Encheu seu odre de água três vezes e agora se senta na sombra, encostado em uma das paredes do palácio, comigo ao lado. No final, Atlas mandou seus homens guardarem o pomar, assumindo que seria onde Perseu atacaria. Perseu – claro – não tem ideia de que o pomar existe e, se soubesse, dificilmente iria visitá-lo. Ele não tem nenhum interesse pelo mundo natural até onde percebi: parece indiferente ao canto dos pássaros, não diminui o passo diante de uma bela vista. Ele gosta de reclamar de seus pés e ombros doloridos, de fome e sede. Mas, quando todas essas necessidades são satisfeitas, não demonstra nenhum entusiasmo por nenhuma das imagens e sons que testemunhou desde que me criou.

Então, talvez você esteja se perguntando se Têmis errou quando contou a profecia a Atlas? Ou estava fazendo travessuras, como os deuses às vezes gostam de fazer? Claro que não: Têmis nunca erra e é menos brincalhona que a maioria. Ela disse a verdade, mas Atlas se antecipou muito: seria outro filho de Zeus que roubaria as maçãs do pomar de Atlas e esse dia ainda está distante no futuro.

Finalmente, Atlas se levanta de seu trono e caminha pelos corredores de seu palácio. Sua testa está franzida e ele faz uma pausa. Deveria visitar seu pomar e ver suas árvores protegidas mais uma vez? Ignora o pensamento, embaraçado por ter pensado que poderia perder uma luta contra algum semideus insignificante. Ouço sua aproximação muito antes de Perseu. Ele não sente o tremor da terra conforme o titã se aproxima, não é muito observador. Mas, quando o servo passa pelo portão à frente de seu rei, até Perseu entende que algo está acontecendo.

– E toda essa confusão? – pergunta ao servo ofegante. – Seu rei não é muito acolhedor com estrangeiros.

O servo não tem fôlego para responder, mas não importa porque Atlas apareceu atrás dele.

Perseu dá um passo involuntário para trás. O rei titã é muito mais alto que seu visitante indesejado.

– O que você quer? – pergunta Atlas.

– Abrigo, comida – diz Perseu. São pedidos razoáveis e humildes, porém, mesmo assim, algo na forma como ele diz as palavras faria qualquer um querer jogá-lo no rio.

Atlas compartilha da minha opinião, parece, porque suspira alto e não responde. Perseu ficou tão impaciente esperando que está mais reclamão do que o costume.

– Sou filho de Zeus – ele diz.

– E o que o faz pensar que devo alguma coisa a um filho de Zeus? – responde o titã. – Mesmo se for quem diz ser.

– Você desrespeita o rei dos deuses? – pergunta Perseu. A voz dele sobe a um tom agudo e queixoso.

– Eu preciso respeitar o rei dos deuses – diz Atlas. – Mas não tenho que respeitar um homem que afirma ser seu filho bastardo.

– Eu matei uma poderosa Górgona – diz Perseu. – E quanto às suas obrigações? Você deveria oferecer comida e um lugar para descansar a um viajante, quer o respeite ou não.

Atlas soltou uma bufada mostrando seu desprezo.

– Que obrigações? Não devo nada a você que aparece em meus portões sem nenhum aviso. Por que deveria ser seu anfitrião quando sei por que veio aqui? Sei o que está planejando e não vou permitir.

– Não estou planejando nada! – Perseu é incapaz de planejar qualquer coisa, então não é de admirar que pareça tão aflito. – Ataquei as Górgonas no covil delas. Vou voltar a Sérifos assim que puder. Preciso de abrigo antes de continuar meu caminho. Quem é você para negar isso?

– Sou o rei de tudo o que você pode ver e mil vezes mil mais do que não consegue – berra Atlas. – Não respondo a você ou a ninguém. Você é um ladrão e não é bem-vindo em meu palácio. Agora vá embora antes que eu o mate.

Perseu já está enfiando a mão no kibisis. Ele agarra minha cabeça e eu sinto seus dedos tateando cegamente sentindo meu nariz ou boca para não cobrir acidentalmente meus olhos.

– Poderíamos ter sido amigos – ele fala. – Mas você recusou. Então, deixe-me dar o presente que você merece.

Ele me tira da bolsa e me levanta até chegar ao rosto do titã. Os olhos de Perseu estão fechados de medo e horror.

Até eu fico surpresa pelo que acontece em seguida. Porque titãs não são criaturas mortais, então não se transformam em pedra da mesma forma que pássaros e escorpiões, ou como o pastor. Quando olhei para Atlas, não sabia o que esperar. Temia pelas vidas das minhas irmãs, quando tinha irmãs, apesar de serem imortais. Mas não sinto nada por Atlas: ele parece um rei mesquinho e por que deveria estar vivo quando eu estou morta? Então, arregalo meus olhos e encontro seu olhar.

Sua expressão é bem diferente da do pastor: ele já viu coisas piores do que uma cabeça de Górgona em sua longa vida, imagino. Seu servo é o primeiro a mudar, e vira pedra antes mesmo de eu notá-lo. Mas Atlas faz outra coisa. Há um estrondo ensurdecedor, como uma grande pedra caindo. Atlas levanta o braço para derrubar Perseu ou talvez queira me arrancar da mão esticada do seu oponente. Porém, Atlas não consegue mover os pés, está preso no chão. E então há outro ruído de rocha e ele está se transformando em pedra dos pés para cima. No entanto, conforme vai se enrijecendo, vai crescendo. O rei titã agora é uma enorme montanha: seus membros vão se tornando plataformas de pedra, o cabelo brotando como vastos pinheiros. Ele é imenso; sua cabeça está perdida nas nuvens que cercam o pico recém-formado. Estamos no meio de uma montanha que os deuses devem ter decidido criar. Pois é claro que não posso ter tanto poder sozinha.

Perseu fica surpreso com o que Atlas se tornou. Pelo que percebo, ele não sente nenhum remorso: me coloca de volta no kibisis e se parabeniza pela forma eficiente como derrotou outro inimigo. Estou quase atordoada com a enormidade do que acabei de criar. Os próprios céus agora repousam sobre os ombros de Atlas: o mundo mudou por minha causa. Fico imaginando se Perseu sente algo pelos homens e mulheres que viviam e trabalhavam no palácio de Atlas, e que agora certamente estão todos mortos. Mas não me pergunto por muito tempo, pois sei que Perseu só se preocupa consigo mesmo e sua preciosa mãe.

O pomar de macieiras sobreviveu, aliás. Continuou a crescer nas partes mais baixas das montanhas de Atlas e isso dava ao titã certo prazer todos os dias. Ele criou um dragão para proteger as árvores porque todos os seus homens estavam mortos. Mas então outro filho de Zeus apareceu e roubou as adoradas maçãs, como Têmis havia previsto, e Atlas perdeu seu último prazer. Tudo o que restou a ele foi sustentar o peso do céu.

Andrômeda

A PRINCESA DA ETIÓPIA ESTAVA começando a pensar que sua mãe tinha ofendido Hélio, em vez de Poseidon. Ela desfaleceu parada ali com os braços abertos, apertando os olhos por causa do brilho do sol. Tentou endireitar as costas, pois o puxão das cordas estava cortando seus pulsos. Mas o calor que emanava da pedra vermelha atrás dela era quase tão intenso quanto os raios deslumbrantes que a atingiam do alto. Seus lábios estavam rachando e ela sentia que cada parte de sua pele exposta estava em chamas. Olhou da esquerda para a direita, esperando que alguém pudesse trazer água, sombra ou algo para aliviar seu desconforto. Mas os sacerdotes ordenaram que todos ficassem para trás.

Andrômeda sabia que a coisa certa a fazer era permanecer em silêncio. Sabia que diminuiria o sofrimento de seus pais se alguém pudesse dizer a eles que a filha tinha ficado inconsciente antes de sua morte. Ou talvez ainda estivessem ali, observando da distância permitida pelos sacerdotes. Ela poderia ficar muda até sua garganta inchar e sua voz desaparecer para sempre. Essa seria a coisa mais digna a fazer? Sentiu que era. Mas isso foi antes de ver a forma escura se agitando na água debaixo de seus pés.

No começo, achou que estava sendo enganada por seus olhos porque nada daquele tamanho poderia estar tão perto da terra. Não poderia ter nadado tanto, da antiga costa até ali em tão pouco tempo. O suor escorria por seus olhos e a ardência a deixou cega por um momento. Esperou que sua visão ficasse mais clara e olhou novamente para a água. Qual seria a profundidade?, pensou. Tinha sido um vale até ser tomado pela voracidade de Poseidon? Ela não reconhecia nenhum lugar porque nada parecia familiar. Com o roubo dos pontos de referência, ela não reconhecia nada. Então, talvez estivesse imaginando coisas. Mas voltou a achar que tinha visto uma enorme massa cintilante e sufocou um grito.

Começou a rezar para um deus que odiava.

Gorgonião

Perseu tinha descoberto que suas sandálias lhe davam a capacidade de viajar tanto pelo mar quanto pela terra, então ele estava voando – da forma como um humano com sapatos alados podia – de volta a Sérifos. Um pastor morto, um titã morto, hora de voltar para casa. Ele não conhece o caminho, claro. Não tem certeza de onde está Sérifos porque chegou lá ainda bebê e partiu com a ajuda dos deuses. Dentro do kibisis, perguntei se ele ao menos sabia onde estava agora. Não respondeu, então concluí que não sabe.

Ele paira sobre a água reclamando que as sandálias o ajudam a voar, mas não escolhem a direção. Eu já o desprezava, então nada mudou. Ele fica vasculhando os céus e os mares de um lado e de outro. Também – descobri – não sabe o que procura porque nunca viu Sérifos do alto. Afirma que está com muita pressa para voltar para sua terra e resgatar sua mãe de um acordo nupcial indesejado. Mas ela pode ter se casado e tido três filhos enquanto ele fica vagando inutilmente.

Está cobrindo uma área pela qual, estou convencida, já passou antes quando, de repente, ouço um som. Acho que é a voz de uma mulher, mas a princípio não tenho certeza porque ouço apenas umas poucas palavras e depois tudo fica em silêncio. Até Perseu parece ouvir algo. Ele faz uma pausa, girando lentamente no ar. Ouço de novo e dessa vez o barulho é mais alto. Dessa vez é um grito.

Andrômeda

ANDRÔMEDA NÃO TINHA CERTEZA SE era a voz dela que estava ouvindo ou a da sua mãe. De repente, eram todas as vozes, masculinas e femininas, gritando ao mesmo tempo. O monstro se levantou das profundezas. Era escuro e brilhava na luz devastadora e todos que o viram ficaram com medo. Estava claro que essa besta não ficaria satisfeita com uma única oferenda e engoliria todos. O pânico se espalhou e Andrômeda ouviu os sacerdotes tentando convencer seus relutantes adoradores de que o monstro havia sido enviado por Poseidon e exigia apenas uma vida. No entanto, atrás dela, conseguia ouvir a fuga dos incrédulos. Seus pais ainda estariam lá?, se perguntou. Eles ficariam para vê-la ser levada pela besta?

Incerto nesse novo ambiente, o monstro nadou de um lado para o outro, tentando identificar onde estava. Ergueu rapidamente sua enorme cabeça e ficou surpreso com o que viu. Nunca tinha nadado para essa parte do mar antes, mas Poseidon mandara que viesse aqui e ele havia obedecido. O deus tinha dado outras instruções, mas a criatura estava distraída e desorientada, e não conseguia se lembrar exatamente do que o deus havia dito. Se virasse para a direita poderia nadar de volta para as profundezas do oceano que reconhecia. Mas será que estaria desobedecendo ao rei de todos os mares?

Levantou a cabeça de novo e viu algo inesperado. Uma mulher mortal, amarrada entre galhos de árvores na frente de uma grande rocha. O monstro afundou entre as ondas. Era isso que Poseidon quis dizer quando descreveu uma oferenda? A mulher mortal era o prêmio pela longa jornada que o monstro havia feito? Era uma recompensa insignificante. Tinha sido um insulto intencional? Ou os mortais haviam prometido a Poseidon uma oferenda melhor e depois faltaram com a palavra?

Ficou nadando em círculos na água mais profunda, pensando.

***

Nem todo etíope fugiu ao ver a poderosa besta. Muitos estavam determinados a apaziguar os deuses depois do dilúvio devastador, mas alguns sentiram que aquilo era um desafio. Por que iriam ver a princesa ser comida quando já tinham perdido tanto? Era humilhante. Então, quando viram a luz do sol brilhando no corpo musculoso, pegaram suas lanças e foram defender Andrômeda.

Gorgonião

Observo toda a cena tão rapidamente; parece que vejo todas as partes de uma vez. Mas o tempo é diferente para mim do que é para você, então deixe-me tentar descrever de uma forma que possa entender. Perseu se aproximou de outra costa, e sei disso porque ouço a água batendo contra as rochas, ouço as algas se movendo. Há paz aqui, como sempre há perto do mar. Mesmo para aqueles que, como Medusa, passaram a odiá-lo.

Porém, eu também senti outra coisa: medo e disposição. Era a voz de uma mulher que ouvi primeiro, mas agora são muitas vozes. Algumas estão expressando medo, outras estão gritando ameaças. Algumas estão rezando. Outras não dizem nada, mas ouço mesmo assim, a forma como elas se preparam para agir: couro sobre a pele, madeira sobre a pedra, metal contra metal.

Há outro som, e é um que reconheço, mesmo sem conhecer. É impossível explicar essa contradição, tanto que ela só dura um instante e depois desaparece. Sinto algo me agarrar e também não consigo identificá-lo. É uma lembrança ou um pensamento, uma conexão ou uma explosão de dor? É quente ou frio? Não sei dizer. Não estou nem segura de que realmente existiu, porque desaparece completamente.

Então, aparece a sensação familiar de Perseu abrindo o kibisis e agarrando minhas cobras. Uma delas o morde, mas isso não o impede de fechar o punho ao redor de três delas e me tirar da bolsa. O brilho me deixa tonta depois de tanta escuridão e eu pisco duas vezes os olhos. Estou diante de uma multidão de mortais, mas eles não estão olhando para Perseu, nem para mim. É por isso que tantos deles ainda estão vivos. Estão olhando para a água abaixo de mim. É uma grande multidão espalhada por uma vasta área: homens armados com lanças, mulheres segurando pedras prontas para serem atiradas. Dois dos mortais estão vestidos com grande elegância. No começo, eu os confundo com os líderes dessas pessoas, mas então vejo seus chapéus e entendo que são sacerdotes. Não consigo identificar um rei ou uma rainha; talvez estejam ausentes.

Perseu está do lado da costa. Abaixo dele, na frente do resto de seu povo está, o quê? Uma rainha? Um sacrifício? Ela está usando um diadema, um bracelete: os dois são de ouro. Mas está amarrada na frente de uma grande pedra e está gritando. Felizmente, não está olhando para a direita, então não me vê. Perseu gira no ar e, agora, estamos vendo o mesmo que a oferenda de sacrifício. Que é um mar calmo, com algumas poucas ondulações.

No entanto, algo deve tê-la feito gritar. Os mortais atrás dela agora estão avançando em direção à água. Ouço o som de homens discutindo e implorando. São os sacerdotes, acho, tentando persuadir o povo a não atacar. A água se agita e algo aparece na superfície. Se fosse muito menor, poderia ser um golfinho. É um corpo rápido e escuro brilhando na luz. Uma enguia? Mas, seja o que for, é muito grande. Uma segunda criatura aparece do outro lado da baía: não há barbatanas ou guelras, apenas um tentáculo escuro que se desenrola. E então um terceiro, um quarto, um quinto: é um enorme cardume de peixes ou golfinhos. Ouve-se um súbito som de mergulho, quando todos esses peixes gigantes afundam ao mesmo tempo e outros se levantam no meio deles.

E, naquele momento, eu entendo por que ela está gritando. Não é um cardume de peixes, é uma imensa criatura. Nunca tinha visto nada assim, e nem Perseu, porque ele acaba engasgando ao vê-la. Obviamente, tem medo de tudo, por isso não é um indicador confiável. Mas se eu respirasse, também me engasgaria.

Os homens dirão que as Górgonas são monstros, mas os homens são tolos. Eles não conseguem entender nenhuma beleza além da que podem ver. E o que veem é uma pequena parte do que existe. Então, para Perseu a única diferença entre esta grande criatura, a Medusa e suas irmãs é de escala. Elas o deixavam aterrorizado por causa de suas garras, dentes e asas, eu o deixo aterrorizado com meu olhar. A besta na água o deixa aterrorizado por causa de seu tamanho e suas poderosas mandíbulas. Mas ele está comigo para lutar contra a criatura, então por que ainda está com medo? Porque é covarde e, mesmo quando luta com a ajuda dos deuses, nunca deixa de temer por sua vida.

Então, por que decidiu vir aqui e defender a mulher que está amarrada entre aqueles galhos de árvore? Há muitas razões que poderia dar, e cada uma delas é parte da verdade.

Ele não sabia no que estava se metendo quando voou para cá. Ouviu uma mulher gritando e se imaginou um herói, assim chegou e notou uma criatura que aterrorizava todos que a viam (todos menos uma) e era tarde demais para simplesmente bater as asas da sandália e voar para longe. Dessa forma, agora ele está obrigado a tentar um resgate audacioso.

Estava frustrado com seus muitos fracassos até o momento e por sua incapacidade de completar essa missão.

Ele está testando o amor de seu pai por ele, lutando contra uma criatura que pode destruí-lo com uma única mordida.

Está começando a gostar de aventuras, no final das contas. Possui boas armas, é favorecido pelos deuses e quer tirar vantagem disso.

Já destruiu um titã e deixou uma grande montanha como um monumento pela destruição dele. O que mais poderia conseguir?

Vê uma mulher em perigo e tenta salvá-la.

Ele é maligno e quer matar.

O povo armado está atirando as lanças e flechas contra o monstro temido enquanto ele se eleva acima do sacrifício. Os mortais estão perplexos: por que eles a amarraram se não queriam que fosse comida? A criatura não mostra nenhum sinal de sentir as poucas flechas que a atingem. Ela as ignora. As lanças atingem o lado de um enorme tentáculo, mas caem, inúteis, na água. A besta mergulha para trás sob a superfície e os homens agarram suas segundas lanças, preparam mais flechas. Eles comemoram, achando que assustaram o monstro. Talvez Perseu não seja totalmente estúpido, pelos padrões mortais.

A água se agita e a criatura se levanta e cai imediatamente de volta à água. A onda resultante avança pela terra e derruba seus agressores. Quando a água recua, suas armas são arrastadas para o mar. Os homens ficam caídos na areia molhada, sem imaginar que a besta decidiu não criar uma onda maior e arrastá-los também. A garota amarrada na frente da rocha está encharcada: sua túnica está rasgada, sua coroa está torta em sua cabeça. Ela grita de novo, quando a água começa a subir.

Perseu não tem nem lança nem arco e sua espada curva não serve para nada aqui a não ser que ele voe mais perto, algo que não está disposto a fazer. Ele manobra para um lugar próximo e um pouco atrás da rocha. Fica um pouco acima da altura da água e levanta a mão. A mão que me segura.

Olho para o oceano, vasto brilhando diante de mim, e não sinto medo, nem de Poseidon, nem de Atena ou mesmo daquela criatura. Então, ela se levanta de novo, seu corpo escuro por toda parte. Olho para o centro, porque deve ser sua cabeça, mas é difícil dizer, pois todas as partes se parecem: uma massa ondulante de músculos. A luz que incide sobre ela é tão brilhante que chega a ofuscar e não sei dizer se estou olhando direto para seus olhos ou não.

Mas estou. Seus olhos se encontram com os meus e se congelam. Eu me pergunto como vai morrer? Vai se transformar em uma estátua como os pássaros e o pastor? Ou uma montanha como o titã? Vai ficar aqui para sempre, um tributo ao meu grande poder? Ou será lembrada como uma marca do poder de Perseu? Vai afundar entre as ondas? Não quero que Perseu seja lembrado, mas agora é tarde demais porque a criatura está se petrificando, cada parte do corpo, da ponta de cada tentáculo até o centro. Sua pele negra brilhante vai ficando cinza opaca, como uma pedra, e sei que salvei a vida da mulher sacrificada mesmo se Perseu reivindicar o crédito. A criatura se contorce quando suas extremidades vão ficando dormentes e vejo que o peso de seu corpo a está arrastando para baixo. Faltam apenas alguns momentos para se tornar uma rocha sólida.

E, de repente, vejo seus olhos. E os reconheço.

Andrômeda

A princesa ficou boquiaberta. Desapareceram todos os pensamentos sobre o desconforto de seus pulsos. A água salgada que a banhou momentos antes tinha deixado seus olhos ardendo, mas ela também não pensou nisso. A proximidade da morte tinha afastado tudo de sua mente, então, de repente, ela foi salva por um estranho. Ou pela coisa que o estranho estava segurando. Olhou para as costas dele e tentou afastar a água que obscurecia sua visão. Porém, nada mudou o que ela pensou ter visto: um homem voador segurando um punhado de cobras que aparentemente transformaram o monstro em pedra.

Quando conseguiu focar os olhos, ainda via um homem que parecia flutuar sobre o mar, enquanto guardava as cobras em uma bolsa dourada pendurada em seu ombro. O monstro está deslizando para o fundo do mar e, agora que o perigo passou, o homem se virou para ela. Era, viu, muito jovem. Tanto quanto ela. Metade da idade de Fineu. Seu cabelo negro estava bagunçado e molhado, mas ela suspeitou que ele tivesse cachos. Sua túnica curta revelava braços e pernas musculosos, totalmente diferentes dos de seu tio. E ele a tinha salvado de uma morte certa.

Voou até ela e desamarrou suas mãos. Mesmo se tivesse forças para ficar de pé, teria caído nos braços dele. Cansaço, gratidão e a necessidade absoluta de mostrar que não estava mais comprometida com um homem muito mais velho: tudo isso contribuiu para seu colapso.

– Obrigada, senhor – ela falou. E ele sorriu.

– Como você acabou nesta situação? – ele perguntou. Ela gostava dos olhos escuros e penetrantes dele bem como da forma como parecia estar interessado apenas nela. Nem sabia que era uma princesa. Nem tinha visto a mãe dela.

– Os sacerdotes me obrigaram a me sacrificar – ela falou. Ele franziu a testa. – Quero dizer, eles me sacrificaram – ela explicou. – Eles não me pediram para fazer um sacrifício e tudo deu errado.

Ele assentiu. Ela assumiu que ele estava confuso com sua beleza, mas não tinha certeza até ele estender a mão e arrumar seu diadema.

– Sou Andrômeda – ela falou.

– Sou Perseu – ele respondeu. – Quem é seu pai?

– Cefeu, rei dos etíopes – ela contou.

– Está bem. – Ele se animou. – Vou matar esses sacerdotes para você, depois poderia me apresentar a seus pais?

Andrômeda pensou em dizer que não era preciso matar os sacerdotes e que queria que ele conhecesse seus pais imediatamente. Mas, após uma breve reflexão, percebeu que queria que os sacerdotes morressem, então concordou, feliz. Perseu a ajudou a chegar a uma rocha menor para poder se sentar e se recuperar. Gostava da forma como ela aceitava tudo o que ele dizia. Finalmente, alguém o levava a sério. A primeira vez desde que havia deixado sua mãe. E tudo o que ele teve que fazer foi salvá-la da morte certa. Matar outros dois homens não seria difícil, pensou. Talvez estivesse muito cheio ali para usar a cabeça, mas ele tinha sua harpe e isso bastava. Os sacerdotes nunca poderiam fugir dele, pois estava com suas sandálias aladas.

– Espere aqui – ele falou. – Eu já volto.

Andrômeda observou sua túnica tremular enquanto ele se afastava dela. Queria ignorá-lo e ver os sacerdotes encontrarem seu fim prematuro. Mas não queria que Perseu pensasse que ela seria o tipo de esposa que ignora o marido. Seria melhor, não, se ele pensasse que ela era o tipo de mulher que precisava ser resgatada, ficando longe da matança? Talvez seria ainda melhor ser essa mulher, em vez de simplesmente ser considerada assim. Sua mãe tinha influenciado Cefeu e olha o que isso havia causado: metade do reino perdido e Andrômeda quase morta. Andrômeda deveria ser mais cuidadosa. De qualquer forma, ela não queria assustar o rapaz.

Panopeia

Agora o lugar em que Etiópia se encontra com Oceanus mudou. O mar mais distante chega mais longe do que antes. Mesmo assim, Perseu encontrou seu caminho aqui. Andrômeda está salva, o que não vai agradar nem um pouco as Nereidas. Elas finalmente convenceram Poseidon a agir como queriam, e o sacrifício delas foi roubado no último momento. Então, o que acontece agora?

As Nereidas poderiam pedir outro sacrifício, mas Poseidon não vai atendê-las uma segunda vez. Ele já tem um mar maior, que era tudo o que queria. Até as Nereidas mais bravas – embora possam não ficar contentes – terão que aceitar que a chance de retaliação passou, porque foi o próprio filho de Zeus que levou o prêmio delas. Elas não enfrentarão o rei dos deuses e Poseidon tampouco fará isso em nome delas. Elas podem continuar rancorosas e, agora, estarem insatisfeitas, mas não há mais nada a fazer.

E o que acontecerá com o mar, que perdeu um de seus guardiões mais poderosos? Monstro para Perseu, mas deusa para nós. Como será nosso luto, agora que ela é uma pedra sob as ondas? Ninguém buscará justiça por ela? Fórcis deixará sua esposa morrer sem retaliar?

Mas quem ele poderia obrigar a pagar? Não tem esperança de enganar Zeus, que certamente protegerá seu filho.

Poderia se queixar com Poseidon, claro. Mas tinha sido ele que enviou Ceto ali, para começo de conversa. Se Poseidon não tivesse mandado que ela fosse para aquelas águas rasas devorar a princesa etíope, Ceto teria se escondido, como sempre, nos recessos mais distantes do mar. Fórcis talvez nem saiba por que o senhor dos mares escolheu Ceto, entre todas as outras criaturas, para essa tarefa.

Eu sei, é claro – e talvez você também. Poseidon feriu as Górgonas pela primeira vez quando decidiu violentar Medusa. E talvez, se elas tivessem aceitado o dano e fingissem que tinha sido algo trivial, a questão teria terminado ali (talvez não: a raiva de Atena já havia sido despertada). Mas elas revidaram. Euríale tirou uma parte do mar dele e o forçou a se afastar da costa. E, claro, Poseidon não considerou isso uma punição justa pelo que tinha feito a Medusa. Viu como um insulto não provocado.

Assim, ele queria se vingar das Górgonas por terem se recusado a respeitá-lo e viver com medo. Mas era difícil que pudesse violentar Medusa de novo, não? Ela estava escondida em uma caverna e ele estava emburrado nas profundezas de suas ondas. Em vez disso, elaborou esse plano, que era tão inteligente que duvido que tenha criado sozinho.

Ele enviou Ceto precisamente porque sabia que o filho de Zeus estava por perto, voando por ali em sua complicada viagem de volta para casa.

Sabia que Perseu tinha a cabeça de Medusa, todos sabem que é tudo o que sobrou dela. Vimos suas irmãs de luto mostrarem seu corpo, chorarem por ela. Vimos como dobraram suas asas ao redor dela e construíram uma pira. Sentimos pena delas quando queimaram o corpo da irmã em vez de devolvê-la ao oceano. A água não voltaria a tocá-la, juraram. E mantiveram a palavra: Euríale voou dias para o interior a fim de enterrar suas cinzas o mais longe possível do reino de Poseidon. Ouvimos quando ela contou a Esteno sobre as árvores que cresciam no oásis que ela havia escolhido.

Poseidon viu isso como outro insulto, claro. Então, a solução perfeita se apresentou. Ele puniria as Górgonas restantes mandando que Ceto, a mãe delas, devastasse a costa etíope e comesse sua infeliz princesa. Será que ele adivinhou que Perseu seria incapaz de resistir a uma mulher sofrendo? Ele é filho de seu pai, afinal.

Qualquer que fosse o resultado, seria agradável para Poseidon. Ceto poderia matar Perseu e destruir a cabeça de Medusa, levando-a de volta para a água. Zeus poderia perder o filho, mas isso era muito ruim. Poseidon havia deixado que vivesse antes, quando era bebê, colocado naquela caixa e lançado ao mar com a mãe. Se ele morresse tentando resgatar Andrômeda, bom, Poseidon estava apenas saldando uma dívida antiga. Zeus não iria agradecê-lo, mas Hades ficaria grato, e são todos irmãos.

A segunda possibilidade era que Ceto fosse morta por Perseu usando a cabeça de Medusa. Que melhor forma para um deus maligno se vingar das duas Górgonas que tinham sobrevivido? A mãe delas está morta; as mãos dele estão limpas. Não foi ele: foi Zeus, quer dizer, o filho de Zeus. Poseidon tinha perdido uma das deusas mais antigas do oceano, é verdade. Mas ele tem mais deusas e Nereidas do que gostaria, então pode se dar ao luxo de perder uma.

Vejo tudo, mas não sei tudo.

Não sei se Ceto sabia que era a cabeça de sua própria filha amaldiçoada – irreconhecível para a maioria, mas certamente não para ela – que Perseu usou para matá-la.

Ela olhou deliberadamente nos olhos da filha? Porque não poderia ferir o último pedaço restante do corpo de Medusa?

Os deuses do mar mantêm seus segredos nas profundezas, sempre foi assim.

Gorgonião

Não.

Não pode ser verdade.

Mas é verdade. Eu a perdi no exato momento em que a encontrei. Não, não a perdi. Perder seria a palavra a usar se outra pessoa a tivesse matado. As Górgonas perderam Medusa, perderam sua irmã amada, quando Perseu tirou sua vida e sua cabeça.

Mas eu não perdi minha mãe: eu a matei.

Oh, Perseu a matou, é o que as pessoas vão dizer, não é? É o que vão dizer, bandidinho assassino, desesperado para impressionar a todos com sua coragem e sua força. Um homem sozinho contra um monstro marinho gigante. Ele estaria morto assim que ela o visse, se eu não estivesse lá.

Acha que quem não é como ele é um monstro, você percebeu? E todos os monstros precisam ser mortos. Eu me pergunto se ele se convenceu de que os sacerdotes eram monstros, também. Eram muito mais monstruosos do que Ceto, na minha opinião. Mas estão todos mortos, do mesmo jeito.

Quanto tempo eu olhei para ela antes de perceber que era minha mãe?

Quanto tempo ela olhou para mim? Não foi nada. Uma batida de coração, se as duas tivessem coração.

Ainda há uma pergunta que continua me devorando.

Por que não fechei os olhos?

Andrômeda

A princesa caminhou pelo corredor em direção ao grande salão do palácio de seu pai. As marcas de sal tinham sido limpas das paredes e os tapetes e móveis estavam do lado de fora para secar. Só havia um leve aroma de umidade. Ela correu até seus pais, esperando que Perseu estivesse sendo bem cuidado em seus aposentos. Será que ele tinha ficado bem impressionado com sua família e sua casa? Deve ter ficado, claro.

Andrômeda encontrou seus pais esperando por ela na mesa. Seu pai parecia tão confortável quanto antes. Sua mãe parecia abatida.

Havia um silêncio entre eles que Andrômeda pretendia solucionar.

– Vocês sabem que vou me casar com ele? – Os olhos dela estavam brilhantes ao lançar o desafio. Ainda não tinham recebido notícias de Fineu, mesmo agora que sua sobrinha estava livre.

– Sim, querida – disse o pai. – Ficou evidente quando você permitiu que ele a agarrasse na frente de todos os nossos súditos.

– Ele tinha acabado de salvar minha vida – ela os lembrou. – Achei a melhor forma de mostrar a todos que ele é o tipo de homem que quero como marido, em vez de um covarde ausente. – Houve uma pausa. – Um velho covarde ausente. – A mãe dela se encolheu, mas não falou nada. – Ele é o filho de Zeus – continuou Andrômeda. – É uma combinação que acho que vocês dois aprovam.

O pai assentiu.

– Não posso recusar – ele falou. – Depois que apareceu de forma tão impressionante e te salvou quando eu não pude. – Havia um tremor em sua voz e Andrômeda se perguntou por quê. Era um pouco tarde, no que dizia respeito a ela, para desejar que ele tivesse feito mais para salvá-la. Ele não tinha feito nada quando podia. Perseu tinha feito tudo.

– Ele vai pedir permissão para se casar comigo esta noite – ela falou. – Tenho certeza.

– Não tenho certeza se ele vai pedir permissão – disse o pai. – Mas talvez vá, já que é hóspede em minha casa.

– Não sei por que você não gosta dele. Ele salvou minha vida quando mais ninguém quis ou pôde salvar. Não teve medo de um monstro, não teve medo de Poseidon, e não se importou com o que disseram aqueles vis sacerdotes. Achei que ficaria feliz se eu me casasse com um homem assim.

– Ficaria – respondeu o pai. Andrômeda esperou, caso ele fosse completar a frase. Mas o pai simplesmente serviu mais vinho.

– Você não parece muito feliz – disse ela e ocupou seu lugar no sofá ao lado, deixando muito espaço caso Perseu não soubesse onde se sentar quando chegasse.

– Se você está feliz, nós estamos felizes – disse Cefeu. – Não posso fingir que não estou profundamente envergonhado pela ausência de meu irmão e por sua covardia. Embora eu ache, mais do que você, que a idade pode ser um atenuante.

– Sei – falou Andrômeda.

– Eu e sua mãe escolhemos um marido porque acreditávamos que seria bom para você. O comportamento dele deixou claro que não. Gostaria de poder escolher um novo marido para você, em vez de alguém que desceu dos céus e que nem nós nem você conhece. Mas discutimos e sentimos que não podemos ficar no caminho dele se quiser se casar com você: quase não sobrevivemos à ira de Poseidon. Não podemos causar a raiva de Zeus, o Todo-Poderoso.

Andrômeda olhou para sua mãe, que estava concentrada em sua taça, inclinando-a gentilmente para que o vinho fluísse.

– E o que eu quero? – perguntou Andrômeda. – Vocês se comportam como se eu não tivesse nada a dizer sobre o assunto.

O pai sorriu.

– Não – ele disse. – Mas você se decidiu no momento em que ele apareceu, acredito, então não nos preocupamos com isso quando discutimos.

– Não acho que estejam satisfeitos com esse casamento, não importa o que estão dizendo – ela respondeu. – Vocês ficam sentados aqui em silêncio, como se estivéssemos preparando um funeral. O que quase foi, embora eu não estivesse participando.

– Não. – A voz de sua mãe estava falhando por falta de uso. – Somos gratos a ele por tê-la salvado do erro que cometi. Ele é filho dos deuses e bem favorecido por eles. Só tenho uma razão para ficar infeliz hoje e espero que ela desapareça com o tempo.

– E qual é? – perguntou Andrômeda.

– Ele desfrutou muito de matar os sacerdotes – respondeu a mãe.

– Por que não deveria tê-los matado? – perguntou Andrômeda. – Eles me queriam morta. É fácil encontrar novos sacerdotes.

– Não discordo de você, minha querida – falou Cefeu. Isso era o que ele sempre falava quando discordava de alguém. – Queríamos aplacar os deuses e pensamos que devíamos fazer o que eles exigiam.

Mas seu jovem chega com uma autoridade superior, do próprio Zeus, se podemos acreditar nele.

– Por que não poderíamos acreditar nele? – Andrômeda estava começando a se perguntar se seus pais preferiam que ela tivesse sido comida viva. – Por que estão questionando sua linhagem assim?

– Não estou questionando – respondeu Cefeu rapidamente. Ele não queria blasfemar contra outro deus. – Só não estou acostumado a conhecer filhos de Zeus, acho.

– Foi um período bastante agitado para todos – disse Andrômeda. – Não vejo como o pai do meu futuro marido seja mais surpreendente para você do que a invasão de um oceano ou um monstro marinho. E o que você quis dizer quando disse que ele tinha gostado de matá-los? Ele estava salvando minha vida. Não imagino que prazer possa ter sentido nisso. Não haveria sentido em matar a criatura que tinha sido mandada para me devorar se ele deixasse os sacerdotes emitirem outra ordem de me matar. Pelo menos, ele me defendeu.

Houve um longo silêncio.

– Ele não é o rei de todos os etíopes, minha querida – disse o pai. – Eu era o rei deles antes de ser seu pai.

– Bem, agora tenho a chance de me casar com um homem que pensa nas minhas necessidades antes das de seu povo – ela respondeu. – O que é mais do que poderia ser dito sobre o homem com quem vocês queriam que eu me casasse.

– Ele desfrutou do ato de matar – falou a mãe. – Você não viu, mas nós vimos. Os olhos dele cheios de emoção quando passou a espada pela garganta do velho sacerdote. Ele estava feliz. Tenho certeza de que você está certa de que ele nunca colocaria as necessidades de outras pessoas antes das suas. Mas ele nunca colocará as de ninguém antes das dele.

– Isso não é verdade – falou Andrômeda. – Como pode dizer isso, se mal o conhece?

– Você está concordando em se casar com ele e mal o conhece – retorquiu a mãe.

– Ele está em uma missão para salvar a mãe de ser forçada a se casar com um homem de quem ela não gosta – respondeu Andrômeda. Ela e Perseu tinham conversado sobre tudo de importante na volta para o palácio. Tinha certeza de que amava as coisas que ainda não sabia dele tanto quanto as que já sabia. Como ela poderia resistir a alguém que estava tentando salvar sua mãe do mesmo destino que ela tinha enfrentado?

– Foi o que ele explicou – disse Cefeu. – Disse que é muito urgente. Uma missão muito perigosa.

– Na qual foi ajudado pelos deuses, porque é filho de Zeus e é favorecido por ele – disse Andrômeda. – Algo que significará uma boa mudança para mim. Desfrutar do favor divino.

– Mesmo assim – disse sua mãe –, ele atrasou a viagem para casa para poder salvá-la.

– Sim! – gritou Andrômeda. – Não sei como pode pensar que isso é ruim para ele. Só posso assumir que é porque não mostra o melhor lado de vocês.

– Você disse que ele não colocaria as necessidades de ninguém antes das suas – respondeu a mãe. – Mas ele escolheu colocar as necessidades de uma estranha – você – antes dos interesses da mãe, a quem é tão devotado. Por que não estava correndo para salvá-la? Por que se desviou tanto da viagem de volta para casa?

– Porque ele me amou no momento em que me viu – respondeu Andrômeda.

– Ele já tinha abandonado a mãe antes de ter visto você – falou Cassiopeia.

Andrômeda olhou para ela em um silêncio furioso. O pai fitava o chão.

– Espero que não esteja muito atrasado – disse Perseu ao entrar na sala de jantar.

Gorgonião

Não sei onde ele parou depois de deixar a Etiópia. É uma costa diferente de todas que já conheci. Será uma ilha? Ou do outro lado do mar que molhava o litoral das Górgonas? Não sei. Não vejo a terra, porque ele me tira do kibisis e me coloca no chão, de frente para o mar. Ainda tem medo de mim, o que é alguma coisa, acho.

Ele não me coloca no chão com cuidado: aguenta agarrar minhas cobras, mas só por pouco tempo antes de sentir nojo da sensação dos corpos quentes dos répteis se contorcendo em suas mãos. A areia é tão dura quanto as rochas na caverna da Medusa. A dor sobe por meu pescoço e aperto os dentes. E o homem que não respondeu a nada que falei nota meu desconforto. Ele se afasta.

Eu me pergunto se vai me deixar aqui. Há lugares piores, tirando o solo duro, e eu poderia me acostumar a isso. Já me acostumei a todo o resto, afinal. Eu ficaria aqui para sempre, olhando as ondas e pensando em tudo o que perdi: minhas irmãs, minha mãe, meu antigo eu.

Mas ouço os passos voltando. Ele me levanta da areia e há um farfalhar embaixo de mim. Quando volta a me colocar no chão, está mais macio. Ele fez uma almofada com folhas para apoiar meu pescoço.

Não.

Não pode começar a sentir afeto por ele neste momento. Não pode. Posso lembrá-lo de que meu pescoço não estaria em carne viva se não fosse por ele? Gratidão não é algo que eu possa ou vou sentir por Perseu. Mesmo assim, descanso sobre o tapete de folhas e olho para a água. Ele também descansa, porque viajar com a ajuda divina é algo exaustivo, aparentemente. E quando decide que é finalmente hora de viajar para Sérifos, abre a bolsa e me coloca dentro. O tapete de folhas virou uma delicada escultura de pedra: dou uma rápida olhada nele antes de ser envolvida novamente pela escuridão.

Dânae

DÂNAE TINHA CONTADO OS DIAS desde a partida de seu filho. Ela tentou não sentir ansiedade porque Zeus sempre havia cuidado dela antes. Mas não era mais tão jovem, ao contrário de quando chamou a atenção do deus pela primeira vez, e (algo indigno, claro, ela falou para si mesma, tentando não ofendê-lo nem em pensamentos) se preocupava de estar velha demais para que ele se preocupasse e a ajudasse. Devia estar de olho em outras garotas agora; por que se lembraria da mãe de Perseu, que tinha salvado da prisão, de uma caixa e do mar? Mas, mesmo se não se lembrasse de Dânae, se lembraria de Perseu, ela esperava. Zeus se orgulhava, no geral, de seus filhos, e os defendia com firmeza. Mesmo assim, por que eles sempre precisavam que ele os defendesse? Porque Hera estava contra eles e a fúria dela era tão incontrolável quanto um oceano furioso.

Porém, ela sentiu uma esperança: Hera não havia punido Dânae antes. Tinha sido seu próprio pai, Acrísio, que a prendera e depois havia deixado que se afogasse. Então, se Hera não estivesse brava com ela, talvez Perseu e ela estivessem seguros. E seu filho viria para casa e ela não teria que se casar com um rei velho e pomposo com cheiro de vinho velho e cheio de autoestima.

Mais um dia se passava e ela via os barcos voltarem. Sempre esperava que Díctis encontrasse Perseu navegando perto dele, voltando para casa. Mas, a cada dia, ela o via voltar sozinho em seu barco. E sabia que onde quer que Perseu estivesse, ele não ia subir correndo a colina até a casa deles, desesperado para contar para sua mãe as enormes criaturas que tinha visto no oceano (Díctis sempre olhava para o lado errado no momento crucial, então havia perdido os grandes monstros das profundezas). E ela sorriu e balançou a cabeça: estava se lembrando de um Perseu muito mais jovem do que aquele que partira em sua busca havia quase dois meses.

O casamento planejado era agora iminente, e o odiado rei enviava mensageiros todos os dias com uma coisa ou outra: um vestido que ela devia usar, um bracelete de que iria gostar. Díctis se encolhia a cada nova chegada. Dânae empilhou tudo em um canto e colocou uma velha rede de pescar sobre eles para que não tivessem que ver a influência do irmão durante as tarefas do dia. Imaginou que o vestido cheiraria a peixe agora, mas estava acostumada com isso, vivendo na casa de um pescador. E ainda esperava que não tivesse que usá-lo, embora sua esperança diminuísse a cada hora que passava.

Então, agora tantas horas tinham se passado que o casamento ia acontecer no dia seguinte. Polidecto ia se apresentar pessoalmente à noiva, tinha dito o pomposo mensageiro no último dia de liberdade dela. Deveria empacotar qualquer pertence que quisesse levar com ela (nesse ponto, o mensageiro não pôde evitar um sorriso de escárnio olhando para a humilde cabana). Porque ela não voltaria para cá e Díctis não seria bem-vindo no palácio. Então – explicou lentamente, como se ela pudesse não entendê-lo – qualquer coisa que deixasse para trás estaria perdida para sempre.

Ela assentiu cansada e se virou a fim de olhar novamente para o mar. Mas, depois que o mensageiro foi embora, percebeu que não conseguiria aguentar ficar olhando a volta dos barcos e que um homem subisse a colina sozinho. Esperou dentro para cumprimentar Díctis – como fazia nos velhos tempos –, disposta a esconder sua tristeza quando via seu rosto moreno e enrugado se abrir em um sorriso cansado.

Os barcos tinham voltado mais tarde hoje, ela pensou, olhando as sombras que se moviam pelo chão. Nunca voltaria a ver essas sombras, essa luz. Irritada, pegou uma vassoura. Não ia chorar sobre aquele chão. Zeus a salvaria ou não e isso era tudo.

Depois de um tempo, ouviu os passos lentos dele ao se aproximar da casa. Tinha pescado muito hoje, pensou, ou seus passos seriam mais rápidos e mais leves. Ela se virou para a porta e viu o rosto de um jovem que parecia tão familiar quanto seu próprio reflexo e tão desconhecido quanto um estranho. Mas não teve tempo para pensar nesse paradoxo porque ele já estava em seus braços, chorando de alívio.

Gorgonião

O DIA DO CASAMENTO CHEGOU, mas Dânae não terá que se casar com o rei. A luz é penetrante e implacável. O rei...

Vocês precisam mesmo que eu conte tudo isso? Já sabem o que aconteceu. O rei chega para reivindicar sua noiva relutante. O rosto corpulento dele fica igualmente desapontado e surpreso ao ver que Perseu tinha voltado para defendê-la. Ele faz comentários sarcásticos, mas dá para sentir o desconforto em sua voz. Enviou um menino numa jornada do herói, e o tolo afirma que voltou com o prêmio.

Esse seria eu, caso tenha esquecido.

O rei fica fanfarronando que não acredita. Perseu fica com muita raiva. Sua mãe permanece quieta; Díctis coloca uma mão protetora sobre o braço dela.

O rei – que é ainda mais estúpido do que Perseu, ou pelo menos igualmente ignorante – pede para ver seu prêmio. Perseu explora esse momento, aumenta a tensão demorando para encontrar o kibisis, soltando as cordas que o mantêm fechado, enfiando a mão dentro. Ele manda que sua mãe e Díctis se virem. Eles não fazem perguntas, apenas obedecem. Há uma sensação perceptível de triunfo e alívio desde que voltou para casa. Era disso que ele sentia falta, então: a simples experiência de ser ouvido e atendido. Eu me pergunto se Andrômeda é a esposa que poderá dar isso a ele.

O rei zomba das precauções tomadas por seu irmão e sua pretendida. Do que eles têm medo? Perseu deve ter realmente cumprido sua promessa.

Então, como vocês podem ter adivinhado, ele me vê e nunca mais diz outra palavra. Três de seus guarda-costas estão olhando na mesma direção e viram pedra no mesmo instante. Os outros – vendo que seus companheiros agora são estátuas e o rei está morto – fogem para se salvar.

Quando ele me coloca de novo na bolsa, Perseu afirma que deixará os homens onde estão como um aviso para outros.

A última coisa que ouço é Díctis que, como resposta à morte do irmão, diz que prefere que levem as estátuas e as enterrem na areia. Perseu concorda relutante, e todos são enterrados.

Hera

– Fico pensando se é um bom precedente, meu amor. – Hera estava atrás de Zeus tocando os ombros do marido, para que não visse a expressão de desdém dela.

– Tenho certeza de que é – ele respondeu. Hera esperou. – Que precedente?

– Seu filho bastardo – ela falou. Embora não pudesse ver o rosto dele, sabia que os olhos estavam indo de um lugar para outro, tentando descobrir de qual ela estava falando, e se havia acabado de descobrir mais um. – Perseu acabou de matar o rei de Sérifos.

– Ah, bem – disse Zeus. Sua esposa apertou o ombro dele brevemente, mas não falou nada. Zeus pensou por um momento. – Era um rei muito injusto – ele disse. – Os moradores da ilha já oravam havia um tempo pedindo liberdade.

– Entendo – disse Hera. – Bom, então tenho certeza de que não preciso me preocupar.

– Não – falou o marido. – Por que estava preocupada?

– Por nada – ela respondeu. – Só me perguntava se era uma boa ideia permitir que jovens novatos andem por aí matando reis sem enfrentar castigos.

– Ele é meu filho – disse Zeus. – Pode fazer o que quiser, dentro do razoável.

– Pensei que isso pode ter sido além do razoável – falou Hera. – O rei parece não ter feito nada além de decidir se casar com uma mulher, e é difícil imaginar que alguém possa ter ficado ressentido com isso.

– Essas coisas acontecem – disse o marido.

– Fico preocupada, pois as pessoas talvez começassem a pensar que podem derrubar qualquer governante que não é amado – ela continuou. – Se o comportamento deles não for punido.

– É algo que corre na família – retorquiu Zeus. – Eu mesmo...

– Você não é mais um novato – disse Hera. – Você é o velho rei.

– Mortais não vão derrubar o rei dos deuses – disse Zeus. – Eles não ousariam. Quem tentaria algo assim?

– Não os mortais – murmurou Hera, aproximando-se.

– Então, quem? Eu já reprimi as rebeliões dos titãs e dos gigantes. Quem sobrou para se levantar contra os deuses do Olimpo, contra mim?

– Bom, aqueles dois não são a mesma coisa, são? – ela falou. – E se um dos deuses daqui decidisse arriscar?

– Ninguém teria sucesso – afirmou. – Quem?

– Não sei – ela respondeu. – Só me preocupa estabelecer um mau exemplo.

– Bom, não é.

– Maravilha – falou Hera, cantando baixinho ao se afastar.

Gorgonião

O SANGUE É DERRAMADO ANTES que as estátuas sejam feitas. Até eu fico surpresa com a escala do massacre do casamento. Não sei por quê, pois ele não mostrou qualquer remorso em nenhuma das ocasiões anteriores. Mas os números são absurdos. Não sei se fico surpresa por conseguir matar tantos de uma vez – dezenas, depois centenas – ou por Perseu não conseguir se envolver em uma ocasião que normalmente é feliz sem cometer um assassinato em massa.

Obviamente, não é culpa dos pais de Andrômeda. Atingidos pela quantidade de desastres recentes, eles ficaram quietos quando Perseu foi embora e ficaram quietos quando ele voltou (embora tivessem desejado, pelo bem da filha, que ele não retornasse). Concordaram educadamente com o casal feliz de que esse casamento seria uma oportunidade de unir as pessoas de seu país conturbado depois das dificuldades recentes. Andrômeda e sua mãe escolheram o vestido, Perseu e o pai dela escolheram os convidados. A mãe dele não viria, ele explicou, por causa da distância. Mas Perseu e sua nova esposa voltariam para a Grécia e viajariam via Sérifos. Cefeu e Cassiopeia concordam com tudo, e tudo correu bem no dia do casamento até a chegada dos convidados. Estranhamente, não foi Perseu que começou a briga.

Andrômeda havia sido prometida a outro, ao seu tio Fineu. Mas ele desapareceu quando o país foi inundado e não reapareceu quando Andrômeda foi levada pelos sacerdotes. Pensaram – ao menos a família real – que estava morto. No entanto, Fineu estava bem vivo, ao que tudo indica até o dia do casamento. Ele tinha se escondido nas montanhas, recuado para as terras altas quando o país foi invadido pelas águas. Aí começou a se espalhar a questão da blasfêmia, e a recompensa divina e um monstro marinho, por isso ele não viu motivos para voltar. Se foi uma surpresa descobrir que sua noiva não havia sido devorada no final, ao menos foi uma surpresa agradável. Menos agradável era o rumor que a acompanhava: de que ela agora planejava se casar com seu salvador. Fineu queria ter certeza de que não havia mais monstros antes de reaparecer e voltar a reivindicá-la como esposa.

Quando se sentiu seguro, Perseu tinha voltado e o dia do casamento havia chegado. Fineu – indignado pela rapidez com que tinha sido esquecido – juntou um grupo desorganizado de apoiadores e marchou para o casamento como estivesse indo para o campo de batalha. Quando eles apareceram do lado de fora do palácio, ninguém tinha certeza se seriam convidados indesejados ou um exército insatisfeito.

Dentro do palácio, as tochas iluminam os corredores. Hinos de casamento estão sendo cantados e o vinho está sendo servido. Do lado de fora há muita raiva estragando tudo. Fineu e seus homens erguem tochas e exigem que Andrômeda seja entregue a eles, como foi prometido. Os servos tentam contê-los, mas estão em menor número e os homens ocupam o palácio gritando suas exigências.

Cefeu e Cassiopeia se levantam de seus tronos e dizem a Andrômeda que eles cuidarão de tudo. Avançam pelos corredores e se encontram com Fineu. Ele não tem controle sobre os homens que trouxe, o que não é surpreendente. Todos sabem que é um covarde, afinal. Então, enquanto Cefeu tenta argumentar com ele, os homens estão correndo em todas as direções, determinados a encontrar o banquete de casamento e o vinho.

Cefeu fala tranquilo e se desculpa, enquanto Cassiopeia fica em silêncio. O último mês tirou dela toda a capacidade de discutir. Cefeu explica a Fineu que está errado em ficar bravo com eles. Não tinham escolhido Perseu como o genro, mas os deuses haviam escolhido aquele jovem e não podiam discordar. Tinham aprendido como era caro ofender os deuses.

Porém, Fineu não está interessado nessas desculpas. Ele perdeu sua noiva e seu lugar na linha de sucessão, por isso quer justiça. Cefeu tenta comprá-lo com ouro e gado, mas Fineu está bêbado e, além disso, já consegue ouvir a luta começando. É tarde demais para subornos, ele fala. Quer sua esposa. Cefeu – que não tem ideia de como lidar com outra catástrofe – diz a ele que deve resolver isso com as Nereidas, com Poseidon, com o monstro marinho. E deve se lembrar que a disputa que espera vencer será contra o próprio filho de Zeus.

Fineu caminha em direção ao grande salão, onde a batalha já está acontecendo. Perseu se levantou e está balançando uma grande faca contra qualquer um que se aproxime demais. Andrômeda está gritando porque realmente já está cansada de tantas coisas dando errado e também porque alguém derramou vinho em seu vestido cor de açafrão. Então, vê seu odiado tio quando ele entra no salão, agarra Perseu e aponta para o velho, gritando para o futuro marido que aquele era o homem a quem tinha sido prometida. Perseu olha para as mesas e as cadeiras reviradas, para os homens lutando. Percebe que não tem ideia de quem está lutando por Fineu e quem está lutando contra ele. Todos são estranhos para Perseu, exceto uma pessoa. Puxa Andrômeda para o seu lado e espera que os pais dela não estejam no meio da briga. Enfia a mão no kibisis que está sempre com ele e manda sua noiva fechar os olhos. Ela enterra a cabeça no ombro dele quando Perseu me revela para o salão.

Ele dá um grito e os homens se viram para ele, o que significa que me veem, algo que custa caro a todos. Um homem é transformado em pedra ao enfiar uma espada curta em seu compatriota. O morto – que morreu antes de virar a cabeça – precisou ser levantado da estátua que o matou. Sangue é derramado, mas há dezenas de corpos entre as centenas de estátuas.

Quando Andrômeda volta a abrir os olhos, ela não grita. Olha ao redor e tenta compreender o que aconteceu: a perda de quase todo mundo que ela conhece. As garotas com quem tinha planejado casamentos estão todas mortas. Os irmãos e pais delas estão mortos. Seu tio e todos os homens dele estão mortos, mas ela não nota porque está procurando desesperadamente pelos seus pais. Perseu me guardou e pendurou a bolsa no ombro, olhando para a solução limpa que tinha realizado. Chega de homens exigindo sua noiva. Chega de luta. Ele se pergunta por que Andrômeda não está grata, como quando ele matou o monstro marinho.

Pensa em Díctis, e como quis enterrar as estátuas na areia de Sérifos, em vez de deixá-las expostas para que todos vissem o que acontece quando você desafia o filho de Zeus. Talvez seja isso que esteja incomodando Andrômeda, que aparece novamente no salão, agarrada aos pais como se eles pudessem fugir. Perseu imagina que eles perderam muitos escravos com as enchentes e agora com a luta, então talvez ela e os pais estejam pensando em como tirarão as estátuas do salão. Ele vai ajudá-los, claro: não precisam ficar tão abalados. Ele não gosta dos pais dela. Talvez leve Andrômeda embora e deixe que eles limpem a bagunça.

Atena

– Não sei por que você quer pará-lo – disse Atena. – É a primeira coisa interessante que ele já fez e agora você não gosta.

– Hera me aconselhou a pedir que ele entregue a cabeça da Górgona – falou Zeus. Ele mexeu na barba para mostrar à filha que tinha pensado muito naquilo e decidido seguir o conselho de sua esposa.

– Porque ele matou uns gregos – falou Atena. – Hera não gosta de concorrência, só isso.

– Não acho que esteja preocupada apenas com os gregos – respondeu Zeus. – Foi a morte de tantos etíopes. A cabeça da Górgona matou mais do que a enchente de Poseidon e o monstro marinho.

– Ele garantiu uma sucessão livre de problemas pelas próximas gerações – disse a filha. – Foi a única vez que ele me fez lembrar de você.

Zeus assentiu lentamente. Estava dividido nessa questão: sempre era mais fácil fazer o que Hera queria, e agora era o caso em que ele podia agir sem que Poseidon ficasse reclamando que tinha sido superado por um mero mortal. Ele sabia que isso ia acontecer se não agisse agora. Mas, ao mesmo tempo, era um momento de certo orgulho paterno. Que seu filho – um mortal que tinha necessitado de assistência divina para sair de sua ilha – tivesse conseguido matar centenas de pessoas. Em um casamento! Quando eles menos esperavam. Sempre havia bons motivos para reduzir o número de mortais. Imaginem quantos raios Perseu economizou com uma breve exibição da cabeça da Górgona.

– Você acha que ainda o faria se lembrar de mim se abrisse mão de Gorgonião? – perguntou para Atena. Ela inclinou a cabeça ligeiramente, como se estivesse pensando. A deusa se parecia cada vez mais com sua preciosa coruja.

– Ele estaria morto em um mês sem ela – falou. – Se continuar provocando confrontos como tem feito. Não dá para ser petulante e bravo o tempo todo se não tiver uma arma muito mais poderosa do que a de todo o resto.

Zeus franziu a testa.

– Isso não responde à minha pergunta.

– Oh, não? – perguntou Atena. – Bom, então, sim, de certa forma ele continuaria a se parecer com você. Não é como a mãe de jeito nenhum: ela não está interessada em matar ninguém, até onde eu sei. Nem tentou matar o rei de Sérifos, simplesmente esperou até Perseu voltar e fazer isso para ela.

– Certo – disse Zeus. – Não acho que você poderia dizer a ele para não usar a cabeça a não ser em último caso?

– Ele já faz isso – disse Atena.

– É mesmo? – perguntou o pai.

– Sim, ele é bem covarde e estúpido, então nunca prefere fazer algo difícil ou corajoso – ela explicou. – A cabeça realmente fez toda a diferença.

– Ele poderia aprender a ser corajoso.

– Não – falou Atena. – Não vai. Ele é mais o tipo de pessoa que não aprende nada. Pega atalhos fáceis sempre que são oferecidos e desiste quando não são.

– Tire aquela coisa dele.

Atena assentiu.

– Tudo bem – ela falou. – E o que devo fazer com ela?

Zeus já havia perdido o interesse.

– O que quiser – ele falou.

Iodame

O PAI HAVIA CONSTRUÍDO o santuário para Atena antes de ela nascer, então se tornou uma sacerdotisa desde o início. Cresceu seguindo os passos das mulheres que serviam à deusa, escondendo-se nos recessos para acompanhar os ritos. Queria tanto participar junto com elas que ficava sempre nas pontas dos pés quando a sacerdotisa-principal passava, determinada a parecer mais velha. Iodame amava sua deusa e o templo.

Como uma sacerdotisa iniciante, trabalhava mais do que as outras. As mulheres mais velhas a adoravam, mesmo quando se cansavam das perguntas que sempre fazia sobre a prática religiosa. Ninguém poderia culpar a criança pelo entusiasmo, diziam. E ela gostava até das tarefas mais difíceis e minuciosas. Elas a obrigavam a cardar lã por meses, para que pudessem tecer os robes mais belos para a deusa. Ela nunca reclamava que suas mãos estavam arranhadas pelos carrapichos, ou que a gordura da lã manchava sua túnica. Quando a tarefa terminava, ela procurava aprender a fiar, para estar ainda mais perto de sua deusa.

Às vezes, apareciam alguns meninos da vizinhança. Ficavam olhando as jovens sacerdotisas o mais silenciosamente possível, sabendo que, no momento em que fossem descobertos, uma das velhas que varria os degraus do santuário todos os dias sairia correndo atrás deles com uma vassoura. Mas a atração pelas jovens que tinham dado as costas para o casamento era grande demais, e os meninos voltavam mesmo quando os hematomas da última surra ainda não tinham desaparecido. Algumas das meninas os encorajavam, mas não Iodame. Ela tinha um irmão: meninos não eram nenhum mistério para ela.

Além disso, ela amava Atena. Não se interessava por nada mais. Sentia grande carinho por seus pais, pois eles tinham dado essa vida a ela, mesmo tendo sido rejeitada pelos irmãos. Deixe que levem a vida que quiserem, pensou Iodame. A vida do templo era a única para ela. As sacerdotisas mais velhas estavam tão impressionadas pelo foco dela que a ensinaram a tecer: a garota mais jovem a ajudar na confecção do manto de Atena.

A cada ano, elas faziam um novo peplo para a deusa. A estátua dela – exuberante, se Iodame poderia pensar em algo assim da deusa – era tirada do templo, desfilava pelas ruas para que todos pudessem ver os olhos de lápis-lazúli e a pele dourada. Todo ano naquele dia, seu vestido era refeito, para que estivesse o mais perfeito possível, em honra da deusa sempre perfeita. Música era tocada por suas devotas, embora Iodame ainda não tenha aprendido a tocar a flauta. Ela sabia cantar, pelo menos, e seria flautista no ano seguinte. A professora de música havia prometido.

Iodame preparou o tecido mais fino e elegante que conseguiu. Trabalhou até estar escuro e seguiu à luz das tochas. Ela sabia que, se fosse perfeito – ou o mais próximo do perfeito que alguém que não fosse Atena pudesse conseguir –, veria o vestido adornando a estátua por um ano inteiro, um vestido que ela tinha ajudado a fazer. Até a flauta poderia esperar. Quando finalmente terminou seu trabalho, sabia que estava bom.

Na manhã do festival, observou as sacerdotisas colocarem o velho vestido sobre a cabeça da estátua. Tiveram o cuidado de não prendê-lo no elmo que Atena usava. Tinham que retirar a lança e colocá-la de volta quando o novo peplo estivesse no lugar. Iodame sentiu-se estranhamente impertinente ao ver a estátua nua. Mas a luz refletia a pele dourada da deusa e Iodame brilhou como ela. Tinha contado à sua família que seu trabalho iria adornar a deusa desta vez. Seu pai a abraçou, mudo pelo orgulho.

A cerimônia foi formal e alegre. Era o momento em que as sacerdotisas estavam mais próximas das pessoas que viviam ao redor delas e quando o povo estava mais perto da deusa. Quando a estátua finalmente retornou ao recinto, as sombras estavam mais longas e as cigarras se juntavam aos hinos de louvores. Atena estava mais uma vez em seu recesso, a lança na mão, o elmo inclinado para trás no ângulo característico.

As sacerdotisas agora fariam suas celebrações mais privadas. Serviram vinho e fizeram oferendas à deusa, e até comeram e beberam juntas em homenagem a ela. Iodame estava cansada e exultante em igual medida. Ela não queria que o dia acabasse, mesmo assim não conseguia manter os olhos abertos. Afastou-se das outras mulheres e se escondeu atrás de um pilar. Sentou-se encostada nele, sua curva quente encaixando-se na curva na base de sua espinha. Permitiu que sua cabeça caísse até que o queixo descansasse em seus joelhos. Fechou os olhos por um instante.

Quando acordou, tudo estava escuro. A música tinha parado, e as tochas tinham se apagado. Ela ficou pensando se estaria em apuros. Mas como poderia estar? Sentia-se inundada por amor pela deusa e não conseguia acreditar que estava em algum lugar proibido. Deu a volta no pilar e piscou. Olhou para o céu: não havia nuvens, mas a lua era apenas uma fatia fina. Uma coruja voou acima da cabeça dela, pálida na penumbra. Ela sorriu: sempre adorava ver o pássaro favorito de Atena.

Iodame olhou novamente para o salão. Ainda devia estar sonhando. Porque conseguia ver, com bastante clareza, as costas da deusa no meio do santuário, admirando o novo vestido de sua estátua. Atena era exatamente igual ao manequim. Iodame achou que devia ser um efeito da luz e se levantou apoiando-se na colunata, tentando ver direito. Mas a deusa não desapareceu ou se dissolveu entre as sombras. Iodame agora estava quase no mesmo nível que ela e conseguia ver o rosto de Atena de perfil.

As outras sacerdotisas tinham falado que Atena às vezes vinha visitar seu santuário, mas Iodame pensara que era apenas o desejo delas, nada mais. Ficou olhando a deusa em silêncio. Seu queixo e, seu nariz eram exatamente iguais aos da estátua. Iodame sentiu sua devoção ficar ainda mais forte, mas havia outro sentimento também. Ela ficou desconcertada com a estranha sensação familiar. A deusa estava bem ali na frente dela e a conhecia intimamente. Mesmo assim, também era uma estranha, enorme e imponente. Ela não sabia se devia se esconder ou se revelar, adorar ou recuar. Quando a deusa virou a cabeça, Iodame ficou parada. Ela não correu ou caiu de joelhos. Abaixou a cabeça e voltou a olhar para a luz cinza-azulada. Atena sorriu.

– Você é minha sacerdotisa – ela falou. – Aquela que todos amam.

Iodame sentiu que corava na escuridão.

– Acho que sim – disse.

– Você é – afirmou Atena. – Queria vê-la com meus próprios olhos. Venha aqui.

Iodame saiu das sombras do pórtico. Sua deusa emitia um brilho dourado que a estátua encrustada de ouro nunca poderia igualar. Iodame olhou para o elmo reluzente, a ponta da lança brilhante, o cabelo trançado e sentiu orgulho de que aquela cópia débil e sem vida da deusa era a mais exata possível, dada a impossibilidade de tentar replicar a perfeição. Mas ficou especialmente feliz por Atena ter escolhido visitá-la em um dia no qual a estátua estava usando um vestido novo, não muito mais surrado do que o que ela mesma estava usando. Como ela tinha trabalhado para contribuir com as oferendas.

Só havia uma coisa que a deusa verdadeira tinha que não estava na estátua. Iodame lamentou ao ver que as sacerdotisas tinham esquecido algo que a deusa usava sobre seu vestido. Uma égide, era assim que se chamava? Seu irmão saberia. Era uma armadura cobrindo o esterno de Atena. Deixava sua aparência mais parecida com a de uma guerreira do que nunca: Iodame queria fazer uma dessas, mesmo que tivesse que aprender a trabalhar com couro. Mas qual era a decoração no centro? Uma massa enorme de cobras? Ou havia algo mais?

Mas, claro, tinha se transformado em pedra antes que pudesse entender.

Atena e Gorgonião

– Transforme-a de volta – falou Atena. – Não queria que isso tivesse acontecido.

– Nem eu – respondeu a cabeça da Medusa.

– Então a transforme de volta.

– Não posso.

– Como assim, não pode? Você a transformou em pedra, faça virar carne de novo.

– Não tenho esse poder.

– Bom, você deveria ter pensado nisso antes de olhar para ela.

– Talvez você deveria ter pensado nisso antes de prender a cabeça da Górgona em seu peitoral.

– É tarde demais para pensar nisso agora.

– É.

– Você não vai trazê-la de volta?

– Faria isso se pudesse.

– É muito inconveniente. Ela só olhou para você por um instante.

– É o necessário.

Atena tirou o elmo e coçou a testa.

– Então você não pode olhar para ninguém sem que ele se transforme em pedra?

– Você sabe que não posso.

– Como iria saber?

– Foi você que me amaldiçoou.

Elas ficaram em silêncio.

– Não sabia que seria tão rápido – disse Atena. – Achei que você tinha que olhar por um tempo para alguma coisa.

– Agora sabe – respondeu Gorgonião. – Por que a mencionou agora?

– Quem?

– A sacerdotisa. Era dela que estava falando, não?

– Sim, claro. O que quer dizer, por que a mencionei agora?

A cabeça de Medusa olhava para o mar. O peitoral de Atena estava encostado no tronco de uma oliveira enrugada.

– Você me pediu para transformá-la de volta como se tivesse acabado de acontecer.

– Acabou de acontecer.

– Não – falou a Gorgonião. – Isso aconteceu há séculos.

– Não sei o que é isso.

– Um século são cem anos.

– Isso é mais do que uma hora?

– É.

– Oh. – Atena pensou por um momento. – Você poderia tê-la transformado se eu tivesse pedido antes?

– Não.

– Então não faz diferença quanto tempo passou?

– Não muito.

– Gostaria de não ter me virado – disse a deusa, as palavras ditas de uma vez. – Mas ela estaria morta agora, de qualquer forma, se já se passaram centenas de anos. Eles morrem, não?

– Sim, morrem. E as sacerdotisas em seu templo mantiveram uma chama acesa por ela desde que encontraram a estátua.

– Para a sacerdotisa?

– Sim, a estátua dela está no mesmo lugar.

– No meu santuário?

– É.

Atena franziu a testa.

– Pensei que o fogo fosse para mim.

– É para a garota.

– Imagino que não seja uma blasfêmia.

– A estátua dela serve à sua – disse Gorgonião. – Não é nem um pouco blasfemo.

– Estou cheia disso agora. Não me importam mais as estátuas.

– Cheia da garota que matamos?

– Sim. E de todo o resto.

– Entendo.

– Não me lembro de um momento em que não estive entediada.

– Deve ser doloroso para você.

– É. Está zombando de mim?

– Não. A imortalidade deve ser algo doloroso para você.

– Não há ninguém com quem conversar.

– Porque eles morrem?

– É.

– Há os outros deuses.

– Eles não gostam de mim. Também não gosto deles.

– Você se sente solitária.

– Não é isso.

– É, sim. É por isso que está falando comigo.

– Não sei com quem mais falar.

– Se não se sente solitária, então como se sente?

A deusa piscou uma ou duas vezes, tentando encontrar uma resposta.

– Ajudei tantos homens a encontrarem o caminho de casa – ela disse. – Porque eles tinham se perdido em uma missão ou em uma guerra e tudo o que queriam era voltar para casa. Não importavam as aventuras que viveram, as riquezas que conquistaram, as maravilhas que viram, o que realmente queriam era se lembrar dessas coisas na segurança de seus lares. Está entendendo?

– Estou.

– É assim que me sinto.

– Você quer ir para casa?

– Quero.

– Para o Olimpo?

– Não, para... – Atena estava observando as ondas quebrando na frente dela. – Não sei onde é minha casa. Não tenho casa, na verdade.

– Você tem muitas casas. Olimpo, Atenas, o santuário onde a menina morreu.

– Esses são lugares que outras pessoas dizem ser minha casa. Mas eu não sinto que são. Quero estar em outro lugar, mas não sei onde. E quero saber, quando chegar lá, que voltei para casa.

– Então, está com saudade de um lugar onde nunca esteve?

– Sim. Onde você acha que é?

– Não sei.

– Você poderia me ajudar a encontrar.

– Talvez.

– Agora?

– Se é isso que você quer.

– É.

– Só posso levá-la para um lugar – disse a cabeça de Medusa. – E se não for sua casa, não posso trazê-la de volta. Você entende isso?

– Entendo.

– Então olhe.

Gorgonião

Você já viu esta estátua antes. Foi copiada muitas vezes. Atena está parada confortavelmente: seu peso sobre o pé direito, o calcanhar esquerdo ligeiramente levantado, o joelho esquerdo dobrado. Seu vestido cobre o contorno de seu joelho. Olhando para ela, poderia pensar que estava dando um passo. Mas veja como seus braços estão caídos. Veja como a cabeça está meio virada. Não está andando. Está de pé como se tivesse decidido que essa era a melhor pose que poderia fazer. E olhando para ela – jovem, descuidada, bonita –, dá para concluir que estava certa.

O elmo está inclinado para trás, da forma como ela sempre gostava de usar. O cabelo enrola nas pontas, serpenteando sobre as orelhas. Os olhos cegos estão fixos no nada, a boca forma um arco perfeito. Sua pele parece tão macia, que dá vontade de estender a mão e tocar o mármore para saber se está quente. Embora nunca fosse quente ao toque, mesmo quando não era feita de pedra.

Sua cabeça está abaixada: ela está olhando para algo à sua esquerda, no chão, não muito distante. As pessoas passarão a vida inteira discutindo o que o escultor estava tentando transmitir com essa escolha, com esse ângulo. Mas você sabe a verdade. Ela está olhando para a esquerda porque foi onde tinha colocado sua égide. A que tinha a cabeça da Górgona no centro.

E o que aconteceu com a cabeça da Górgona? A parte final da história. Terminou sendo levada pelo mar. Está presa entre algas marinhas e corais, que endureceram ao seu redor, como pedra. A Gorgonião está perdida entre as ondas, e ninguém pode alcançá-la, nem mesmo as criaturas do mar. Fechou os olhos, pela última vez.

Agradecimentos

Tenho uma sorte incrível de ter enviado meus livros para Peter Straus. Ele é o homem mais inteligente e gentil, o melhor agente e o leitor mais incisivo. Lena Mistry nos mantém na linha – obrigada a ela também. Sou muito sortuda por ter minha maravilhosa editora Maria Rejt, na Pan Macmillan; sempre agradeço a ela, Alice Gray, Samantha Fletcher, Hannah Corbett, Emma Finnigan (você não aprendeu da última vez, Emma? Quase conseguiu se livrar...). Uma menção especial a Ami Smithson por suas lindas capas: ela faz tudo parecer tão elegante. Nunca pensei que sentiria a necessidade de pentear os cabelos antes de segurar um de meus próprios livros. Elena Richards conferiu todos os mitos do manuscrito enquanto eu estava editando: um dia ela entenderá seu valor para nós (spoiler: ela não tem preço).

Obrigada às pessoas que mantêm o show funcionando enquanto estou escrevendo – a Pauline Lord, que organiza minhas apresentações em vários fusos horários sem esforço; Mary Ward-Lowery, que produz *Natalie Haynes Stands Up for the Classics* muito tranquilamente, mesmo quando estamos em diferentes partes do país; Christian Hill, pelo site (ele poderia estar fazendo tantas coisas melhores. Bom, não melhores, diferentes); Matilda McMorrow, por administrar minhas redes sociais e me mandar fotos de bichinhos todos os dias quando termino de trabalhar (quer evitar a procrastinação? Escreva como se alguém fosse mandar a foto de uma garça quando terminar). A Dan Mersh, claro – meu primeiro leitor e muito mais, tanto que não dá para escrever aqui.

Obrigada a todos os amigos e outros gênios que contribuíram com seu conhecimento para este livro, incluindo: Helen Czerski, por me dizer como eu poderia mover um mar; Tim Whitmarsh, por me apresentar ao *Haliêutica* (um livro inteiro que fala de monstros marinhos. Essa não é a primeira vez que Tim abriu um veio enorme de material para mim através de uma observação casual); Roslynne Bell, por seu incansável conhecimento em arte e escultura antigas; Adam Rutherford, por suas cobras; Edith Hall, pelo apoio contínuo em todos os assuntos relacionados à Antiguidade e à Modernidade. Um dia no ano passado, escrevi para Robert Douglas-Fairhurst e perguntei a ele se era loucura escrever um capítulo da perspectiva das cobras: ele me ligou para dizer que não, e eu escrevi o capítulo naquela noite. Imagine ser o tipo de pessoa que enche seus amigos de energia e foco, aperfeiçoando suas ideias da melhor forma possível. É ele.

Gostaria de agradecer a James Runcie, por evitar todo o palavreado de me casar e me divorciar, além de ser o ex-marido dos sonhos. Andrew Copson é amigo e consciência e estou muito feliz de conhecê-lo. Rachel McCormack fez (não comprou, fez) biscoitos e me enviou quando eu estava triste: esse é o trabalho dos velhos amigos que moram longe. Rob Deering e Howard Read nunca deixaram passar muito tempo entre nossos encontros. Meus amigos no dojo me seguraram quando perdi o equilíbrio e se recusaram a me soltar até recuperá-lo. Um agradecimento especial aos majestosos Sam Thorp, Adam Field e Jo Walters, que poderiam me matar com as mãos, mas preferiram não fazer isso (por enquanto).

Este livro está cheio de trios de mulheres (os mitos gregos têm muitos trios). Percebi enquanto escrevia que eu mesma pertenço a vários trios. Então, quero mandar muito amor e agradecimentos sempre a Helen Bagnall e Philippa Perry, que me amam mesmo quando estou triste; a Catherine Nixey e Francesca Stavrakopoulou, pelo trabalho inigualável e profano da trindade; a Helen Artlett-Coe e Lottie Westoby, que me resgataram mais de uma vez; às mulheres de Sezon Gunaikes, que são mais de três, mas especialmente a Magdalena Zira, Nedie Antoniades e Athina Kasiou: elas ainda têm intenções muito hostis e espero sinceramente que decidam representar este livro também.

Muito amor e agradecimento à minha família, como sempre: minha mãe, Sandra; meu pai, Andre; Chris, Gem e Kez.

Impresso por :

Graphium
gráfica e editora
Tel.:11 2769-9056